Irmgard Braun

Mutig aber tot

Mord am Grödner Joch

Bergkrimi

Bergverlag Rother

Umschlaggestaltung: Beate de Nijs, www.denijs.de, unter Verwendung eines Fotos (Erdnüsse) von sommai via Fotolia
Lektorat: Carlos Westerkamp, Berlin; Barbara Wickenburg, Murnau
Druck und Bindung: Litotipografia Alcione srl., Trento
Originalausgabe

1. Auflage 2015

ISBN 978-3-7633-7070-2

Originalschauplätze, Plaisir und Abenteuer

Alle Personen sind frei erfunden. Es gibt keine Alpenvereinssektion „Gelber Enzian“.

Alle beschriebenen Orte und Klettertouren entsprechen der Realität – mit zwei Ausnahmen: das Ferienhaus „Alpenrose“ ist frei erfunden. Und in der Fränkischen Schweiz gibt es keine „Grundlinger Wand“ und keine Route namens „Dareling“.

Ich habe versucht, für Laien verständlich zu schreiben. Fachausdrücke und Slang sollten aus dem Zusammenhang erschließbar sein, und am Ende des Buches befindet sich ein Glossar mit Erklärungen.

Es gibt aber zwei Begriffe, die für das Verständnis der Geschichte eine Rolle spielen und vorab erläutert werden sollen: Plaisir und Abenteuer.

Plaisirklettern heißt, dass man in Routen unterwegs ist, die mit zahlreichen soliden Bohrhaken gesichert sind. Bei einem Sturz riskiert man normalerweise keine ernsthaften Verletzungen.

Abenteuerklettern bedeutet, dass man schlecht einschätzbaren Sicherungen von Vorgängern trauen oder selbst welche anbringen muss – und dass diese Sicherungen an einigen Stellen weit auseinanderliegen. Dazu kommen manchmal schwierige Wegfindung und brüchiger Fels.

In solchen Routen zu stürzen, kann lebensgefährlich sein. Sie sind nur etwas für Menschen, die den Schwierigkeiten überlegen sind und viel Erfahrung im Gebirge haben.

PROLOG

1993

Eine so große und schwere Wand hatte Kuni noch nie durchstiegen. „‚Pilastro' an der Tofana di Rozes", das klang wie ein Fanfarenstoß, sprach von Heldentum und Bewährung.

Morgen würde er das Ding zusammen mit seinem Vater durchziehen.

Kuni schob das Würstchen auf seinem Teller hin und her. Irgendetwas stimmte nicht mit seinem Magen.

Eigentlich wäre es ihm lieber gewesen, die berühmte Tour schon hinter sich zu haben.

Aber ihm konnte ja nichts passieren, Papa würde alles vorsteigen. Er war ein hervorragender Bergsteiger, der schon viele Gebirgsrouten im sechsten Schwierigkeitsgrad geschafft hatte – zu einer Zeit, als sechs plus noch als die Grenze des Menschenmöglichen gegolten hatte.

Seit sein Vater wegen seiner Arbeit nach Hannover gezogen war, hatte Kuni ihn nur noch alle paar Monate gesehen. Aber er hatte ihm versprochen, mit ihm im Gebirge zu klettern, sobald er alt genug war, um einen Erwachsenen zu sichern.

Jetzt war Kuni fünfzehn. Bei einem Sturz würde er Papa gut halten können.

Er beobachtete seinen Vater, der sich über ein dampfendes Hirschragout beugte. Ein grauer Haarkranz umrahmte eine kahle Insel auf seinem Schädel, die im Lampenlicht der Hütte glänzte. Er ging auf die sechzig zu.

„Hast du keinen Hunger, Bub?"

„Die Würstchen sind mir zu fett."

„Angst?"

Kuni schüttelte den Kopf, schaute ihm fest in die Augen. Papa gab sich wortkarg. Vielleicht musste sich ein echter Bergsteiger so benehmen, aber seltsam war es doch. Früher hatte er viel erzählt, von schweren Bergtouren, seiner Firma, seiner neuen Frau.

„Iss, Kuni. Du brauchst Kraft morgen."

Kuni schnitt eine Scheibe vom Würstchen ab, spießte es auf die Gabel und schob es in den Mund. Es schmeckte wie gesalzenes Pappmaché.

„Vielleicht sollten wir zuerst eine leichtere Tour machen, ich weiß ja nicht, wie gut du wirklich kletterst", sagte Papa.

Kuni starrte auf die Planken des Holzbodens. Was sollte das denn heißen? Er hatte seinem Vater doch erst kürzlich ein Foto geschickt, das ihn in einer mit dem siebten Grad bewerteten Route zeigte.

Er räusperte sich. „Ein Sechser ist für mich nicht die Grenze, das weißt du doch."

Sein Vater legte die Gabel weg und musterte ihn kritisch. „Du hast noch keine große klassische Gebirgstour gemacht und warst nur in Plaisirrouten unterwegs, wie sie dieser Schweizer seit kurzem propagiert. Wenn alles mit Bohrhaken perfekt gesichert ist, braucht man keinen Mut. Der ‚Pilastro' ist da ein ganz anderes Kaliber. Dort musst du dich auf rostige Haken gefasst machen und selber Sicherungen legen."

„Passt schon."

***

Der Junge war ziemlich still heute Abend. So kannte Norbert ihn gar nicht. Früher hatte er ständig geplappert. Vielleicht war es der Respekt vor der großen Tour.

Den hatte Norbert auch. In den letzten Jahren war er kaum noch am Fels gewesen. Aber das würde sich bald ändern. Er würde sich ein Wohnmobil kaufen, kletternd durch die Alpen ziehen, besser und besser werden und die ganz großen Namen abhaken. Im Klettergarten hatte Norbert einen 65-Jährigen beobachtet, der den achten Schwierigkeitsgrad schaffte …

Und in den Schulferien würde er zusammen mit seinem Sohn unterwegs sein. Er hätte sich mehr um ihn kümmern sollen, aber er war nur für die Firma dagewesen.

Alles umsonst. Sie hatten ihn abserviert.

Norbert beugte sich schnell über seinen Teller, damit Kuni seine Augen nicht sehen konnte. Er zog ein Taschentuch hervor und schnäuzte sich kräftig.

Kuni schaute ihn an, sagte nichts. Das Schweigen zwischen ihnen dehnte sich.

„Wie geht's deiner Mama?"

„Gut. Sie freut sich, dass deine zweite Ehe auch nicht geklappt hat."

Das war ein gezielter Angriff, eine kleine Rache dafür, dass Norbert seinen Sohn und Anita verlassen hatte.

„Dass wir jetzt miteinander klettern, gefällt Mama gar nicht. Sie hat Angst um mich."

„Ich passe schon auf dich auf."

Kuni legte Messer und Gabel auf den Teller und stand auf. „Ich bin müde. Ich habe gestern Abend noch auf die Physik-Schulaufgabe gelernt."

Bisher hatte der Junge nur gute Noten geschrieben. „Brav. Weiter so. Du trittst in meine Fußstapfen. Ich war auch immer der Beste."

Kuni stand auf. „Gute Nacht."

Norberts Blick schweifte über die aus unregelmäßig geformten Natursteinen zusammengesetzten Wände mit den Hirschgeweihen, über die langen Tische, die von nur etwa einem Dutzend Leuten besetzt waren. Sie sahen wie Klettersteiggeher oder Wanderer aus, vermutlich hatten sie morgen am „Pilastro" keine Konkurrenz – ein Glücksfall, die Route war berühmt und entsprechend beliebt.

Es war Ende September, spät im Jahr für lange Touren; die Sonne ging gegen sechs Uhr unter. Abgesehen davon waren die Bedingungen günstig. Nach der langen Schönwetterphase war der berüchtigte Kamin, der „Mulirücken", bestimmt trocken, und es würde angenehm warm sein in der Südostwand. Erst in der Nacht zum Sonntag zog eine Kaltfront heran.

Vielleicht war es in diesem Jahr die letzte Gelegenheit für eine große Bergtour.

***

Kuni hatte beim Frühstück nur eine Tasse Tee trinken können. Jetzt stand er neben seinem Vater auf dem großen Parkplatz vor der Dibona-Hütte. Es war früh am Morgen und noch duster; das Dach der Hütte hob sich kaum von einem dunklen Waldstreifen ab, und dahinter wuchs die Mauer der Tofana di Rozes empor, eine ungegliederte Masse, in Schatten getaucht und tiefschwarz. Nur die Gipfelwand strahlte im düsteren Rot glühender Kohlen, und das Stück Himmel darüber war von nachtdunklem Blau.

Es sah aus wie bei einem Fantasy-Film vor dem Beginn einer großen Schlacht.

Kuni schluckte. Sollte er seinem Vater sagen, dass er lieber eine Route an einem Berg machen würde, der nicht so groß war?

Er würde zumindest zum Einstieg gehen, oft sah eine Wand von Nahem nicht mehr so bedrückend aus, und durch die Bewegung beim Anmarsch würde er sich bald besser fühlen.

Sein Vater schaute ihn an. „Alles klar?"

„Alles klar."

Sie marschierten los, auf einem breiten Weg, dessen Verlauf durch den hellen Sand trotz des Dämmerlichts deutlich erkennbar war. Beim Gehen knirschte es, die Karabiner klimperten, und der am Klettergurt angehängte Helm schlug rhythmisch gegen Kunis Oberschenkel.

Während sie auf die Wand zuhielten, floss das Rot vom Gipfel wie ein Lavastrom abwärts und ließ mächtige Felspfeiler aufleuchten, die durch schwarze Schluchten voneinander getrennt waren.

Sein Vater schritt langsam voran. Glaubte er etwa, dass er Kuni schonen musste?

„Papa, können wir nicht ein bisschen schneller gehen? Meine Hände sind kalt."

„Das wäre dumm. Man sollte beim Anmarsch auf keinen Fall ins Schwitzen geraten, sonst wird die Kleidung feucht und man friert später erst recht."

***

Wenn Norbert das Tempo beschleunigte, würde er ins Schnaufen kommen, und Kuni würde merken, dass sein Vater keine Kondition hatte. Er hatte in den letzten Jahren nie Zeit für ein Ausdauertraining gehabt. Zum Glück würde seine Kurzatmigkeit beim Klettern nicht auffallen.

Aber bald wäre das kein Problem mehr. Für Norbert begann heute ein neuer Lebensabschnitt.

Der Weg führte nun fast eben durch Latschen und Geröll. Über ihm hing die Wand, eine dunkle Masse, aus der die Formen des Pfeilers kaum hervortraten.

Die Route „Pilastro" führte mitten durch seinen steilsten Teil. Sie stand schon seit dreißig Jahren auf Norberts Liste. Früher wäre er voller Begeisterung dort hinaufgestürmt. Aber jetzt … hatte er sich da nicht übernommen?

Er blieb stehen und musterte die erste Seillänge, eine von einem Riss durchzogene Verschneidung. Sie war ganz schön steil. Und vermutlich noch feucht nach der kalten Nacht. Trotz der Anstrengung beim Anmarsch fröstelte Norbert. Er wandte sich zu Kuni um. „Magst du anfangen? Das ist nur eine Fünf minus, vierzig Meter, zwei Haken. Aber man kann gut mit Klemmkeilen sichern."

Kunis Stimme zitterte. „Mir ist kalt, weil wir so langsam gegangen sind."

„Das gibt sich."

„Und ich habe einen schiefen Magen wegen der Würstchen gestern. Fang du mal an, Papa."

Gestern Abend hatte Norbert immer wieder die Skizze mit der Route studiert. Wenn sie abwechselnd vorstiegen, würde derjenige, der die erste Seillänge übernahm, die beiden Dächer erwischen. Die würde Norbert mit Hilfe von Trittschlingen in den Haken bewältigen, in technischer Kletterei war er schon immer gut gewesen. Und Kuni würde sich mit dem „Mulirücken“ herumschlagen müssen. Wenn der Junge tatsächlich den siebten Grad klettern konnte, würde er das schon schaffen.

Norbert machte sich zum Klettern bereit und steckte seine Wanderschuhe in den Rucksack. „Auf geht's.“

***

Kuni beobachtete seinen Vater, der sich in der Verschneidung nach oben schob. Wie war er nur auf die Idee gekommen, sein Sohn würde vorsteigen? Es war doch selbstverständlich, dass Papa als der Ältere, Erfahrenere das übernahm.

„Nachkommen!“

Kuni arbeitete sich an einer Schuppe empor, die sich kalt und glitschig anfühlte. Zum Glück kam das Seil straff von oben. Er rampfte, kämpfte, angelte einen tief in einer Spalte sitzenden Klemmkeil heraus und schürfte sich den Handrücken auf. Als er seinen Vater erreichte, schwitzte er; er zog seine Jacke aus und steckte sie in den Rucksack.

Papa grinste. „Gar nicht so leicht, was?“

„Geht schon. Ich musste erst mal warm werden.“

„Na dann los.“

Die Wandfläche über Kuni sah dunkelgrau und glatt aus wie Beton. Keile konnte man erst in dem Riss da oben legen. Wenn er vorher abrutschte …

Kunis Mund war trocken, seine Glieder fühlten sich an wie aufgeweicht. Verdammt. Er wollte da nicht hoch. Aber wenn er jetzt einen Rückzieher machte – was würde sein Vater von ihm denken?

Vielleicht ging es doch irgendwie. Die Platte war mit Fünf plus angegeben, im Klettergarten war das für Kuni ein Kinderspiel.

Er atmete tief durch und machte einen Schritt in die Wand. Er fand kleine Griffkerben, setzte die Fußsohlen auf die schiefe Ebene – seine Beine zitterten, bloß nicht abrutschen! Puh. Der Riss. Da ging ein guter Klemmkeil rein. Queren, noch mehr Sicherungen legen. Der Standplatz – krumme Haken, ein Gewirr von Schlingen. Kuni hatte es geschafft!

Seine Brust weitete sich vor Stolz. Er würde diese Riesenwand zusammen mit seinem Vater durchsteigen, er war ein richtiger Bergsteiger, genau wie Papa!

***

Norbert und Kuni wechselten sich in der Führung ab. Der lange Riss, der sich durch den unteren Teil der Wand zog, bot gute Möglichkeiten für Klemmkeile und Friends. Norbert hielt sich hemmungslos daran fest, wenn sein Sohn es nicht sehen konnte. Er musste Kraft sparen. Seine Arme waren lahm, und in seinen Schultern ziepte es, als er das Band erreichte, das den plattigen Teil des Pfeilers von dem überhängenden gelben Gemäuer darüber abtrennte.

„Machen wir eine Pause."

Norbert ließ sich nieder, nahm den Rucksack von der Schulter, holte die Flasche mit Elektrolytgetränk heraus und trank. Das Zeug rann eiskalt durch die Kehle und schmeckte wie Mottenkugeln mit Süßstoff.

Norbert hatte überhaupt keine Lust darauf, weiterzuklettern. Inzwischen war er sich nicht mehr sicher, ob er die Dächer bewältigen konnte.

„Wie geht es dir, Kuni?"

Ein Handrücken seines Sohnes war blutverkrustet, er war käsebleich.

Norbert wies nach rechts. „Wenn wir auf dem Band ein Stück queren, können wir problemlos abseilen. Weiter oben in der Wand geht das kaum noch. Möchtest du lieber umdrehen?"

***

Nichts wäre Kuni lieber gewesen. Er fühlte sich völlig zerschlagen von der kraftraubenden Risskletterei, bei der er ständig Angst gehabt hatte zu stürzen und die von ihm gelegten Klemmkeile herauszureißen.

Er kaute auf einem Riegel herum. Er war glashart von der Kälte der letzten Nacht.

Papa wäre bestimmt enttäuscht, wenn er jetzt umdrehen musste, weil sein Sohn schlappmachte. Und er würde kein zweites Mal mit ihm auf Tour gehen.

Kuni schluckte das Stück Riegel hinunter. „Ich bin okay. Alles bestens."

Sein Vater zeigte hinauf zu der gelben Wand, aus der ein Dach herauskragte. „Da oben sieht es schlecht aus mit Klemmkeilen. Wahrscheinlich ist es besser, so viel wie möglich technisch zu klettern, sonst gibt es einen Reißverschluss."

„Was – was meinst du damit?"

„Wenn du über einer alten Rostgurke fliegst und sie herausrupfst, wird die Sturzenergie so groß, dass die anderen miesen Haken darunter auch noch der Reihe nach herauskommen. Das dürfen wir auf keinen Fall riskieren."

***

Das war das richtige Stichwort. Kuni hielt sich an allem fest, was die Vorgänger in der Wand gelassen hatten, aber das technische Klettern war manchmal gar nicht so einfach. Beim Nachstieg im ersten Dach verstrickte er sich in einem schaukelnden Wirrwarr aus Schlingen und Karabinern. Das zweite Dach war noch schlimmer. Kuni zerrte, zappelte, alle Glieder krampften, er stöhnte, schluchzte, ruderte mit Armen und Beinen. Als er am Standplatz ankam, hätte er sich beinahe übergeben. Er hängte sich am Haken fest, setzte sich auf das bequeme Band und pumpte wie ein Maikäfer. Dabei fühlte er sich, als hätte ihn jemand mit einem Hammer verprügelt.

Allmählich kam er wieder zu Atem. „Guter Fight, Papa."
Der nickte ihm zu und reichte ihm ein Bündel Klemmkeile. „Viel Glück. Die nächste Seillänge ist nicht ganz leicht."

Kuni blickte zu dem schwarzen Schlund über ihm empor, der unten breit war und nach oben hin schmaler wurde: der „Mulirücken". Vielleicht hieß dieser Kamin so, weil der Fels einen dort abwarf wie ein bockendes Muli.

Kunis Arme waren schlapp wie nasse Lappen. „Ich glaube, es ist besser, wenn du das machst, Papa. Kamine sind nicht gerade meine Stärke."

„Na komm schon! Mit Hakenhilfe ist das höchstens ein Sechser. Hast dich doch bisher wacker geschlagen."

Kuni schüttelte stumm den Kopf. Seine Augen füllten sich mit Tränen. Er wandte sich schnell ab.

***

Der Junge war fertig. Und dabei hatte Norbert gehofft, er würde dieses widerliche Kaminmonster übernehmen. Ihm grauste davor. Noch nie hatte er sich in einer Wand derartig schwach gefühlt.

Wäre es besser abzuseilen? In der überhängenden Wand mit den schlechten Haken wäre das ein kompliziertes und gefährliches Unternehmen. Und mit welcher Begründung sollte er das tun? Was würde sein Sohn von ihm denken, wenn er zugab, dass er sich vor einem Sechser fürchtete?

Er musste da durch, egal wie.

Norbert unterdrückte ein Ächzen und kletterte los.

In dem Loch herrschte dämmriges Licht. Die Wände schimmerten grünlich, der Fels fühlte sich schleimig an. Stellenweise war er mit Algen und Moos überzogen, trotz des Prachtwetters in letzter Zeit. Vielleicht hatte sich wegen der kalten Nächte Kondenswasser gebildet.

Die Haken waren zu weit auseinander, um alles technisch zu klettern. Norbert musste sich in der finsteren, wie mit Schmierseife ausgekleideten Röhre mit Händen und Füßen auf Gegendruck emporarbeiten. Bei jeder Bewegung war er knapp daran, abzuglitschen, die Haken taugten nichts, er wagte nicht, sich daran auszuruhen, und quetschte sich tief in den Spalt hinten im Kamin. Sein Brustkorb wurde von den Wänden wie von einem Schraubstock zusammengepresst, er bekam kaum Luft. Dummheit. So würde er nicht weiterkommen.

Er wand sich wieder ein Stück heraus, bis nur noch eine Körperhälfte eingeklemmt war und er das Gefühl hatte, er könnte jeden Moment herausrutschen und in den dunklen Schacht hinunterstürzen. Er drückte und presste und keuchte, schrappte mit Ellbogen und Knien über den Fels, kam höher – endlich, ein rostzerfressener Haken – klick. Weiter einen Überhang hinaus an Schlingen, von denen einige nicht dicker waren als Schnürsenkel. Über ihm baumelte ein verblichenes Seilstück, er reckte sich, kam nicht hoch genug, um sich daran festzuhalten – zuerst galt es, sich auf diesem Tritt aufzurichten, der aussah wie mit Froschlaich überzogen …

***

„Aaaaaaaaa!“ Der Schrei hallte an den Wänden wider, es schepperte, rasselte, Papa schoss im Kamin nach unten, klatschte gegen eine Wand, wurde an die gegenüberliegende Seite geschleudert und wieder zurück. Das Seil in Kunis Hand straffte sich mit einem Ruck.

Sein Vater hing nur einen Meter über ihm in der Luft und brüllte vor Schmerzen.

***

Die Berge standen schwarz gegen den Nachthimmel. Windböen fuhren heran und heulten um die Felsen.

Kuni hockte auf dem Absatz, schlotterte an allen Gliedern und rieb sich die vor der Brust gekreuzten Arme. Seine Kehle war rau von seinen Schreien nach Hilfe, er brachte kaum noch einen Ton hervor.

Papa drückte sich an ihn und wimmerte leise. Er hatte nur einen Schuh an, sein Fuß war zu einem Klumpen angeschwollen; die rechte Hand, von der zwei Finger in unnatürlichem Winkel abstanden, lag schlaff auf seinem Oberschenkel. Sein Helm hatte ein Loch mit sich verzweigenden Sprüngen wie ein kaputtes Ei.

An einem der Standhaken baumelte ein Bündel mit Schlingen und Karabinern, an denen vier alte Haken hingen. Papa hatte sie bei seinem Sturz aus der Wand gerissen.

„Ist dir kalt, Kuni?"

„Ja."

„Nimm meine Jacke."

Mit einem Aufstöhnen zog sein Vater den Anorak aus und reichte ihn herüber. Ihre Blicke trafen sich.

„Danke, Papa."

Sein Vater wies nach Westen. „Wir müssen uns auf einiges gefasst machen."

Kuni schaute in die Richtung. Über den Gipfelaufbau der Tofana rollte eine dunkle Wolke und löschte die Sterne aus.

Irgendwann döste Kuni ein und wachte mit zu Eisklötzen erstarrten Händen und Füßen auf. Flocken trieben gegen sein Gesicht. Auf den Schultern und Knien seines Vaters lag eine dünne Schneeschicht.

2014

Henrik würde nicht aus diesem Urlaub zurückkehren.

Aus der Granitschale stieg der fettige Geruch von Erdnüssen. Noch mal fünf Flips dazu. Mit dem Stößel stampfen, zerquetschen. Ekelhaftes Knirschen.

Die Gelegenheit war ideal. Jeder in der Gruppe wusste von Henriks Erdnussallergie. Jeder würde verdächtig sein.

Jetzt einen Trichter auf die mit „Powerman's Drink" gefüllte Flasche setzen, die zermahlenen Flips hineinrieseln lassen. Verdammtes Händezittern. Noch einen Schuss Erdnussöl.

Es war praktisch, dass Henriks Lieblingsgetränk eine trübe orangefarbene Flüssigkeit war. Die winzigen Krümel würden darin nicht auffallen. Aber sie würden innerhalb von ein paar Stunden auf den Boden der Flasche sinken, und das Öl stieg zur Oberfläche. Es war wichtig, das Ganze noch einmal durchzuschütteln, bevor Henrik damit auf Tour ging.

Es reichte, wenn er durch das Getränk eine halbe Erdnuss zu sich nahm.

1. KAPITEL

Samstag, 9. August

Wie eine Pavianhorde wuselten Menschen über die Felswände neben der Straße, Kinder plärrten, Motorräder röhrten.

Das war nicht gerade Natur pur. Aber für Gero hatte der Weißenstein einen großen Vorteil: Man traf nirgendwo sonst in der Fränkischen Schweiz so viele Kletterer. Etwa vierzig Prozent von ihnen waren Frauen. Und Gero war auf der Suche.

Eine Gruppe Kursteilnehmer, kenntlich an Helmen und Socken in den Schuhen, starrte mit offenen Mündern zu einer Kletterin hinauf, die einen Überhang emporturnte. Sie war klein und hatte muskulöse Schultern, ihr kurzes schwarzes Haar war asymmetrisch geschnitten.

„Hallo Gero, grüß dich."

Thomas' Stimme. Gero drehte sich um. Das lange Gestell seines Freundes kam auf ihn zu. Er sah ernst, ja grimmig drein, wie meistens. Sie umarmten einander.

Gero trat zurück und beobachtete weiter die Dunkelhaarige, die jetzt am Haken hing und sich ausruhte. Gesichert wurde sie von einem älteren Mann mit einem Quadratschädel und krausem grauem Haar. Sein Bäuchlein überwölbte den Klettergurt, aber in seinen stämmigen Beinen und Armen schien eine Menge Kraft zu stecken.

Thomas nickte ihm zu. „Hallo Wilfried." Dann wandte er sich an Gero. „Hier gibt es zu viele Gleichgesinnte. Gehen wir woanders hin."

„Moment noch, ich will sehen, ob das Mädel die Stelle packt."

Sie hatte ein hübsches Profil mit einer Stupsnase. Jetzt kletterte sie wieder los. Ihre Bewegungen waren geschmeidig.

„He, Gero! Ich rede mit dir!"

„Äh – was hast du gesagt?"

„Ich habe dich gefragt, ob du eine Idee hast, wo wir hingehen könnten. Mir ist es hier zu voll."

„Ich würde gern noch ein bisschen bleiben", erwiderte Gero. „Nur zum Aufwärmen."

Thomas sah ihn an und schüttelte langsam den Kopf. „An dieser Frau beißt du dir die Zähne aus. Sie ist hart wie Granit."

„Ich liebe Granit. Kennst du sie?"

„Ja. Sie heißt Clara und gehört zur Klettergruppe meiner Sektion. Und jetzt komm, ich will endlich weg von diesem Volksfest."

Das Gelb der Rapsfelder leuchtete vor dem dunklen Saum des Waldes, zum offenen Autofenster wehte ein giftig-süßlicher Geruch herein. Vor ihnen ratterte und schepperte ein Traktor. Die Straße war zu schmal, um zu überholen, Thomas zockelte hinterher, als hätte er alle Zeit der Welt.

„Bitte tu nicht so, als seist du ein Fisch", sagte Gero. „Was ist los mit dieser Clara? Bist du bei ihr abgeblitzt?"

„Du weißt doch, dass ich mich seit – seit damals nicht mehr für Frauen interessiere."

Gero musterte das Gesicht seines Freundes von der Seite. Seine dunkelbraunen Augen hätten zu einem romantischen Dichter gepasst. In seinem schwarzen Haar zeigten sich erste silbergraue Fäden, von der Nase zum Mund zogen sich Falten, obwohl er so alt war wie Gero, erst Mitte dreißig.

Der Traktor bog in einen von Weißdornhecken gesäumten Feldweg ab. Vor ihnen tauchte eine Gruppe Fachwerkhäuser zwischen Apfelbäumen auf.

„Vergiss Clara", sagte Thomas. „Sie ist eine harte Nuss."

„Hauptsache, sie ist keine dumme Nuss."

Sie passierten das Ortsschild, Thomas bremste auf genau fünfzig herunter. „Sie hat Informatik studiert, liest viel und klettert mindestens zweimal pro Woche. Trotzdem: Lass die Finger von ihr!"

„Ich habe sie ja noch gar nicht angefasst!"

Thomas grinste schief. „Und das solltest du auch nie tun, Gero, du eignest dich nicht als Fast Food. Gebrochene Herzen säumen ihren Weg."

Thomas gelang es wieder einmal, einen Felsen zu finden, an dem man allein war, einen mit Algenschleim überzogenen Klapfen, der seinen Namen „Streugut" voll und ganz verdiente. Aber Thomas war Alpinist, ihm graute vor nichts, und er schaffte es tatsächlich, eine Route hinaufzueiern. Gero schämte sich kein bisschen, nur nachzusteigen. Hinterher erklärte er mit bitterer Ironie: „Für mich als Boulderer ist es einfach toll, völlig neue Bewegungserfahrungen zu machen. Und jetzt habe ich Hunger."

Er zog ein zerknautschtes Schinkensandwich und eine Flasche Cola light aus seinem Rucksack und ließ sich auf dem Seil nieder. Thomas setzte sich ihm gegenüber auf den Rucksack; sein Menü bestand aus Apfelschorle und Vollkornkeksen mit Amaranth. Eine Weile aßen sie schweigend. Dann sagte Gero: „Du, Thomas. Du weißt doch, wie ich damals mit Siebzehn war …"

Thomas' dunkle Augen musterten ihn. „Hast du damit noch ein Problem?"

Gero atmete tief durch. Sein Freund würde ihn verstehen.

„Ja. Gestern habe ich einen Hausbesuch gemacht. Bei einem sieben Jahre alten Mädchen. Ihre Lehrerin hatte mich angerufen, weil sie wieder einmal nicht in die Schule gekommen war. Es war neun Uhr morgens, ihr Vater war sturzbesoffen, er hat gebrüllt und die Kleine ins Gesicht geschlagen. Ich habe ihn gepackt, er hat mich angespuckt, und dann – ich war nahe dran –"

Gero schluchzte auf.

Thomas legte seine Hand auf Geros Arm.

Bis zum Abend besuchten die beiden noch zwei weitere Felsen, wahre Inseln der Stille und laut Thomas „nichts für schnellen Konsum".

Als sie zur Abendessenszeit im Gasthof „Zur Guten Einkehr“ in Morschreuth einliefen, fühlte sich Gero völlig zerschlagen, seine ursprünglich roten Hosen hatten Tarnfarben angenommen. Thomas dagegen sah aus wie immer: schwarze Kleidung mit leichtem Grauschleier vom Magnesiapulver.

Die Terrasse im Schatten von Kastanien war voll besetzt, Wanderer und sehnige Klterergestalten hockten vor Kellerbier und Schnitzeln, die über den Tellerrand hingen. An einem Holztisch mit Bänken saßen ein paar Leute, auf die Thomas jetzt zusteuerte, unter ihnen Clara und der grauhaarige Krauskopf namens Wilfried, der sie gesichert hatte.

„He, Thomas!“, rief ein großer blonder Kerl, der Gero bekannt vorkam.

„Hallo zusammen“, erwiderte Thomas und warf Gero einen Blick zu. „Ist es dir recht, wenn wir uns dazusetzen?“

„Logo.“

Gero schob sich in die Bank, schräg gegenüber von dem angeblich so gefährlichen Mädchen. Er lächelte in die Runde und sagte: „Hallo, ich bin der Gero.“

Ihre Augen waren grau. Und dieser volle, weiche Mund ...

„Hi, ich heiße Henrik“, brach die laute Stimme des Blonden in Geros Betrachtungen. Jetzt fiel es ihm wieder ein. Henrik Behr. Dieses kantige Gesicht hatte er schon in Kletterzeitschriften gesehen. In der Szene war Behr für seine kühnen Erstbegehungen bekannt.

Ein Kellner mit Spitzbart stellte Henrik einen Salat mit Putenstreifen hin und Clara einen Kaiserschmarrn. Gero bestellte ein Schäufele.

„Na wie war’s denn heute so, Thomas, was habt ihr zerrissen?“, fragte Henrik.

„Wir haben in der ‚Krone‘ in Gößweinstein jeder zwei Stück Kuchen bezwungen“, erwiderte Thomas. „Aber der Eisbecher war dann ein echtes Ausdauerproblem. Ich habe ihn nicht geschafft.“

Clara lachte. „Du musst mehr trainieren, Thomas.“

Henrik ließ sich nicht aus dem Konzept bringen. „Ich wollte nur wissen, ob ihr irgendwelche tollen Routen probiert habt, ich suche gerade nach einem neuen Projekt."

„Wie schwer soll's denn sein?", fragte Thomas.

Henrik trug ein ärmelloses T-Shirt; er kreuzte seine Arme vor der Brust, was seine Bizepse hervorquellen ließ. „So ungefähr neun plus."

„Hmm", machte Thomas. „Da musst du ja seit dem letzten Wochenende ganz schön in Form gekommen sein."

Henrik runzelte die Stirn. „Was soll das denn heißen?"

Die rundliche Blonde an seiner Seite legte eine Hand auf seinen Arm. Er schüttelte sie ab.

Die Stimme von Thomas klang sachlich. „Ich wundere mich, weil ich dir in einer Route mit dem interessanten Namen ‚Jürgen würgen' zugeschaut habe."

„Das war eine Scheißtour für acht minus, die Schlüsselstelle total unübersichtlich", verteidigte sich Henrik. „Und außerdem war ich da schon total platt."

Die beiden wurden durch den Kellner unterbrochen, der Thomas eine Apfelschorle brachte und Gero ein Hefeweizen.

Gero beobachtete die anderen und trank sein Bier. Offenbar waren alle hier am Tisch Mitglieder der Klettergruppe der Alpenvereinssektion „Gelber Enzian". Thomas hatte Gero erzählt, dass dort nicht jeder aufgenommen wurde, nur „Bergsteiger schärferer Richtung", wie es in der Vereinssatzung hieß. Gero fiel durchs Raster, er war noch nie im Gebirge geklettert. Ein Felsblock von drei Metern Höhe genügte für einen passionierten Boulderer wie ihn, um raffinierte Bewegungen auszuprobieren und sich auszutoben. Andererseits – er hatte schon Fotos von Felstürmen gesehen, die ihn lockten, dort einmal hinaufzusteigen ...

Das Gespräch drehte sich jetzt um die Planung einer Ausfahrt in die Dolomiten in der dritten Augustwoche.

„Henrik hat ein wunderschönes Ferienhaus in der Nähe von Kolfuschg gefunden", sagte die Frau, die neben Henrik saß, „dort kann man –"

„Ja, ein Wahnsinnsgebiet!“, rief Henrik aus. „Da gibt es echt für alle etwas! Geile Alpintouren, Klettersteige und Routen mit jeder Menge Bohrhaken für Leute, die eigentlich nichts im Gebirge verloren haben.“

Mit elegantem Schwung stellte der Kellner Gero ein dampfendes, würzig riechendes Schäufele hin. Er schnitt ein Stück ab und schob es in den Mund. Es zerging auf der Zunge.

Gero hätte sich gerne mit Clara unterhalten, aber ein rotblonder kleiner Kerl namens Max redete ununterbrochen auf sie ein. Sie wandte sich von ihm ab, prostete Thomas und Gero zu, aber Max ließ sich nicht beirren und quasselte weiter, wobei er immer näher an Clara heranrückte, obwohl er am Rand der Bank saß und eigentlich genug Platz hatte. Als er nach seinem Bierkrug griff, schoss Claras Hand vor, schnappte seinen Humpen – Max langte ins Leere. Verwirrt starrte er Clara an.

Sie trank einen Schluck. „Danke, das Kellerbier ist hier wirklich gut.“ Ihre Stimme war zuckersüß. „Und jetzt würde ich gerne auch einmal etwas sagen.“

„Äh, ja, was –“

„Wenn ich wissen will, wie man ‚Magnet‘ oder ‚Metallica‘ klettert, schaue ich in climbing.de nach oder frage jemanden, der diese Routen wirklich gemacht hat!“

Max gab keine Antwort. Seine helle Haut lief rosa an, er zog den Kopf ein.

Henrik brach in schallendes Gelächter aus. „Armer Max! Wenn du schon länger bei uns wärst, dann wüsstest du, dass mit Clara nicht gut Kirschen essen ist.“ Er beugte sich zu Max und flüsterte verschwörerisch und dennoch gut für alle hörbar: „Die ist eine richtige Emanze, die frisst kleine Männer.“

Clara lächelte und zwinkerte Gero zu. „Die großen Brocken finde ich appetitlicher.“

Gero wurde warm. Er war über einen Meter neunzig groß und hatte breite Schultern.

Er hatte Mitleid mit Max, der mit verkniffener Miene in sein Bier starrte, aber nun konnte er sich endlich mit Clara unterhalten. Er erzählte ihr, dass er Sozialarbeiter war und eine Klettergruppe für straffällig gewordene Jugendliche aufgezogen hatte. Sie fragte nach der Vorgeschichte seiner Schützlinge, ihren psychischen Problemen und wie das Klettern ihnen helfen konnte. So viel Interesse an diesem Thema hätte Gero von einer Computerspezialistin nicht erwartet. Verdammte Vorurteile! Er war nicht besser als diese Typen, die Dunkelhäutige oder Dicke in Kästchen sortierten.

Gegen zehn Uhr abends breitete sich in der Gruppe Aufbruchsstimmung aus.

„War nett dich kennen zu lernen, Gero“, sagte Clara. „Hättest du Lust, mit in die Dolomiten zu fahren?“

Gero musste über die Antwort nicht nachdenken.

2. KAPITEL

Freitag, 15. August

Clara saß auf dem Parkettboden ihres Schlafzimmers inmitten von Gegenständen, die sie für den Urlaub zusammengetragen hatte. Ein großer Haufen bestand nur aus Klettermaterial: ein großer und ein kleiner Rucksack, zwanzig Expressschlingen, Friends, Klemmkeile, Reepschnüre, Bandschlingen, drei Paar Kletterschuhe in verschiedenen Stadien der Abnutzung, Zustiegsschuhe.

Daneben hatte sie einen Bücherberg aus Romanen und Führerliteratur samt Landkarten aufgebaut und für Lese-Notfälle noch den Kindle dazugelegt. Eine Daunenjacke war auch im August nötig, Clara fror leicht und hasste es. Daneben lag eine Isomatte, die sie seit drei Jahren immer in den Urlaub mitnahm, um Yoga zu machen, die aber bisher nur als Unterlage beim Sonnenbaden und Lesen gedient hatte.

Der ganze Krempel würde locker in ihren alten Corsa passen, denn sie fuhr allein; sie wollte unabhängig sein und die Fliege machen können, wenn Henrik ihr allzu sehr auf die Nerven ging. Aber sie wollte diese Ferienwoche mit der Gruppe nutzen, um ihrer Schwester wieder etwas näherzukommen. In den letzten Monaten hatten sie nur gelegentlich miteinander telefoniert, und Marianne hatte betont fröhlich getan – ein Alarmzeichen. Vielleicht brauchte sie bald Claras Schulter zum Anlehnen.

Außerdem freute sich Clara wahnsinnig auf die Dolomiten. Türme, Felszacken und wuchtige Wände, die direkt aus blühenden Wiesen emporschossen, griffiges Gestein, das wie fürs Klettern gemacht war ... Trotz Autoschlangen und Seilbahnen waren die Dolomiten ihr Traumland.

Ein Gefühl von Freiheit und Weite lag dort in der Luft.

Was für ein Kontrast zum Viereck der Bildschirme, vor denen sie jeden Tag viele Stunden lang hockte, um missgelaunte Computer zur Räson zu bringen. Sie wollte raus aus der Stadt, weg von künstlich beleuchteten Räumen, in denen es nach Plastik roch, und sie hatte die Schnauze voll von gehetzten Kunden, deren Welt zusammenbrach, wenn sie keine Internetverbindung hatten.

Clara zog einen der Führer aus dem Stapel und begann darin zu blättern. Die Routen am Torre Brunico waren einfach der Hammer! Ob sie dafür gut genug in Form war?

Ihr Blick schweifte zur Tür, über der ein Trainingsbrett hing, und zu der mit Plastikgriffen gespickten Bretterkonstruktion über dem Futon, auf dem sie schlief. Den ganzen letzten Winter hatte sie konsequent trainiert. Ihre Chancen standen gut, diesen Sommer deutlich schwerer zu klettern als im vorigen Jahr.

Klettern. Das war es, was ihr das Gefühl gab, stark zu sein und etwas zu erreichen. Klar, sie war auch in ihrem Job ziemlich gut, aber für den Umgang mit Computern gab es keine Schwierigkeitsgrade, an denen man sein Können messen konnte.

Clara seufzte. Eigentlich war das ein Riesenblödsinn, diese Jagd nach immer höheren Schwierigkeitsgraden! Konnte sie nicht ein für allemal zu sich sagen: Ich finde mich gut, ich bringe etwas zustande, und das war's dann? Warum nur hatte sie ständig das bescheuerte Gefühl, etwas beweisen zu müssen? Vor ihrer intensiven Kletterphase hatte sie sich für eine Versagerin gehalten – in allem, was nicht ihren Beruf betraf. Und vor allem als Frau.

Ihr Blick fiel auf den zerschrammten Klemmkeil Nummer fünf, dessen Drahtkabel mit grünem Tape umwickelt war. Daniel hatte ihn ihr einmal zum Geburtstag geschenkt und erklärt, in dieser Größe bräuchte man immer zwei Keile im alpinen Kalk. Er hatte recht gehabt.

Daniel ...

Als sie ihm zum ersten Mal begegnet war, hatte es sie beeindruckt, dass er ganz anders war als sein Bruder Henrik, der bekannte Erstbegeher. Mit Daniel war Clara ins Theater und in Museen gegangen, nächtelang hatte sie mit ihm über Gott und die Umwelt diskutiert – und über Kunst. Dass Clara Daniels bunte Ölbilder nicht gut fand, machte ihm sehr zu schaffen; es war sein Traum, damit Anerkennung zu finden und davon leben zu können.

Als Clara ihr Studium abgeschlossen hatte, nahm sie einen Job mit Sechzig-Stunden-Woche plus Überstunden an, und sie konnten es sich leisten, in eine gemeinsame Wohnung zu ziehen, wo sich Daniel ein Atelier einrichtete. Sie heirateten nicht, das fand Daniel spießig, aber sie waren sich einig, dass sie Kinder haben wollten.

In den folgenden Jahren fand Clara wegen ihrer Arbeit kaum noch Zeit zum Klettern, und Daniel verbrachte viele Tage und auch Urlaube mit anderen Seilpartnern und wurde immer besser, während sie stagnierte.

Dann kam jenes Wochenende ...

Die Szenen hatten sich in Claras Gedächtnis gebrannt.

„Mela hat gerade niemand anderen zum Klettern, sie würde gerne mitkommen“, sagte Daniel.

Wenn er das vorschlug, konnte sie unmöglich sagen, dass sie lieber mit ihm allein wäre.

„Passt schon.“ Sie kannte das Mädchen noch nicht, mit dem Daniel seit ein paar Monaten öfter unterwegs war. Er hatte ihr erzählt, Mela studiere Kunstgeschichte und verdiene sich das Geld dazu als Model.

Bei der Fahrt nach Nassereith saß Clara auf dem Rücksitz ihres VW-Busses, den Blick nach vorne auf Daniel und Mela gerichtet, die miteinander plauderten.

In ihrem Magen hockte ein eigenartiges Gefühl – nein, nein, sie war nicht eifersüchtig.

Eigentlich wäre sie lieber an die „Chinesische Mauer“ gefahren, aber Daniel hatte erklärt, für Mela sei das Gebiet zu schwer, das Mädel klettere erst seit zwei Jahren.

Jetzt warf sie die langen blonden Haare zurück und kicherte über etwas, das Clara nicht mitbekommen hatte.

„Gern, Mela“, sagte Daniel. „Und wenn du so weitertrainierst, fahren wir bald miteinander in die Berge.“

Dass unter Daniels Seilpartnern auch ein hübsches Mädchen war, sollte Clara eigentlich egal sein. Diese Weiber, die ihre Männer nur mit anderen Männern klettern ließen, fand sie unmöglich. Sie vertraute Daniel.

Sie lehnte sich im Polster zurück und schloss die Augen, sie musste unbedingt etwas Schlaf nachholen, ihr Job fraß sie auf. Aber seit einer Weile verkaufte Daniel seine Bilder gut, Zeitschriften veröffentlichten Artikel über ihn. Vielleicht konnte sie bald ihren Traum wahrmachen. Weniger arbeiten, mehr Zeit für die Berge, dann irgendwann Kinder – das konnte noch warten, sie war ja erst Anfang dreißig ...

Clara wachte auf. Sie musste lange geschlafen haben, der Bus stand auf dem Parkplatz unter dem Felsriegel bei Nassereith. Der Himmel war dunkelblau.

Sie stieg aus dem Bus. Mela kam mit frisch gelackten Lippen vom Klohäuschen. Mit ihrem bauchfreien Top und den weißen Shorts sah sie aus wie einem Modemagazin entsprungen. Genau wie Daniel, der seinen nackten braunen Oberkörper reckte und dann ein rotes T-Shirt überstreifte. Er war ein Bild von einem Mann: rotbraunes Haar, hellblaue Augen. Bei seinem Anblick spürte Clara ein Kribbeln unterhalb des Nabels.

Sie schulterte ihren Rucksack und folgte Daniel und Mela in Richtung des Anfängersektors ganz links.

Während Daniel Mela sicherte, setzte sich Clara an den Wandfuß, cremte sich ein und blinzelte in die Sonne.

Gegenüber stiegen die Mieminger Berge aus dem grünen Talboden, auf den Tschirgant hatte sie letzten Winter eine nette Skitour gemacht. Die Häuser von Nassereith scharten sich um einen Kirchturm mit doppelter Zwiebel, der Zipfel eines dunkelgrünen Sees schimmerte zwischen den Häusern.

„Wunderbar, jetzt den Griff links, dann den Schlitz in der Platte!“ Jedes Mal, wenn Mela ein Bein hob, lobte Daniel sie begeistert. Bis er das Mädchen die Route hinaufgeredet hatte, dauerte es gefühlte zwei Stunden. Als sie wieder unten am Boden stand, strahlte Daniel sie an. „Das hast du großartig gemacht. Willst du die Nachbarroute auch noch versuchen?“

Plötzlich wurde es Clara zu bunt. „Moment mal. Ich wollte heute eigentlich auch noch klettern.“

Die beiden wandten sich ihr zu. Daniel hob die Brauen. „Was willst du damit sagen?“

„Genau das, was ich gesagt habe. Ich habe mich die ganze Woche aufs Klettern gefreut. Ich will nicht nur herumsitzen und einer Anfängerin zuschauen.“

Daniel warf ihr einen eisigen Blick zu. „Du bist ganz schön unkameradschaftlich. Wenn du dich so aufführst, können wir gleich heimfahren.“

Mela ergriff Daniels Hand und starrte Clara mit vorgeschobenem Kinn an. „Am besten fährst du jetzt gleich, und zwar mit dem Zug. Wir kommen hier gut ohne dich zurecht.“

Daniel wurde rot, machte sich von ihr los.

„Sag’s ihr endlich!“ Melas Stimme überschlug sich. „Sag’s ihr, das hat doch alles keinen Sinn mit dieser Heimlichtuerei!“

„Aber Mela“, stammelte Daniel, „wir wollten doch vorher noch …“

Clara stützte beide Hände auf den Boden, sie sank, ging unter, um sie wurde alles dunkel. Sie hörte sich aufschluchzen. Ein paar Atemzüge, tief und zitternd – sie saß in gleißender Sonne auf dem mit Steinchen bestreuten Pfad.

Daniel und Mela hatten sich ihr gegenüber niedergelassen.

Ihre Kehle war eng, ihre Stimme gehorchte ihr kaum. „Was ist los, Daniel? Seid ihr …“

Er wich ihrem Blick aus. Mela legte einen Arm um Daniels Schultern. Auf ihren Lippen lag ein triumphierendes Lächeln.

Clara kämpfte darum, normal zu klingen. „Ihr habt also eine Affäre.“

„Es ist mehr“, sagte Mela. „Wir wollen bald heiraten.“

„Hast du auch etwas dazu zu sagen, Daniel?“

„Es hat keinen Sinn mehr mit uns, Clara.“

Ihre Lippen formten mit Mühe ein Wort. „Warum?“

Daniel schwieg.

„Warum?“

Daniel zog seinen Klettergurt aus und steckte ihn in den Rucksack. „Fahren wir nach Hause.“

Die folgenden Tage waren ein Alptraum. Daniel riss sich den VW-Bus unter den Nagel, einen verbeulten T4, der auf seinen Namen lief und den Clara bezahlt hatte. Und er nahm Sachen aus ihrer gemeinsamen Wohnung mit, die ihr gehörten. Sie rief ihn an.

Er sagte, die Trennung von ihr täte ihm wirklich weh.

„Warum hast du nie gesagt, dass etwas zwischen uns nicht stimmt?“, fragte Clara.

„Ich möchte nicht darüber reden, das ändert ja doch nichts. Ich liebe Mela.“

„Dann bring mir den Bus zurück und mein Doppelseil und die Espressomaschine, verdammt noch mal!“, schrie Clara ins Telefon.

„Es ist furchtbar für mich, dass du jetzt nur ans Materielle denkst“, erwiderte er mit weinerlicher Stimme.

„Du gemeines, hinterhältiges Arschloch!“

Das war keine gute Gesprächsbasis. Er gab den Bus nicht zurück.

Für Clara folgten Wochen und Monate der Qual. Sie suchte den Fehler bei sich. Redete mit Mela, die Daniels Kunstwerke und überhaupt alles an ihm ohne Wenn und Aber bewunderte. Hätte Clara lügen und seine Ölschinken loben sollen? Oder lag es daran, dass Mela so viel hübscher und acht Jahre jünger war als sie?

Später erfuhr sie, dass Daniel sie seit Jahren mit verschiedenen Frauen betrogen hatte. Fast alle ihre Freunde – die in erster Linie Daniels Freunde waren – hatten davon gewusst.

Sechs Jahre lang hatte sie mit diesem Mann zusammengelebt. Sechs Jahre hatten sie miteinander gelacht, Freunde eingeladen, Möbel ausgesucht, gevögelt und sich durch schwere Wände gekämpft. Und er hatte sie nie hinter seine Fassade blicken lassen.

Clara seufzte und sah aus dem Fenster. Seit der Trennung von Daniel war es nicht mehr weit her mit ihrem Selbstbewusstsein. Bei jedem neuen Liebhaber hoffte sie auf die Bestätigung, dass sie eigentlich ganz gut aussah. Und sie hatte keine Lust mehr, längere Zeit mit einem Mann zusammen zu sein. Sonst tat es zu weh, betrogen und verlassen zu werden.

Das mit Daniel war jetzt zwei Jahre her. Sie gab sich einen Ruck. Höre auf damit, wütend auf ihn zu sein! Vergiss ihn!

Clara stand auf; ihre Hand umklammerte noch immer den Klemmkeil. Sie ging auf ihren Balkon hinaus und schleuderte ihn so weit weg, wie sie konnte. Er landete jenseits der Mauer im Garten ihres Nachbarn.

3. KAPITEL

Samstag, 16. August

Über Wäldern und Almwiesen thronte ein Koloss, dessen Wände bis zu einem Kilometer hoch waren: der Langkofel.

Einst spielten Fische um das Korallenriff, das vor mehr als zweihundert Millionen Jahren aus dem Urmeer Tethys emporgewachsen war. Damals wäre das Klettern leichter gewesen und Skifahren unmöglich.

Marianne war dankbar dafür, dass sich die Erdkruste verschoben und die Alpen samt den Dolomiten emporgehoben hatte – sie liebte die Berge. Wobei es ihr nicht darauf ankam, wie schwer oder berühmt eine Route war. Sie hatte eine kindliche Freude am Steigen mit Händen und Füßen.

Jedes Mal, wenn sich der Langkofel über dem Grödnertal vor ihr aufbaute, reizte es sie, seine Nordkante hinaufzuklettern. Aber mit wem? Ihrem Ehemann, dem berühmten Erstbegeher, konnte sie unmöglich eine Route im vierten Grad zumuten. Für Wilfrieds schlechte Knie war die Tour zu lang. Und Clara konnte sie auch nicht fragen, sonst würde sie nur ihr zuliebe mitkommen.

Marianne blickte zu Henrik hinüber, der hinter einem Laster herkurvte. „Lahmarschiger Drecksitaliener“, grummelte er.

Sie wickelte ein Bonbon aus. „Magst du auch eins?“

„Nein danke. Ich verstehe nicht, warum du dauernd solches Zuckerzeug kaufst und dann jammerst, dass du zu dick bist.“

Er hatte Recht. Marianne blickte auf ihre halbnackten Oberschenkel, die wie Flundern auf dem Ledersitz lagen. Eigentlich waren Shorts für sie nicht das Richtige. Wie frustrierend, so auszusehen und mit jemandem verheiratet zu sein, der eine Figur hatte wie die Strahlemänner auf dem Cover von Men’s Health. Vielleicht gelang es ihr, jetzt in den Ferien ein bisschen abzunehmen.

Henrik trat aufs Gas und schoss an dem LKW vorbei. „Übrigens hat Mama mich gestern Abend angerufen“, sagte er. „Ihr geht es nicht gut. Wir hätten nicht wegfahren sollen.“

„Frau Allmer ist sehr zuverlässig“, erwiderte Marianne. „Sie würde dich sofort anrufen, wenn etwas mit deiner Mutter wäre. Und Daniel ist daheimgeblieben, er besucht sie bestimmt.“

„Daniel hat es versprochen, aber er kümmert sich nur um Mama, wenn er Geld von ihr will. Ich mache mir Sorgen um sie. ‚Fahrt ruhig in den Urlaub‘, hat sie gesagt. ‚Die Dolomiten sind ja nicht aus der Welt, und zu meiner Beerdigung seid ihr bestimmt rechtzeitig zurück.‘ “

Henriks Stimme klang seltsam. Marianne sah ihn von der Seite an. Er wischte sich über die Wange.

Er war nicht so hart, wie er immer tat. Im Gegensatz zu seinem Bruder, der gern den sensiblen Künstler herauskehrte und Clara eiskalt ausgenutzt und abserviert hatte.

Sie fuhren an Hotelanlagen bei St. Christina vorbei, die aussahen, als hätte man sie für arabische Fürsten und russische Oligarchen gebaut, und an erstaunlich vielen Holzschnitzer-Betrieben mit dazugehörenden Läden. Das Grödnertal war weltberühmt für seine traditionelle Schnitzkunst. Marianne hätte gern eine Krippe mit Figuren erstanden, aber für so etwas gab Henrik kein Geld aus.

Warum war er nur so geizig? In ihr stieg schon wieder das Gefühl auf, um ihr Leben betrogen zu werden. Seit ihre Schwiegermutter Henrik das Mietshaus überschrieben hatte, waren sie nicht mehr auf Mariannes Verdienst als Grundschullehrerin angewiesen. Wie sie diesen Beruf hasste! Aber Hass war eigentlich das falsche Wort. Immer wenn sie vor der Tür eines Klassenzimmers stand, packte sie die Angst. Sie wollte da nicht hinein. Nicht wieder einen Haufen schreiender Bälger anbrüllen, sie sollten endlich still sein. Nicht wieder Strafarbeiten geben, ermahnen, verarscht werden. Sie war eine miserable Lehrerin, weil sie sich nicht durchsetzen konnte. Dass ihr das bei ihrem willensstarken Mann auch nicht gelang, war nur logisch. Sie musste ihr Leben bald in die Hand nehmen.

Sie warf Henrik einen Blick zu. „Was hast du eigentlich für Kletterpläne in diesem Urlaub?“

„Am Heiligkreuzkofel gibt’s noch tolles Neuland, da geht von den Sportkletterfritzen keiner hin. Ich weiß nur nicht, wer mich da sichern soll.“

Marianne fühlte sich schuldig. Sie war vor zwei Wochen an einem Überhang gescheitert, Henrik hatte ihretwegen umkehren müssen.

„Wilfried klettert noch schlechter als du“, fuhr Henrik fort, „und Max ist eine Pfeife.“

„Und Thomas? Der ist doch ein hervorragender Alpinist“, sagte Marianne.

„Mit diesem neunmalklugen Professor gehe ich nicht! Ich werde seinen Kumpel fragen, diesen Gero. Thomas hat mir erzählt, dass er ein sehr guter Boulderer ist. Er kann sicher einen Achter nachsteigen.“

„Hast du deshalb nichts dagegen gesagt, als Clara ihn eingeladen hat?“, fragte Marianne.

„Nein, da habe ich ja noch nichts über Gero gewusst. Aber es war mir recht, weil sich dann die Kosten für das Ferienhaus auf mehr Leute verteilen.“

Das hätte sich Marianne denken können. Henrik aß nur in billigen Restaurants, meckerte, wenn sie vergaß, das Licht auszuschalten, und erwartete von ihr, dass sie bei Kik und Lidl einkaufte. Das Einzige, woran er nie sparte, war Benzin – wie die meisten ambitionierten Bergsteiger. Henriks gesamtes Leben war auf seine Kletterleidenschaft ausgerichtet – auch dass er nur einen halben Job als Sportlehrer angenommen hatte, um genug trainieren zu können. Aber warum sollte dann Marianne Vollzeit arbeiten?

Ihr Magen knurrte. Wäre sie allein gewesen, so hätte sie sich auf die Terrasse eines Gasthofs gesetzt, ein ordentliches Mittagessen bestellt und die Sonne und den Blick auf die Berge genossen.

Sie aß die restlichen Bonbons und eine Packung Gummibären, trotz der kritischen Blicke, die Henrik ihr zuwarf.

Zum Grödner Joch hinauf schlängelte sich die Straße durch Wiesenmatten. Die Zacken der Cirspitzen wirkten zierlich im Vergleich zu den schattigen Wandfluchten des Sellastocks, der an eine gigantische Festungsanlage erinnerte.

Wenn Henrik mit Gero auf Tour ging, würde sich Marianne absetzen und sich hier oben einen herrlichen Tag des Nichtstuns gönnen. Schauen, schlendern, sich in eine Wiese legen und den neuesten Fantasy-Roman von Sanderson lesen, danach in irgendein Café gehen …

Oder sollte sie mit Clara losziehen? Nein. Ihre Schwester würde sich lieber mit einem anderen Kletterpartner in richtig schweren Routen austoben.

Bisher hatte sie Clara nichts über ihren Kummer erzählt, und das war gut so. Ihre Schwester würde sich nur Sorgen um sie machen. Und manche Dinge wurden kein bisschen besser, wenn man sie offen aussprach.

***

Lisa schaute zum heruntergekurbelten Fenster des VW-Busses hinaus. Die alte Rostschleuder hatte keine Klimaanlage und kein Navi, dabei hätte ihr Vater sich als Chef eines Klempnerbetriebs ein Mercedes-Wohnmobil mit allen Schikanen leisten können. Aber er hing an seinen Sachen, egal ob es die uralte Spiegelreflex-Kamera war oder die speckige Lederjoppe im Trachtenstil. Lisa seufzte. Es war aussichtslos, Papa zu erklären, dass ein 17-jähriges Mädchen für jede Saison neue Klamotten brauchte. Mama hätte sicher ein gutes Wort für sie eingelegt. Aber Mama hatte sie und Wilfried durch ihren Tod miteinander alleingelassen.

Sie fuhren an den letzten Häusern von Kolfuschg vorüber. Eine Gruppe Kühe drückte sich am Rand eines Wäldchens in den Schatten. Ihr Muhen und das Bimmeln ihrer Glocken tönten herüber, es roch nach Heu und ein bisschen nach Stall.

Lisa würde ihr rosa-blau geblümtes Dirndl anziehen, das ihren Busen so gut zur Geltung brachte. Und Papa würde ausnahmsweise nicht meckern, sie sähe aus wie eine Nutte, denn ein Dirndl war Tradition.

„Schau, Lisa, wir sind gleich da.“ Papa steckte seinen Computerausdruck mit der Anfahrtsbeschreibung weg und deutete auf ein einstöckiges Haus inmitten von blühenden Wiesen. Rundherum lief ein geschnitzter Balkon mit einer lückenlosen Reihe von Blumenkästen, aus denen rote und weiße Geranien quollen. In den Putz waren Natursteine eingelassen, was wohl den urigen Charakter hervorheben sollte.

„Ganz schön abgelegen. Mir gefällt es“, sagte Papa.

Kurz darauf parkte er neben einem schwarzen BMW mit Münchner Nummer ein.

Lisas Herz machte einen Satz. Henrik war also schon da. Es wäre zu blöd, ihm jetzt gleich zu begegnen, sie war verschwitzt und ihr Make-up wahrscheinlich verschmiert. Sie fuhr mit der Zunge über ihre Lippen, damit sie glänzten, zupfte eine schwarze Locke zurecht und stieg aus.

Neben der Haustür prangte ein Fresko mit Sonnenuntergang, Gipfel und einem Steinbock, der über ein Büschel Almrausch hüpfte. Darunter stand in geschwungener Schrift: „Ferienhaus Alpenrose“.

Papa ging hinein. Lisa folgte ihm in einen gefliesten Vorraum mit offenen Regalen und einer Reihe schmiedeeiserner Garderobenhaken, an denen ein paar Anoraks hingen. Eine Treppe führte hinauf in den ersten Stock.

Marianne kam gerade herunter. „Hallo ihr zwei!“

Das kurze Sommerkleidchen stand ihr nicht, sie hatte keine Taille und schwammige Knie, aber sie war immer so freundlich – sie tat Lisa fast leid.

Marianne gab Wilfried ein Küsschen auf die Wange und reichte Lisa die Hand. „Schön, dass ihr da seid. Thomas und Gero sind vor einer Stunde angekommen und gleich wieder losgefahren, um fürs Abendessen einzukaufen. Soll ich euch eure Zimmer zeigen?“

Eine halbe Stunde später hatte Lisa ihre Kleider in den Bauernschrank gehängt, geduscht und die Haare geföhnt. Das Bett war mit weiß-blau gewürfeltem Leinen bezogen, an den Wänden prangten gestickte Alpenlandschaften und Blumenbilder in Goldrahmen.

Die Hütte war echt total uncool, aber der richtige Hintergrund für Lisas Dirndl.

Sie trat auf den Balkon hinaus und blickte über das Abteital zum Heiligkreuzkofel, dann nach Norden zum Sassongher, einer gewaltigen Pyramide am Rand der Puezgruppe. Gipfelnamen waren Lisa egal, aber sie bekam ständig jede Menge Geografie ab, weil ihr Vater nie eine Gelegenheit ausließ, sämtliche Zapfen aufzuzählen.

Sie hatte gejubelt, als Papa ihr gesagt hatte, sie würden in die Dolomiten fahren. Denn dort bestanden die Berge aus dem richtigen Material: steilem Fels, der sich fantastisch zum Klettern eignete. Was viel besser war, als zu Fuß auf schottrige Gipfel hinaufzukeuchen.

Die Dielenbretter des Balkons knarrten.

Henrik kam mit breitem Lächeln auf sie zu und stellte sich neben sie an die Brüstung.

„Ein Anblick wie aus einem Luis-Trenker-Film: ein hübsches Mädl im Dirndl in romantischer Berglandschaft."

„Und der Held ist ein schöner Blonder, der leider verheiratet ist", erwiderte Lisa kühn.

Henrik legte eine Hand leicht auf ihren nackten Arm. Ein Schauer überlief ihre Haut.

„Hast du ein eigenes Zimmer?"

„Papa wollte zuerst ein Doppelzimmer, aber ich habe ihm gesagt, dass das nicht geht, weil er schnarcht. Und dann habe ich im Internet nachgeschaut und gesehen, dass es in der ‚Alpenrose' jede Menge Platz gibt."

„Wo bist du jetzt einquartiert?"

Lisa wies mit dem Daumen nach hinten. „Gleich hier. Ich finde es super, dass mein Zimmer direkt auf den Balkon rausgeht."

Henriks Augen fixierten die Grube zwischen ihren Brüsten. „Die Aussicht hier ist fantastisch."

Unter seinem intensiven Blick beschleunigte sich Lisas Atem. Sie sah sich um. Nur sie beide waren auf dem Balkon. Sich an ihn pressen, seine starken Arme spüren ... Nein, das war zu riskant.

„Wir können nur – wenn Papa unterwegs ist. Sein Zimmer ist neben meinem, und er ist ja sooo vorgestrig in moralischen Sachen. Und Marianne …"

„Marianne macht gerne Sightseeing-Trips oder geht wandern", unterbrach er sie. „Und ich bin nicht jeden Tag in der Wand."

Lisa kicherte. „Glaubst du, dass deine Frau etwas ahnt?"

„Bestimmt nicht. Sie ist überzeugt, dass sie mich durch und durch kennt."

***

Clara schnupperte, als sie im Flur an der halb offenen Küchentür vorbeikam. Hmmm – es roch würzig, vielleicht Schinken oder Speck, und was war das für ein Kraut? Salbei?

Gero und Thomas hatten nach ihrem Einkauf etwas von Saltimbocca erzählt. Lecker.

Sie betrat die Küche und erblickte Gero, der mit einer Sonnenbrille auf der Nase am Ecktisch saß und Zwiebeln hackte. Wuschliges braunes Haar, volle Lippen und breite Schultern … Der Mann passte verdammt gut in ihr Beuteschema. Lisa stand mit einem Sieb voll Ackersalat an der Spüle und ließ Wasser darüber laufen.

Die Fronten der Einbauküche waren aus dunklem Holz, an den Wänden blinkten kupferne Töpfe, über den Vorhang am Fenster marschierten Enten aus geklöppelter Spitze.

„Kann ich helfen?", fragte Clara.

Gero schob die gehackten Zwiebeln mit einem Messer vom Brettchen in eine Glasschüssel. „Du könntest auf die

Schnitzel aufpassen, damit sie nicht anbrennen. Die Pfannen hier taugen überhaupt nichts."

Clara wandte sich dem Herd zu, griff nach dem Bratenwender und drehte die mit Parmaschinken und Salbei umwickelten Kalbsschnitzel um. „Ich habe noch nie ein Ferienhaus oder Appartement mit ordentlicher Pfanne erlebt."

„Und außerdem könntest du mich ein bisschen trösten", fuhr Gero fort.

Clara sah zu ihm hinüber.

Er setzte die Sonnenbrille ab; sie hatte nicht viel genutzt, Tränen liefen ihm über die Wangen.

„Ich mag Männer, die sich nicht schämen zu weinen", sagte sie. „Was hältst du davon, Lisa?"

„Softies sind voll geil. Aber bloß wenn sie Muskeln haben und einen Bart und nur wegen der wirklich wichtigen Sachen weinen, wie zum Beispiel Zwiebeln oder Liebeskummer."

„Klar. Aber wenn sie sich in den Finger geschnitten haben, müssen sie das ohne mit der Wimper zu zucken ertragen wie Winnetou", sagte Clara.

„Wer ist denn das?"

Clara kam sich plötzlich sehr alt vor. Diese Generation kannte Karl May nicht mehr. Sie erklärte es ihr.

Die Tür öffnete sich, Wilfried steckte seinen breiten Krauskopf herein. „Wann gibt's denn Essen?"

Lisa wandte sich ihrem Vater zu. Ihre Augen waren mit einem dicken Kajalstrich umrandet, ihr Lidschatten schillerte dunkellila.

Zwischen Wilfrieds buschigen Augenbrauen erschien eine steile Falte. „Lisa! Geh, wasch die Farb ab, des schaugt ja aus, wie wannst a Veilchen hättst!"

„Das ist gerade in, Papa."

„Dös is mir wurscht. In a Berghüttn passt des doch net!"

Lisa zog es vor, nicht zu antworten. Wenn ihr Vater vom Südhochdeutschen ins Bayrische wechselte, war das ein Zeichen für echten Ärger.

„Geh und wasch den Schmarrn ab, zäfix!"

Clara fand es an der Zeit, Lisa in Schutz zu nehmen. „Ein bisschen Schminke ist doch normal bei den Mädels, Wilfried. Sie hat es sowieso schwer mit uns, alle sind so viel älter als sie.“

Wilfried zuckte die Schultern und zog ab.

Lisa setzte sich mit der Schüssel voll Ackersalat an den Tisch und begann, die Würzelchen abzuzupfen. „Du bist alt, Clara, aber cool“, sagte sie. „Dein Outfit ist super.“

Clara fühlte sich geschmeichelt. Mit ihrem schwarzen Minirock, dem bauchfreien gelben Top und roten Chucks sah sie von Weitem aus wie ein Teenager. Marianne sagte ihr öfter, mit ihren 34 Jahren solle sie allmählich wie eine Erwachsene auftreten, aber Clara war das egal.

„Ich fahre nie wieder mit Papa in den Urlaub“, fuhr Lisa fort. „Er war schon immer autoritär und ein Grantler, aber so richtig schlimm ist das erst seit drei Jahren, seit meine Mama an Krebs gestorben ist.“

Gero nahm einen tiefen Zug aus einer Bierflasche. „Das tut mir leid. Vielleicht fehlt Wilfried einfach eine Frau.“

Lisa seufzte. „Kann sein. Aber mit dem Bauch und den grauen Haaren ist er nicht gerade ein Traummann. Und er ist schon deutlich über fünfzig.“

„Will er denn eine neue Beziehung?“, erkundigte sich Clara.

Lisa zog einen Flunsch. „Er steht auf Marianne, glaube ich, aber da läuft natürlich nichts, Papa ist ja dermaßen – dermaßen widerlich und zum Kotzen brav!“

Ihr Ausbruch war verständlich. Wilfried hatte etwas Biederes an sich, das auch Clara manchmal nervte. Darin ähnelte er Marianne. Eigentlich würden die beiden gar nicht schlecht zueinander passen. Und Marianne machte schon seit längerer Zeit den Eindruck, als wäre sie mit Henrik nicht glücklich.

Gero schaute Lisa an. „Hast du eigentlich einen Freund?“

„Ähm – ja, irgendwie schon.“

„Irgendwie – was meinst du damit?“

Lisa zupfte ein weiteres Würzelchen ab.

„Ist er ein Kletterer?"

Lisa nickte.

„Schade, dass er nicht mitgekommen ist", sagte Gero.

Lisa brach in hysterisches Gekicher aus.

Clara ging ins Wohnzimmer, wo sich alle anderen bereits versammelt hatten, und stellte die dampfende Pfanne mit den Schnitzeln ab. Doch bevor jemand „guten Appetit" sagen konnte, klopfte Marianne an ihr Glas und erklärte in ungewohnt energischem Tonfall: „Bitte hört alle mal her. Ich wollte euch daran erinnern, dass Henrik eine schwere Erdnussallergie hat. Bitte denkt beim Kochen und Einkaufen unbedingt daran! Schon winzige Spuren von Erdnüssen sind für ihn lebensgefährlich."

Gero nickte. „Alles klar, du hast uns das ja schon heute Nachmittag vor dem Einkaufen erklärt. Inzwischen ist mir aber etwas eingefallen: Was sollen wir tun, wenn Henrik trotz aller Vorsicht etwas mit Erdnüssen erwischt? Den Rettungswagen rufen?"

„Auf jeden Fall", erwiderte Marianne. „Aber der könnte zu spät kommen, es geht um Minuten. Deshalb ist Henriks Allergie-Notfallset so wichtig." Sie langte in ihre Rocktasche, zog einen etwa handtellergroßen roten Beutel mit aufgedrucktem weißem Kreuz heraus und hielt ihn hoch. „Da drin sind eine Adrenalinspritze und Tabletten. Ihr findet die Tasche in dem kleinen himmelblauen Rucksack mit den Logos, den Henrik immer auf Tour dabeihat."

Henrik hatte bisher schweigend zugehört; das Thema schien ihm peinlich zu sein, so als wäre seine Erdnussallergie eine persönliche Schwäche. Jetzt lachte er etwas zu laut. „Im Vergleich zu Leuten mit einer Wespen- oder Ameisenallergie habe ich viel bessere Chancen: Erdnüsse stechen und beißen nicht."

Sie redeten noch eine Weile über Allergien, dann wandten sie sich dem Hauptthema jeder Gruppe von Kletterern zu:

Wo wer mit wem am nächsten Tag klettern würde. Das Wetter war unsicher, daher galt es, Rückzugsmöglichkeiten und Alternativen einzuplanen. Erst als die Schnitzel aufgegessen waren und Clara die Salatschüssel geleert hatte, war die Paarungsphase abgeschlossen.

Eine alpine Route ohne eine Möglichkeit abzuseilen kam nicht in Frage. Henrik wollte zum Torre Brunico hinaufgehen und mit dem Feldstecher Neutourenmöglichkeiten erkunden. Thomas, Gero, Clara und Max beschlossen, sich im Tridentina-Klettergarten auszutoben. Dort hingen die Wände so stark über, dass viele Routen vor Regen geschützt waren. Logischerweise war die Kletterei schwer, unter einem Siebener lief da nichts, und Marianne und Wilfried hatten keine Lust, sich dort abzumühen. Stattdessen planten die beiden den Pisciadù-Klettersteig. Ein Schauer war da nicht schlimm, und sie konnten jederzeit umdrehen.

Clara stöhnte innerlich, dass Max mit von der Partie war. Seit er vor drei Monaten zur Klettergruppe der Sektion „Gelber Enzian“ gestoßen war, verfolgte er Clara mit Annäherungsversuchen. Am Anfang hatte er ihr noch leid getan, und sie hatte ihm geduldig erklärt, dass er bei ihr keine Chance hatte. Aber er schien ihr nie richtig zuzuhören und bedrängte sie weiter, obwohl ihre Abwehrmanöver immer unfreundlicher wurden.

Kaum war Max zu Bett gegangen, zog Henrik über ihn her. „Ich warne dich vor Max“, sagte er zu Gero. „Der stürzt sich ständig in viel zu schwere Routen, und dann musst du ihn ewig darin sichern.“

„Ich werde mit ihm absprechen, wer wie lange klettert.“

„Das wird nichts nutzen“, erwiderte Henrik. „Bei dem hilft nur eins: im richtigen Moment kurz am Seil ziehen und ihn aus der Wand zupfen.“

Wilfried lachte schallend. „Das hast du damals in Massone gut gemacht, Henrik. War das ein Geplärr! Und beim Sektionsabend daheim hat er dann erzählt, dass er die Route geschafft hat. Der ist schon ein Lügenhansel.“

„Ich habe den Eindruck, er glaubt selber an seine Geschichten“, sagte Thomas. „Er ist wie diese Kinder, die unmögliche Storys erzählen, in denen sie selber die Helden sind.“

„Das ist absurd“, rief Gero aus. „Ein Erwachsener weiß doch, dass seine Fantasien nichts mit der Realität zu tun haben!“

Thomas’ schmales Gesicht verzog sich zu einem sarkastischen Lächeln. „Wer von uns weiß schon, was real ist, Gero?“

Gero ergriff sein Bierglas. „Ganz einfach. Ein Schluck Bier, das ist real. Prost allerseits!“

4. KAPITEL

Sonntag, 17. August

Henrik fuhr Richtung Grödner Joch und bog auf den Parkplatz ab, der Ausgangspunkt für den berühmten Pisciadù-Klettersteig war. An schönen Tagen sah man hier oft mehr als hundert Autos, heute waren es nur ein Dutzend.

Das Massiv des Sellastocks stand schwarz gegen den bedeckten Himmel, Wolkenbäuche schoben sich über das Joch.

Henrik stieg aus. Eine Brise ließ ihn frösteln.

Er zog sich eine Windjacke über, hängte den Feldstecher um und marschierte los. Der Pfad führte im Zickzack zwischen Schuttreißen empor. Henriks Finger waren eiskalt, er hätte Handschuhe mitnehmen sollen. Er beschleunigte sein Tempo, rannte fast. Ein tolles Gefühl, so emporzustürmen – es lohnte sich eben, jeden Tag zu joggen oder eine andere Ausdauereinheit durchzuziehen. Nun ging es links ab und auf den Pfad, der fast eben unter senkrechten Felsabbrüchen entlangquerte. Darauf krochen zwei Gestalten; den dicken Hintern kannte er, das war Marianne, und der kraushaarige Typ mit dem orangefarbenen Rucksack war sein alter Kletterkumpel Wilfried. Wenn der wüsste ... Hatte Henrik ein schlechtes Gewissen? Ach was, das ging nur ihn und Lisa etwas an.

Er sprintete an Wilfried und Marianne vorbei. „Hallo! Macht's gut, bis später!"

Kurz darauf stand Henrik unter dem aus dem Massiv der Sella vorspringenden Pfeiler des Torre Brunico. Dort hinauf führten die „Ottovolante" und „Oltre la Porta", zwei Routen im achten Grad, die durch ihren festen Fels und die Absicherung mit Bohrhaken innerhalb weniger Jahre zu Klassikern geworden waren. Möchtegern-Alpinisten und Sportkletter-Fuzzis probierten ihre Künste an diesen Touren, und bei gutem Wetter musste man Schlange stehen.

Henrik querte unter der Wand weiter nach links, dann zog er den Feldstecher aus dem Futteral und begann, die Strukturen zwischen den Kostner-Kaminen und dem Runggaldier-Stuflesser-Kamin abzusuchen. Ja, dort gab es noch Neutouren-Potenzial.

Sogenannte Plaisirtouren, die mit vielen Bohrhaken gesichert waren, kamen für Henrik nicht in Frage. Er nahm keine Bohrhaken mit, nicht einmal als Notnagel, wenn es wirklich gefährlich wurde. Wer eine Route von Henrik wiederholte, musste den Umgang mit Klemmkeilen und Friends beherrschen und den Mut haben, ins Ungewisse vorzustoßen. Henrik-Behr-Routen waren eben Abenteuer für echte Kerle. Die Weiber mochten seine Kreationen nicht, die waren alle Plaisirgänse.

Henrik schob den Feldstecher zurück in die Hülle und wandte sich zum Gehen.

Lisa war auch so eine Gans. Aber süß. Wie sie ihn heute Morgen angesehen hatte. Dabei hatte sie den Finger in den Mund gesteckt. Henrik spürte ein Ziehen in der Lendengegend. Es war höchste Zeit, abzusteigen. Hoffentlich hielt das Wetter noch eine Weile, damit Marianne und Wilfried nicht zu früh ins Ferienhaus zurückkehrten.

***

Wilfried freute sich darauf, einen ganzen Tag nur mit Marianne zusammen zu sein.

Der Pfad zum ersten Aufschwung des Pisciadù-Klettersteigs führte unter den Wänden des Tridentina-Klettergartens entlang. Die anderen waren noch nicht dort, sie schliefen länger aus. Wilfried gruselte es, wenn er zu den Überhängen emporblickte. So steiles Zeug wie früher konnte er nicht mehr klettern, und die vielen Bohrhaken gefielen ihm auch nicht. Er liebte gestuften Fels, auch wenn er nicht ganz fest war, und das genussvolle Höhersteigen ohne Klimmzüge.

„Ich habe gelesen, dass der Pisciadù-Klettersteig der beliebteste der Dolomiten ist“, sagte Marianne hinter ihm. „Aber bei dem Wetter müssen wir wohl trotzdem nicht anstehen.“

Wilfried deutete empor zu einer Reihe von Eisensprossen in einer von Wasser überronnenen Platte.

„Niemand da. Aber weiter oben könnten ein paar Frühaufsteher unterwegs sein.“

Ihre Ausrüstung hatten sie schon beim Auto angelegt. Wilfried kraxelte schnell empor. Für einen erfahrenen Kletterer war das Gelände leicht, aber wegen der Nässe hielt er sich doch lieber am Drahtseil fest.

Sie erreichten das Ende des Felsaufschwungs und gelangten durch eine Lücke zwischen Blöcken auf den Weg, der unter dem Torre Brunico entlangführte. In Graspolstern glühten Enziane in tiefem Blau, nasse Alpenrosenbüsche streiften Wilfrieds Beine.

Schnelle Schritte hinter ihnen, ein kurzer Gruß, Henrik schoss an ihnen vorbei.

„Dein Mann hat ganz schön Kondition.“

„Er beschwert sich oft, dass ich zu langsam bin, und sagt, ich soll trainieren“, sagte Marianne. „Dabei bin ich viel lieber gemütlich unterwegs. Das Leben ist zu kurz, um sich dauernd anzustrengen.“

„Das gefällt mir an dir, Marianne. Du bist nicht ehrgeizig.“

Sie stieß einen Seufzer aus. „Nein. Und manchmal ist es schwierig für mich, mit jemandem zusammen zu sein, der beim Bergsteigen und Klettern große Ziele hat.“

Sie war also nicht ganz glücklich mit Henrik. Nur nichts anmerken lassen.

„Henrik ist ein sehr guter Alpinist“, sagte Wilfried. „Sogar die Garmischer und Innsbrucker sagen, dass seine Erstbegehungen ziemlich wild sind. Ich bin stolz darauf, dass ich sein Mentor war.“

Marianne lächelte. „Ihr habt schon seit einigen Jahren nichts mehr miteinander unternommen. Bedauerst du das?“

Wenn Wilfried eine gemeinsame Tour vorschlug, machte Henrik immer Ausflüchte, was enttäuschend und unkameradschaftlich war – alte Freunde behandelte man nicht so. Aber das ging Marianne nichts an.

„Als ich noch jünger war, habe ich mich gern mit Henrik ins Abenteuer gestürzt und ein paarmal nur mit Mordsdusel überlebt. Aber jetzt bin ich 54, und da wird man allmählich vernünftiger."

Eine Viertelstunde später standen sie auf einem ebenen Platz unter gestuftem Felsgelände; ein Schild mit der Aufschrift „Via Ferrata Brigata Tridentina" markierte den Beginn des zweiten Abschnitts des Pisciadù-Klettersteigs.

Mist. Sie waren doch nicht die Einzigen, aber wenigstens bewegten sich über ihnen nicht allzu viele bunte Punkte. Wilfried hatte Fotos gesehen mit einer Menschenkette vom Einstieg bis zum Gipfel des Exnerturms.

Während er das geneigte Gelände hinaufkraxelte, warf er einen Blick hinüber zum Wasserfall, der links von ihm durch eine schwarze Schlucht rauschte.

Sie überholten eine geführte Gruppe, dann wurde die Wand senkrecht, Wilfried musste manchmal kräftig am Drahtseil anreißen und die Füße konzentriert auf die Stifte setzen. Er fühlte sich frisch und stark, auch Marianne schien gut beieinander zu sein. Es würde nicht lange dauern, bis sie die beiden roten Anoraks einholten, die unterhalb einer langen Eisenleiter in der Wand klebten. Wilfried wandte sich zu Marianne um. „Wir laufen bald auf die beiden Salonkraxler da oben auf. Besser, wir warten hier, bis sie die schwerste Stelle gepackt haben."

Sie klinkte sich neben ihm ein.

Der Absatz, auf dem sie warteten, war gerade groß genug, um nebeneinander zu stehen. Wilfried spürte Mariannes warmen Atem an seinem Hals. Ihre Stirn war so nah, dass er sie hätte küssen können.

Wilfried wandte sich von ihr ab und schaute hinaus in die Landschaft. Tief unter ihnen lag das Tal mit den Häusern von Kolfuschg und Corvara; die Straße zog sich im Zickzack durch Wiesenhänge zum Grödnerpass hinauf.

„Was hat Lisa eigentlich heute vor?“, fragte Marianne.

„Sie wollte mit dem Bus nach Corvara zum Bummeln. Wahrscheinlich schmeißt sie dort ihr Taschengeld für Kinkerleskram zum Fenster hinaus und bittet mich dann um einen Vorschuss. Aber da hat sie sich geschnitten, sie muss einteilen lernen.“

„Ich habe das Gefühl, dass euer Verhältnis nicht ganz einfach ist“, sagte Marianne.

Wilfried spielte mit seinem Klettersteigkarabiner herum. „Ich mache mir große Sorgen um sie. Sie ist das Wichtigste in meinem Leben, ich würde alles für sie tun. Aber wie soll ich sie beschützen, wenn sie sich wie eine Nutte herausputzt und mit jungen Männern herumlungert?“

Mariannes Stimme war sanft. „Heute ziehen sich schon Zwölfjährige so sexy wie möglich an. Aber das ist bloß Fassade, eigentlich glauben sie an ewige Liebe und Treue und sehnen sich nach einer Familie mit Kindern.“

„Ich habe Angst, dass Lisa sich in einen Hallodri verliebt, der sie ausnutzt und von der Schule abhält. Sie ist ja noch nicht einmal volljährig, ein halbes Kind, das Führung und eine starke Hand braucht.“

Marianne sah ihn ernst an. „Glaubst du, das hilft?“

Wilfried wich ihrem Blick aus.

„Ein alleinerziehender Vater hat es nicht leicht“, sagte Marianne.

Wollte sie damit andeuten, dass er überfordert war? Wilfried hatte keine Lust, darauf einzugehen. „So, und jetzt sind die da oben an der Leiter. Pack ma’s wieder.“

Die Wand war glatt poliert von zappelnden und rutschenden Füßen, die Eisenstifte hatten weite Abstände. Wilfried turnte hinauf, wobei er gelegentlich zu Marianne zurückblickte. Dass er nicht auf sie warten musste, war eigentlich schade.

Nach der Leiter musste sich Wilfried noch einmal gut festhalten, dann waren die Schwierigkeiten vorbei.

Ein tiefer Spalt trennte den Exnerturm vom Sellamassiv, eine Hängebrücke führte hinüber. Die Holzbretter schwankten unter Wilfrieds Tritten. In der Mitte blieb er stehen und blickte hinab in eine Schlucht voll Schatten und Finsternis. Ein eisiger Hauch wehte herauf.

„Gruslig“, sagte Marianne leise neben ihm.

Wilfried zuckte die Schultern. „Mir macht das nix aus.“

„Überhaupt nichts?“

„Mir gefällt’s. So ein bissl Schauder ist doch ganz schön.“

Statt in der Hütte einzukehren, setzten sie sich auf Felsblöcke am Rand eines Schuttkessels, in dessen Mitte ein türkisklarer See leuchtete. Gegenüber stiegen schroffe, von Schneerinnen durchzogene Wände empor. Sie tranken Apfelschorle und aßen Müsliriegel.

„Früher hast du immer eine Aludose dabeigehabt“, sagte Marianne. „Darin waren eine Salami, ein Messer, zwei Brotscheiben, eine Tomate und ein Salzstreuer.“

Wilfried lachte. „Lisa hat zu mir gesagt, das sei absolut retro. Und unpraktisch. Womit sie recht hat, das Zeug war schwer und hat viel Platz gebraucht.“

Er holte seinen winddichten Anorak aus dem Rucksack, zog ihn über und schob ein Stück Riegel in den Mund – keine leichte Aufgabe für nicht mehr ganz junge Zähne. Während er den Kampf damit aufnahm, beobachtete er Marianne. Sie blickte über das Wasser, der Wind spielte mit ihrem kinnlangen blonden Haar. Auf einmal wandte sie sich ihm zu. Große blaue Augen. Grübchen.

„Wilfried, wir kennen uns jetzt schon so lange. Darf ich dich etwas Persönliches fragen?“

„Nur zu.“

„Sabines Tod ist inzwischen drei Jahre her. Wie geht es dir jetzt damit?“

„Es ist nicht einfach. Manchmal fühle ich mich sehr einsam.“

„Das kann ich verstehen. Sabine war ein lieber Mensch, und es hat mir sehr leid getan, als ich von ihrer Krankheit erfahren habe. Aber glaub mir: Mit den Jahren lässt der Schmerz nach. Vielleicht verliebst du dich irgendwann wieder."

In ihm zitterte etwas, er atmete schnell. Trau dich! Jetzt!

Er ergriff ihre Hand. „Es ist schon passiert."

Marianne zog sie schnell zurück. „Ich bin verheiratet, Wilfried."

Wilfried seufzte, dann sagte er mit bissiger Ironie: „Das habe ich bemerkt. Und im Vergleich zu Henrik bin ich ein hässlicher alter Elefant neben einem Vollbluthengst."

Marianne hob ein Steinchen auf und warf es ins Wasser. Ein Klatschen, Spritzer flogen, Ringe breiteten sich in der blaugrünen Fläche aus.

„Äußerlichkeiten sind mir nicht wichtig."

„Bist du mit Henrik glücklich?"

Marianne gab keine Antwort.

***

Clara stand unter der düsteren Mauer des Tridentina-Klettergartens und legte den Kopf in den Nacken. Laut Führer war die Wand vierzig Meter hoch, Bohrhakenreihen führten durch löchrige Überhänge. Saugeil.

Ein Tropfen zerplatzte auf Claras Stirn. Der Riss über ihr war schwarz vor Nässe. Sie wischte das Wasser aus ihrem Gesicht, ging zum Wandfuß und setzte ihren Rucksack ab. Wenn es regnete, würde er hier trocken bleiben.

Sie packte ihr Kletterzeug aus, legte den Gurt an und studierte den Führer. „Ich würde ganz rechts anfangen, dort sind die Routen nicht so schwer und gut zum Aufwärmen", sagte sie zu Gero, Thomas und Max, die sich neben ihr bereitmachten.

„Ich gehe gern mit und sichere dich", sagte Max.

„Ich habe gedacht, du wärst sauer auf mich, weil ich damals in Morschreuth nicht besonders nett zu dir war", erwiderte Clara.

Max lachte. „Ach, das war doch nicht schlimm. Was sich liebt, das neckt sich."

Clara verschluckte eine bissige Antwort und ergriff den Seilsack. „Gehen wir."

Die Route „Ultimo Sole" stand mit sieben minus im Führer. Clara hatte dort buchstäblich alle Hände voll zu tun. Zurück am Boden schüttelte sie ihre harten Unterarme aus. „Eine knackige Sieben, die bewerten hart hier. Max, ich glaube, du bist besser dran, wenn du dich in der Route rechts um die Ecke aufwärmst, der ‚Via del Diedro'."

Max schüttelte den Kopf. „Die macht mich nicht an. Ich hätte Lust auf die da!" Er wies auf einen mehrfach ausgebauchten Überhang weiter links. „Toll! Und mit sieben plus genau richtig für den Anfang."

Das war nahe an seiner Leistungsgrenze, aber Clara wollte ihn nicht schon wieder verärgern, sie musste ja eine Woche lang mit ihm auskommen. Vorsichtig sagte sie: „Es ist kalt heute, und ich habe mich gerade aufgewärmt. Es wäre blöd für mich, wenn du für die Route lang brauchen würdest."

„In drei Minuten bin ich wieder unten, null Problem."

Max stieg ein und erreichte mit letzter Kraft den zweiten Haken. „Mach zu!"

Clara zog das Seil straff. Max untersuchte das Griffangebot in seiner Reichweite bis ins Detail.

Clara fröstelte. Sie hätte ihre geliebte Daunenjacke mitnehmen sollen.

Max bewegte sich zwanzig Zentimeter nach oben und setzte sich wieder ins Seil. Noch ein Versuch. Pause. Dasselbe Spiel, dieses Mal mit einem Schritt nach links. Lange Pause.

Clara warf einen neidischen Blick hinüber zu Gero, der schon die vierte Route anging. Dynamisch und fließend hangelte er in einem Dach. Sein Kletterstil erinnerte an die Silbergibbons im Tierpark Hellabrunn.

Max versuchte es jetzt rechts herum. Wieder nichts. Der Klettergurt schnürte Claras Taille ein, weil Max daranhing.

Der Himmel wurde dunkler, Wind pfiff um die Ecke.

Clara zitterte am ganzen Körper. „Max, das hat doch keinen Sinn. Bitte komm runter, ich bin total ausgefroren."

„Gleich. Ich bin schon fast oben, aber die eine Stelle ist sauschwer, da muss etwas ausgebrochen sein. Nur noch einen Versuch!"

Clara sah auf die Uhr. Drei Minuten später rief sie zu Max empor: „Ma-ax! Ich friere mir hier den Arsch ab!"

Max hing am Haken. „Aber ich weiß jetzt, wie es geht!"

„Mir reichts."

Clara ließ das Seil durch das Sicherungsgerät gleiten, Max zeterte und zappelte, während sie ihn auf den Boden herunterließ. Kaum dort angekommen, baute er sich vor Clara auf. Seine Augen funkelten wütend. „Das war gar nicht nett, Clara."

„Ich friere."

„Es ist doch überhaupt nicht kalt. Und ich war an der Reihe mit Klettern!"

Am liebsten hätte Clara ihm ein Bündel Expressschlingen ins Gesicht gepfeffert.

Thomas sah zu ihnen herüber. „Max, du bist hier im Unrecht. Du hast mindestens eine halbe Stunde lang herumgebouldert, Clara hat für ihre Route maximal fünf Minuten gebraucht."

„Eine halbe Stunde? Das kann nicht sein."

„Ich habe auf die Uhr geschaut."

Clara zog ihren Klettergurt aus. „Ich mag nicht mehr, ich fahre zurück in die Bude."

Clara parkte vor dem Ferienhaus neben Henriks BMW und ging in die Küche. Ihr war durch und durch kalt, ihre Finger gehorchten ihr kaum, als sie eine Tüte mit Milch aus dem Kühlschrank zog und sie in eine geblümte Tasse goss. Sie rührte Schokopulver hinein und stellte sie in die Mikrowelle.

Auf dem Tisch lagen Brotkrümel und ein angebissenes Stück Käse. Vielleicht hatte Henrik sich eine Brotzeit gerichtet. Er war ziemlich früh zurück.

Zum Klettern hatte sie keine Lust mehr. Was sollte sie heute noch tun?

Die Mikrowelle piepste, sie nahm die Tasse heraus – au, heiß! Sie stellte sie schnell ab und setzte sich davor.

Thomas interessierte sie immer mehr. Er hatte etwas Düsteres an sich, lachte selten. Aber er sah für einen Literaturprofessor überraschend gut aus: melancholische Augen, ein feines Gesicht mit gerader Nase. Sein Kumpel Gero war ein ganz anderer Typ. Tolle Muckis, hellbraune Augen, die andere Menschen neugierig beobachteten. Und dieses wuschlige Haar war einfach süß. Allerdings wäre er eine viel leichtere Beute als Thomas. Sie hob die Tasse an die Lippen, schlürfte vorsichtig. Süß und heiß. Aaah. Endlich wurde ihr wieder warm.

Hielt das Wetter für eine Stunde Joggen? Clara ging in ihr Zimmer, mummelte sich in ihre Daunenjacke und trat hinaus auf den Balkon. Richtung Grödner Joch brach stellenweise die Sonne durch die Wolken und zeichnete klare Licht-Schatten-Strukturen in die Felswände. Und wie war die Lage im Süden? Sie umrundete das Haus auf dem Balkon; ein Blick talauswärts konnte nicht schaden.

Ein seltsames Geräusch. Clara blieb stehen und lauschte.

Es knarzte rhythmisch, dazu Stöhnen. Und jetzt: „Jaa-ah! Genau so! Jaa!“

Eine Frauenstimme. Staccato-Knarzen.

Was war hier los? Ein Blick hinunter auf den Parkplatz. Dort standen nur ihr Auto und das von Henrik. Also Henrik – mit Lisa! Es gab keine andere Erklärung, es sei denn, Henrik hätte im Dorf irgendeine fremde Frau aufgegabelt. Was extrem unwahrscheinlich war.

Clara musste es wissen. Wegen ihrer Schwester. War Lisa der Grund, warum sie in letzter Zeit so deprimiert wirkte?

Clara lugte durch den Spalt zwischen den Vorhängen. Ein knackiger männlicher Hintern hüpfte auf und ab, von der Frau waren nur die auf dem Kissen ausgebreiteten schwarzen Locken zu sehen. „Henrik, ooohhh, Henrik ...“

Clara zog ihren Kopf schnell zurück.

Dieses Schwein! Betrog ihre Schwester mit einem Teenie!

Claras Hände waren zu Fäusten geballt, sie atmete heftig. Reingehen und den Kerl ohrfeigen – nein. Sie durfte jetzt nicht durchdrehen, hier ging es um Marianne.

Erst einmal zurück ins Zimmer.

Clara warf sich bäuchlings auf ihr Bett und trommelte mit den Fäusten auf die Matratze. Scheißkerl, Scheißkerl, Scheißkerl ...

Henrik war genau wie sein Bruder. Ein Betrüger, ein Verräter!

Claras Knöchel schmerzten, ihr ganzer Körper war verkrampft.

Allmählich ließ ihre Wut nach. Sie drehte sich auf den Rücken und dachte nach.

Lisa war erst siebzehn. Dass Henrik mit ihr ins Bett ging, war nicht strafbar. Sollte sie Wilfried davon erzählen? Lieber nicht. Er hatte strenge Moralvorstellungen und wurde schnell wütend. Er würde überhaupt kein Verständnis für seine Tochter aufbringen.

Und Marianne? Wenn sie es noch nicht wusste, könnte es das Ende ihrer Ehe bedeuten. Aber wahrscheinlich war die sowieso schon total kaputt. Andererseits hatte Marianne nie etwas in dieser Richtung angedeutet. Puuuh. Was, verdammt noch mal, sollte Clara jetzt tun?

5. KAPITEL

Nach der Dusche glühte Clara vor Hitze; sie stand nackt in ihrem Zimmer und cremte sich ein – schöner Duft, Vanille und Kokos. Ihre Hände glitten über ihren flachen Bauch, die schmalen Hüften. Sie mochte ihren Körper. Auch wenn sie gelegentlich Andeutungen zu hören bekam, dass ihre trainierten Schultern und Arme nicht ganz dem modischen Ideal entsprachen. Erst neulich hatte die Verkäuferin bei Desigual gesagt, Größe S sei eben für schmale Frauen gedacht. Clara hatte dann Größe L probiert, aber die Jacke klemmte am Bizeps und schlackerte um die Taille. Über solche kleinen Ärgernisse sollte sich eine passionierte Kletterin eigentlich hinwegsetzen. Aber Clara sah dann immer Mela vor sich. Im Vergleich zu ihr war sie ein stämmiger Zwerg.

Clara stellte die Cremedose weg, schlüpfte in eine pinkfarbene Jeans und zog ihren zehn Jahre alten schwarzen Nickipullover über, der nirgends klemmte.

Was tun?

Die Affäre zwischen Henrik und Lisa musste beendet werden. Sie würde mit dem Mädchen reden, vielleicht würde sie auf Clara hören, die sie zu bewundern schien. Lisa hatte einmal zu ihr gesagt, sie fände es toll, wie gut Clara kletterte, und sie sei nicht so scheußlich angezogen wie die anderen älteren Frauen.

Clara las in Kletterzeitschriften und wälzte Führer, dann machte sie sich auf den Weg zu Lisas Zimmer. Inzwischen waren die beiden bestimmt fertig. Sie klopfte an die Tür.

„Was ist?"

„Ich bin's, Clara."

„Okay. Komm rein."

Clara trat ein. Das in hellem Holz ausgestattete Zimmer war aufgeräumt, das Bett gemacht. Lisa stand vor dem Spiegel über dem Waschbecken und zupfte sich die Brauen mit einer Pinzette. „War's gut heute beim Klettern?", fragte sie.

„Hast du wieder einen Achter abgesahnt?"

„Ich habe nur eine leichte Tour gemacht, es war eiskalt." Clara setzte sich auf den einzigen verfügbaren Stuhl. „Und wie war's in Corvara?"

Lisa legte die Pinzette weg und wandte sich ihr zu. „Ich war gar nicht dort. Hab's mir anders überlegt."

„Ich weiß."

Lisa sah sie überrascht an, ihre Wangen färbten sich rosa. „Ähm – ich habe dann doch lieber gelesen. ‚Bis(s) zum Morgengrauen', das ist so toll, auch noch beim dritten Mal."

„Wie lange kennst du Henrik eigentlich schon?"

Lisa setzte sich aufs Bett und zupfte an der karierten Decke herum.

„Ewig. Henrik war früher oft bei uns. Damals ist er mit Papa fast jedes Wochenende zum Klettern ins Gebirge, aber dann hat Papa eine Wampe gekriegt, weil er so viel in der Firma gearbeitet hat, und er war nicht mehr fit genug, um mit Henrik loszuziehen."

Es war Zeit, Klartext zu reden.

„Seit wann gehst du mit Henrik ins Bett?"

Lisa fuhr auf. „Du spinnst total! Wie kommst du auf so was?"

„Ich bin schon seit einiger Zeit zurück, weil es mir zu kalt war zum Klettern. Ich habe euch zuerst gehört und dann gesehen."

Lisa zuckte die Schultern. „Na und? Das geht dich gar nichts an!"

„Oh doch. Wegen meiner Schwester. Wie lange läuft das mit euch beiden schon so?"

Lisa wich Claras Blick aus und wickelte eine Locke um ihren Finger. „Seit ein paar Wochen. Seit wir miteinander für einen Kurztrip nach Arco gefahren sind. Es war sooo schön, er ist einfach super, er –"

„Hat er angefangen?", unterbrach Clara sie.

Lisa schüttelte den Kopf. „Äh – nein. Ich fand ihn schon immer cool."

„Weiß Marianne davon?“

„Ich glaube nicht.“

Clara seufzte. „Lisa, du musst mit Henrik Schluss machen. Er benutzt dich nur, um sein Ego aufzupäppeln, und du tust Marianne weh.“

Das Mädchen warf ihre Lockenmähne zurück und starrte Clara wütend an. „Das ist mir scheißegal! Laber hier bloß nicht rum!“

„Lisa, hör mir bitte zu, ich –“

Lisa fiel ihr ins Wort. „Und ich habe immer gedacht, du bist anders als Papa mit seinen Moralpredigten!“

„Auch wenn du es mit Wilfried schwer hast, Lisa, sei vernünftig. Du schadest dir selber mit dieser Affäre.“

„Ich liebe Henrik!“

Clara seufzte. „Das tut mir leid für dich. Du bist für ihn nur eine nette Abwechslung.“

„Er liebt mich!“, kreischte Lisa. „Wir werden heiraten!“

„Hat er das zu dir gesagt?“

Lisa schwieg.

„Mach dir nichts vor. Henrik fühlt sich als Held, weil er es mit einer so jungen Frau treibt, und hat Spaß mit dir – mehr nicht.“

Lisa sprang vom Bett auf und kreuzte die Arme vor der Brust.

„Wir haben nicht bloß Sex! Wir passen super zusammen, wir –“

Die Tür schwang auf, Wilfried stürmte mit hochrotem Kopf herein und klatschte Lisa seine Hand ins Gesicht, dass sie rücklings in die Kissen flog. Dann drehte er sich um, rannte hinaus und rumpelte die Treppe hinunter.

Mist. Wilfried hatte mitgehört.

Clara hastete hinter ihm her. Unten im Flur verschwand sein Rücken durch die offene Küchentür.

Marianne saß am Ecktisch. Neben ihr stand Henrik mit einem Glas Weißbier in der Hand.

„Du verfluchte Sau!“

Wilfried stürzte auf Henrik zu und stieß mit beiden Händen gleichzeitig gegen dessen Brust. Henrik taumelte rückwärts, das Glas klirrte auf die Fliesen, Scherben spritzten. Henrik schrie auf, rutschte in der Bierlache aus und knallte auf den Rücken. Im Nu war Wilfried über ihm und prügelte mit den Fäusten auf ihn ein.

„Aufhören, aufhören!“, kreischte Marianne. Clara bückte sich zu den beiden hinunter und zerrte an Wilfrieds Joppe – hoffnungslos, der schwere Kerl schnaufte und tobte weiter. Von Henrik waren nur zappelnde Beine und Arme zu sehen.

Wie konnte sie Wilfried zur Besinnung bringen – mit Wasser? Clara richtete sich auf, ihr Blick fiel auf das Abtropfbrett. Darauf stand eine Schüssel mit Spaghetti, der Rest von gestern. Sie schnappte sie sich und kippte sie über Wilfrieds Kopf aus.

Gero stürzte herein, gefolgt von Thomas.

Die beiden zogen den wild um sich schlagenden Kerl von Henrik herunter und umklammerten seine Arme.

Wilfried keuchte stoßweise, sein Gesicht war verzerrt und rot angelaufen. Allmählich beruhigte sich sein Atem, sein Körper verlor an Spannung und er stand mit hängenden Schultern da. Seine Stimme klang heiser. „Scho vorbei. I bin ausgrastet, tut mir leid.“

Gero und Thomas ließen ihn los und traten etwas zur Seite, hielten sich aber bereit.

Spaghetti garnierten Wilfrieds krauses Haar. Eine Nudel hing ihm vom Ohr bis herunter auf die Brust.

Aus Clara brach ein hysterisches Kichern. „Sie haben da eine Nudel!“

Das Zitat von Loriot war vollkommen daneben, aber das Lachen packte sie und schüttelte sie durch, sie konnte einfach nicht aufhören damit. Endlich verebbte es. Sie wischte sich die Tränen aus dem Gesicht.

Henrik war wieder auf den Beinen; er klaubte einen Glassplitter von seinem T-Shirt und wischte mit einem Küchenhandtuch Blut von seinem Handgelenk. Marianne saß wie versteinert am Tisch. Ihr Gesicht war bleich wie Mehl.

Keiner sagte etwas. Clara hörte das Pling-Pling des tropfenden Wasserhahns und das ferne Klingeln von Kuhglocken.

Henriks Stimme schnitt in das Schweigen. „Wilfried ist total übergeschnappt!"

„Warum?", fragte Gero.

„Ich habe keine Ahnung!"

Ein Ruck ging durch Wilfried, er ballte die Fäuste. „Du – du woaßt, warum! Du hast mei Tochter – mei Tochter …"

„Blödsinn! Da läuft gar nichts!"

Wilfrieds Stimme klang gepresst. „Ich habs durch die Tür ghört, wie sie es zur Clara gsagt hat."

„Lisa lügt, sie spielt sich bloß auf", gab Henrik zurück.

Wilfried baute sich vor ihm auf und funkelte ihn an. „Der Lügner bist du. Du warst mei Freind, und i hab glaubt, dass i mi auf di verlassen kann, sonst hätt i des nie erlaubt, dass sie mit dir zamm wegfahrt! I verklag di!"

„Da hast du null Chance, sie ist siebzehn!", fuhr Henrik ihn an.

„Bitte tragt euren Streit unter euch aus, am besten ein paar Stunden später, wenn ihr euch etwas beruhigt habt", sagte Thomas.

Wilfried drehte sich jäh um und stapfte zur Tür hinaus. Marianne schob sich aus der Eckbank und folgte ihm.

Henrik nickte Gero und Thomas zu. „Mit Wilfried wäre ich auch allein fertig geworden, aber trotzdem vielen Dank. Und jetzt muss ich mich um meine Frau kümmern. Die nimmt das alles viel zu ernst." Er lachte auf und verließ die Küche.

Gero, Thomas und Clara sahen einander an.

„Ich schlage vor, dass wir uns zunächst ein paar praktischen Problemen zuwenden", sagte Thomas. „Erstens: Wer putzt die Küche? Zweitens: Ein Teil unseres Abendessens wurde zweckentfremdet. Hat jemand außer mir Lust auf Pizza?"

Die beiden anderen nickten. Clara zückte ihr Smartphone und suchte nach einem Pizzaservice.

Gero krempelte die Ärmel seines Sweatshirts hoch, schob Nudeln und Scherben auf die Kehrichtschaufel und warf alles in den Müll; Thomas saugte die Bierpfütze und einige Blutstropfen mit Küchentüchern vom Boden, dann schwang er den Putzlumpen.

„Tapfere Männer!", sagte Clara. „Ihr seid sooo süß. Ich könnte euch glatt heiraten."

Sie saßen vor drei leeren Pizzaschachteln im Wohnzimmer. Wilfried kam herein und blickte von einem zum andern. „Ich wollte mich bei euch bedanken. Ich bin durchgedreht, und ich hätte Henrik verletzen können."

„Was hast du jetzt vor, Wilfried?", wollte Thomas wissen.

„Ich kann nicht mehr mit Henrik unter einem Dach wohnen."

„Fährst du heim?", fragte Gero.

„Nein, ich suche uns ein anderes Quartier."

„Ich fürchte, das wird schwierig", sagte Clara. „Wir haben Ferragosto."

***

Gero fläzte auf dem Sofa und las den „Herrn der Ringe" zum vierten oder fünften Mal.

Max ließ sich neben ihm in einem Sessel nieder; sein Mittelfinger war mit Leukotape umwickelt. Nach einem Dynamo in ein Griffloch hatte Max aufgeschrien und seinen Klettertag beendet. Was Gero nicht bedauert hatte.

Es wäre unhöflich, weiterzulesen. „Na, wie geht's dem Finger?"

Max setzte ein leidendes Gesicht auf. „Ich habe stundenlang in der Notaufnahme gesessen, dann musste ich ewig aufs Röntgen warten. Zum Glück ist es nur eine Kapseldehnung. Aber der Arzt hat gesagt, es sei wirklich dringend notwendig gewesen, gleich ins Krankenhaus zu fahren."

Ironie war Max fremd. Gero unterdrückte ein Grinsen.

„Wenn ich Tape drumwickle, kann ich schon noch zupacken“, fuhr Max fort. „Ein echter Kletterer kennt keinen Schmerz. Aber auf einen Neuner habe ich in diesem Urlaub wohl keine Chance.“

Gero war sicher, dass das stimmte.

Max sah sich um. „Warum sind eigentlich so früh am Abend alle anderen verschwunden? Und was ist mit Lisa los? Sie ist an mir vorbeigerannt und hat geheult.“

Gero erzählte es ihm.

„Marianne tut mir echt leid“, sagte Max. „Das hat diese nette Frau nicht verdient. Was macht sie jetzt? Kümmert sich Clara um sie?“

Erstaunlich, die Nervensäge zeigte Mitgefühl. Gero nickte. „Wahrscheinlich.“

„Aber der ist schon ein Hund, der Henrik!“, fuhr Max fort. „Ah – da ist er ja!“

Henrik kam herein und stellte einen Teller mit belegten Broten und eine Flasche Wein auf den Tisch. „Wollt ihr auch ’nen Schluck?“

„Nein danke.“ Gero wandte sich wieder seinem Buch zu.

Max stand auf und setzte sich Henrik gegenüber. „Na, da hört man ja Sachen über dich. Was sagt deine Frau zu deinen Abenteuern?“

„Sie ist beleidigt und redet nicht mit mir. Aber die kommt schon drüber weg. Prost! Wir Männer schlagen eben manchmal über die Stränge.“

Es war schwer, sich auf die Schlacht um Mittelerde zu konzentrieren. Henrik und Max brüsteten sich mit ihren Erfolgen am Fels, bei den Frauen und überhaupt, wobei jeder vollkommen ignorierte, was der andere ihm erzählte. Bei der zweiten Flasche Wein wurden sie ziemlich laut.

Gero klappte das Buch zu. Es war besser, im Zimmer weiterzulesen, auch wenn es dort nicht so bequem war.

Die Stimme von Max hatte Schlagseite. „Die Clara, die ist eine tolle Frau, genau die Richtige für mich.“

Das klang ja interessant. Gero blieb sitzen.

Henrik brach in Gelächter aus. „Kleine Möchtegerne haben bei ihr keine Chance."

Max blickte sein Gegenüber einen Augenblick lang an, als hätte er chinesisch gesprochen. Dann nahm er einen Schluck Wein und lächelte. „Sie – sie liebt mich. Hast du gemerkt, wie sie mich immer anschaut?"

„Klar. So als wärst du 'ne Made, die sie im Salat gefunden hat."

Max kicherte. „Guter Witz. Hast eben einen speziellen Humor, Henrik, den versteht nicht jeder Depp, aber ich schon. Und morgen ziehen wir miteinander eine tolle Neutour durch, oder?"

Henrik tippte seinem Gegenüber auf den etwas mickrigen Bizeps. „Das wird ein Achter, mindestens. Vergiss es."

„Das haut schon hin, im Nachstieg habe ich das auch mit dem schlimmen Finger locker drauf."

Um Henriks Mundwinkel spielte ein verächtliches Lächeln. „Clara hat erzählt, dass du heute in einem Siebener kein Land gesehen hast, und da war dein Finger noch in Ordnung."

„Ich habe die Schlüsselstelle geknackt, obwohl ich zu wenig Reichweite hatte und ein Griff ausgebrochen war, aber Clara hat gefroren. Natürlich habe ich Rücksicht auf sie genommen und bin umgekehrt."

Henrik lehnte sich auf seinem Stuhl zurück und lachte schallend. Es dauerte eine Weile, bis er sich wieder beruhigt hatte.

„Was ist daran so komisch?", fragte Max.

„Du!"

„Äh – warum?"

„Weißt du das wirklich nicht?"

Max schüttelte den Kopf. „Keine Ahnung."

„Mann, du hast Stroh im Kopf und einen Vogel, der damit ein Nest gebaut hat", sagte Henrik und überschüttete Max erneut mit seinem Gelächter. Wahrscheinlich fand er seine Formulierung großartig. Gero fragte sich, ob er einschreiten sollte; Max musste sich schrecklich fühlen, dass sein großes Vorbild ihn so herunterputzte.

Henrik wischte sich die Tränen aus den Augen. „Jetzt begreife es doch endlich. Mit deinen Lügen über deine tollen Leistungen am Fels bist du eine Nervensäge und gleichzeitig eine Lachnummer. Und jetzt mach die Ohren auf und höre mir gut zu, denn was ich dir jetzt sage, ist garantiert kein Witz."

Max beugte sich leicht vor; er schaute Henrik an, sein Mund stand halb offen.

„Du bist ein Versager", sagte Henrik. „Ein totaler Versager beim Klettern. Nie im Leben würde ich mit dir auf Tour gehen. Hör auf, dir und den anderen etwas vorzumachen, weil du die Wahrheit nicht aushalten kannst!"

Henrik stand auf und ging mit unsicheren Schritten hinaus.

Max starrte ihm hinterher. Sein Körper versteifte sich, er presste die Ellbogen an den Leib, seine Fäuste waren geballt. Ein krampfartiges Zucken lief über seine Züge. Dann sank er in sich zusammen, schlug die Hände vors Gesicht und begann zu schluchzen.

Warum war das so schlimm für Max? Vermutlich gehörte er zu jenen Menschen, die sich verzweifelt Mühe gaben, an ihre eigene Großartigkeit zu glauben. Und nun hatte Henrik ihm unmissverständlich gesagt, dass er ihn für einen Versager hielt. Der Moment der Wahrheit musste furchtbar sein. Würde Max das wieder verdrängen – oder daraus lernen?

Gero hievte sich aus seinem Sessel und schlich an dem Weinenden vorbei.

6. KAPITEL

Montag, 18. August

Clara hatte Glück gehabt, oben am Sellapass einen Parkplatz zu finden. Jetzt drückte sie sich an den Leitplanken neben der Autokolonne entlang, es stank nach Benzin, aus einem offenen Cabrio tönte eine süßliche Frauenstimme, die etwas mit „amore" sang. Motorräder jaulten, Fahrer hupten – in erster Linie, weil sie Italiener waren, aber auch wegen eines Wohnmobils aus meernahen Gefilden, das Höhenangst bekommen hatte.

Beim Hotel „Maria Flora" überquerte Clara die Straße und hastete den Pfad in Richtung der Sellatürme hinauf. Nur weg vom Trubel der Passstraße!

Bald schlängelte sich der Wurm aus Blech weit unter ihr. Der erste Sellaturm ragte vor ihr empor, ein goldener Pfeiler vor königsblauem Himmel. Bei ihrem ersten Dolomiten-Urlaub mit der Alpenvereinsjugend hatte sie dort die „Steger-Kante" gemacht, einen Klassiker im vierten Grad, schon damals abgespeckt und trotzdem begeisternd. Seit damals träumte sie von dieser Landschaft und diesem Fels ...

Wind floss in zitternden Wellen durch hohes Gras, Margeriten und Glockenblumen. Und dort – Feuerlilien! So viele – und noch so spät im Jahr!

Clara blieb stehen und sah sich nach Marianne um. Sie näherte sich mit gesenktem Kopf, schwer auf ihre Bergstöcke gestützt. „Uff, hast du ein Tempo!", japste sie.

„Ich habe mich beeilt, weil mich der Lärm genervt hat. Am besten gehst du jetzt voraus, ich passe mich gern an."

Sie zogen ihre Jacken aus und verstauten sie in den Rucksäcken.

Clara wies hinüber zu einer Ansammlung von Felsen unterhalb des Langkofel. Es sah so aus, als hätte ein Riese dort eine Kiste voller Legosteine ausgekippt. „Gero wollte zuerst in die ‚Steinerne Stadt', um dort zu bouldern, aber dann hat er sich doch von Henrik breitschlagen lassen, mit ihm auf Neulandsuche zu gehen. Gero sagte, er fände es spannend, das einmal mitzuerleben. Aber ich habe Zweifel, ob dieser Flachlandgorilla im alpinen Gelände zurechtkommt."

„Ich bin froh, dass Henrik jemanden gefunden hat", sagte Marianne, „sonst hätte ich mit ihm gehen müssen."

Clara bückte sich, um mit dem Handy eine Feuerlilie zu fotografieren, und presste die Lippen fest aufeinander. Marianne brauchte jetzt keine Anleitung zu emanzipiertem Verhalten. Sie hatte genug andere Sorgen.

Der feuerfarbene Stern mit den gelben Sprengseln leuchtete in der Sonne. Noch ein Foto. Noch eins.

„Möchtest du über die Sache mit Lisa reden?", fragte Clara vorsichtig.

Marianne schüttelte den Kopf, schwang ihren Rucksack auf den Rücken und marschierte los.

Sie hatte X-Beine und schmale Schultern. Von der Veranlagung her war sie keine Sportlerin, aber Henrik hatte sie so weit gedrillt, dass sie im Nachstieg den siebten Grad schaffte, wenn das Gelände nicht allzu steil war.

Seit ihrem Aufbruch beim Ferienhaus hatte Marianne nur wenige belanglose Sätze von sich gegeben und wirkte niedergeschlagen – kein Wunder nach der Sache mit Lisa. Vielleicht würde das Klettern sie etwas aufmuntern und gesprächiger machen.

Clara hatte im Kletterführer www.Topoguide.de eine Route herausgesucht, deren Beschreibung höchst verlockend klang: Die „Delenda Carthago" ist ein echtes Schmankerl für Kurzentschlossene an überwiegend steilem, löchrigem Fels. Diese homogene Bohrhakenlinie ist neben den klassischen Routen eine echte Bereicherung am 1. Sellaturm.

Clara war ziemlich sicher, dass sie dort nicht die Einzigen sein würden, doch erst am Beginn der vorletzten Seillänge liefen sie auf eine Dreierseilschaft auf. Der Standplatz war bei einem Band; sie konnten sich hinsetzen.

Clara sah ihre Schwester von der Seite an. Sie wirkte nun etwas lebendiger, ihre Wangen waren gerötet.

„Es ist blöd, um den heißen Brei herumzuschweigen“, sagte Clara.

Marianne seufzte. „Ich sollte mich nicht so darüber aufregen. Ich bin ja nicht mehr die Jüngste, fast vierzig. Ich kann es verstehen, dass Henrik sich in das junge Ding verknallt hat.“

„Du hast immer Verständnis. Gib ihm endlich mal eins aufs Dach!“

Marianne zuckte die Schultern. „Das würde alles noch schlimmer machen, wenn ich mich wie ein eifersüchtiger Drache aufführe. Ich bin dick und habe schon die ersten Falten, mit Lisa kann ich nicht konkurrieren.“

„Blödsinn! Viele Männer finden dich sehr attraktiv. Soll ich dir ein paar aufzählen?“

Marianne schwieg.

Clara öffnete ihren Mini-Rucksack, den sie an einen Haken gehängt hatte. Eine Dohle flatterte herbei und setzte sich nur einen Meter von ihnen entfernt auf eine Felszacke. Natürlich kannte der Vogel die wesentliche Funktion eines Rucksacks.

Clara zog eine Orange heraus und begann sie zu schälen. Die Schale hatte dieselbe Farbe wie der Schnabel des Vogels, der sich sofort auf die Stückchen stürzte und eifrig daran herumpickte.

Vom Südpfeiler hallten Rufe herüber. Die „Fiechtl“ und die „Glück“ waren von unten bis oben von Seilschaften besetzt.

Clara reichte Marianne einen Orangenschnitz. „Hast du von Henrik verlangt, dass er die Affäre mit Lisa beendet?“

Marianne wich ihrem Blick aus. „Das mit Lisa wusste ich schon vor diesem Urlaub. Aber einen Extremsportler und Abenteurer wie ihn kann man nicht anbinden. Und immerhin war unsere Ehe einige Jahre lang sehr harmonisch.“

„Harmonisch? Du machst neben deiner Arbeit als Lehrerin den ganzen Haushaltskram, sicherst ihn bei seinen Erstbegehungen, obwohl du dich fast zu Tode fürchtest, und er meckert dauernd an dir herum. Warum lässt du dir das gefallen?"

„Ich hasse es, allein zu sein, ich brauche einen festen Partner. So wie du könnte ich nicht leben – schneller Sex, ein, zwei Wochen verliebt und dann Schluss. Das finde ich furchtbar stressig."

Clara grinste. „Aber ich habe doch meinen Spaß dabei! Für mich sind Männer wie Plaisirrouten: Genießen und schnell vergessen."

Marianne sah sie ernst an. „Und was passiert, wenn du einmal alt bist?"

„Dann suche ich mir ein anderes Hobby."

Schon am frühen Nachmittag waren Clara und Marianne wieder beim Auto unten auf der Passstraße. „Und, was machen wir jetzt mit dem angebrochenen Nachmittag?", fragte Clara.

Marianne, die ihre Hände mit einem Feuchttüchlein säuberte, blickte auf. „Wonach ist denn dir?"

„Immer fragst du zuerst, was andere vorhaben. Sag einfach, was du willst!"

Marianne lächelte verlegen. „Ich weiß jetzt schon, dass dir das nicht passt."

„Mach es doch nicht so kompliziert! Jetzt rück schon raus, was willst du mir nicht zumuten?"

„Kaffee und Kuchen. Und Faulenzen."

Clara brach in Gelächter aus.

„Ich dachte, du willst noch in den Klettergarten", sagte Marianne. „Du hast dich heute ja noch gar nicht richtig ausgetobt."

„Ich bin kein Felshöhenmeterfresser wie Henrik und führe kein Tourenbuch mit bewältigtem Durchschnitts-Schwierigkeitsgrad pro Woche. Ich sitze gerne gemütlich da und schaue in die Landschaft. Ich kenne dafür das perfekte Lokal, ich lade dich ein."

Sie tuckerten mit offenen Fenstern vom Sellapass hinüber zum Grödner Joch. Kurz vor der Passhöhe bog Clara links ab und parkte beim „Chalet Gérard".

Das geschwungene Dach schmiegte sich in den Wiesenhang, es wiederholte die Form der Hügel ringsum. Der moderne Bau aus Holz, Glas und Stein war an einem der besten Aussichtsplätze der Dolomiten errichtet worden.

Von der Terrasse blickte man auf die Breitseite des Langkofel, zur wild gezackten Fünffingerspitze und auf die drei Sellatürme; von ferne leuchtete das Schneefeld der Marmolada, Gipfel staffelten sich bis zum Horizont. Die Landschaft war so weit, als blicke man aus einem Flugzeug.

Die Bedienung servierte Clara Eiskaffee. Sie nippte daran, genoss die Sonnenwärme auf ihren nackten Armen und beobachtete ihre Schwester, die sich mit Elan auf ihren Schokoladenkuchen stürzte.

Seit sie mit Henrik verheiratet war, hatte Marianne sich in eine Richtung verändert, die Clara nicht gefiel. Sie hing viel vor dem Fernseher, aß mehr, als sie wollte, und trug mädchenhafte Kleider, die ihr nicht standen. Und sie versuchte, ihrem Mann die Wünsche von den Augen abzulesen.

Sie war langweilig geworden und lachte nicht mehr so viel wie früher, aber jedes Mal, wenn Clara in ihr freundliches Gesicht schaute, stieg ein warmes Gefühl in ihr empor.

„Hallo ihr zwei! Was für ein schöner Zufall."

Die Stimme hatte einen ironischen Unterton. Clara hatte sie lange nicht mehr gehört.

Sie wandte sich in die Richtung.

Daniel. Neben ihm stöckelte Mela, wippender Pferdeschwanz, rosa Kleid.

Daniel zog einen Stuhl heran und setzte sich zu ihnen an den Tisch, Mela folgte seinem Beispiel.

Wie reagieren? Sie zum Gehen aufzufordern, kam nicht in Frage; immerhin war Daniel Henriks Bruder, und Marianne hatte ihn und Mela schon öfter zum Essen eingeladen, weil Henrik das so wollte.

Daniels Augen leuchteten hellblau in seinem bronzebraun gebrannten Gesicht. „Na, schönen Tag gehabt?"

Marianne nickte. „Ja. Wir haben eine fantastische Route gemacht, die ‚Delenda Carthago'. Und ihr?"

„Die Südkante am Hexenstein. Ein Vierer, nettes Felswandern."

Mela lächelte ihn an. „Tut mir leid, Schatz, dass du nicht ausgelastet warst, aber für mich war das echt schwer genug. Ich habe eben nicht viel Kraft."

Ihr Getue nervte Clara. „Ein Vierer ist keine Kraftsache. Bist du in den letzten zwei Jahren gelegentlich beim Klettern gewesen, Mela?"

„Oh ja, sehr oft sogar. Daniel hat mir viel beigebracht."

Clara hob die Augenbrauen. „Tatsächlich? Na ja, der Erfolg eines Lehrers hängt vom Talent des Schülers ab."

Daniel warf ihr einen wütenden Blick zu. „Mela ist nicht so ehrgeizig wie du, Clara. Sie interessiert sich auch noch für andere Dinge als Felsen!"

„Erstaunlich."

„Ihre Semesterarbeit handelte von Jeff Koons' Beziehung zur Banalität des Alltags mit besonderer Berücksichtigung seines ‚Balloon Dog' – zu dem du nur zu sagen hattest, er sei hässlich. Sie versteht eben etwas von Kunst."

„Dieses Pudels Kern ist Geldmacherei", gab Clara zurück. „Apropos Geld: Du scheinst ja drin zu schwimmen, wenn du dir ein Zimmer in diesem Chalet leisten kannst. Bestimmt fährst du jetzt einen Porsche und brauchst meinen Bus nicht mehr."

Marianne war das Gespräch offenbar unbehaglich. Sie schob den leeren Kuchenteller fort und deutete in die Landschaft. „Ist es nicht wunderschön hier oben? Ich liebe die Dolomiten."

Mela strahlte Daniel an. „Das Hotel ist wirklich paradiesisch. Und so geschmackvoll. Leider ist es ein bisschen abgelegen, wenn man nicht nur wandern und klettern will. Morgen möchte ich nach Cortina zum Shoppen."

Daniel tätschelte ihre Hand. „Ich hätte Lust auf Klettern, aber du kannst ja auch ohne mich Klamotten kaufen."

„Mit wem willst du dann auf Tour gehen?"

„Ich finde schon jemanden." Daniel wandte sich Marianne zu. „Henrik hat mir von eurem Ferienhaus hier in der Nähe erzählt. Kann in eurer Alpenvereinsgruppe außer Henrik noch jemand richtig klettern?"

„Thomas natürlich", erwiderte Marianne. „Und Gero, aber der ist kein Alpinist."

„Wer ist noch dabei?", erkundigte sich Daniel.

„Wilfried und Lisa, die klettern beide nicht so gut wie du. Und dann noch Max, der ist – eben Max."

Daniel winkte der Bedienung, einer schlanken Frau in der Nobelfassung eines Dirndls, und bestellte für sich Espresso und Apfelstrudel, für Mela Orangensaft. Er hatte wohl nicht die Absicht, sich einen anderen Tisch zu suchen.

Clara zahlte trotz Mariannes Protest für beide und stand auf. „Tschau."

Daniel nickte ihr zu. „Vielleicht komme ich mal vorbei, wenn ihr schon in der Nähe seid."

Um neun Uhr abends waren Gero und Henrik noch nicht von ihrer Neulandsuche zurück. Clara hatte es sich mit einem Buch auf der Couch gemütlich gemacht und versuchte zu lesen, aber Marianne flatterte nervös im Wohnzimmer herum.

„Mach dich nicht verrückt, Marianne", sagte Clara, „Erstbegeher kommen eben manchmal nicht rechtzeitig zum Essen. Und wenn dein Göttergatte beim Abstieg biwakieren muss und ein bisschen friert und hungert, dann gönne ich ihm das."

„Aber er meldet sich nicht am Handy! Da muss etwas passiert sein! Ich muss die Bergwacht –"

Jemand trampelte durch den Flur, die Tür schwang auf, Henrik trat auf, ganz stolzer Abenteurer mit einer Schramme am Kinn und Salzrändern am T-Shirt. „Ha, das wird 'ne Monstertour ... Aber jetzt gehe ich erst mal duschen!"

Eine Viertelstunde später hatten sich sämtliche Bewohner des Ferienhauses bis auf Wilfried und Lisa um den Wohnzimmertisch versammelt. Die beiden aßen heute Abend im Restaurant „Jägerhof", morgen würden sie ausziehen. Nach langem Herumtelefonieren hatte Wilfried ein Zimmer in einer Pension gefunden.

Henrik und Gero tranken Bier und machten sich über die aufgewärmten Reste der Schinkennudeln her, Thomas hatte eine Flasche Zweigelt entkorkt.

„Ich wäre schon heute durchgekommen und hätte dann im Abstieg biwakiert", sagte Henrik mit vollem Mund, „aber Gero hat sich geweigert, weiterzugehen."

Gero grinste schief. „Ich hatte ein berechtigtes Interesse daran, zu überleben."

Henrik lachte. „Blödsinn! Da war bloß eine Stelle mit etwas unsolidem Fels, überhaupt kein Problem."

„Für dich nicht", gab Gero zurück. „Du hast kurz vor dieser gelben Wandzone einen guten Klemmkeil gelegt, so konntest du super gesichert darüberqueren. Und dann bist du ohne eine einzige Zwischensicherung auf einem Band weiter bis zu einem Standplatz auf der anderen Seite einer Schlucht. Als ich an die gelbe Stelle gekommen bin, musste ich den Keil natürlich aushängen. Und hatte den blöden Job, dann ohne Sicherung über den mit Dreck zusammengebackenen Schotter zu eiern. Ich habe es versucht, aber die Griffe sind mir weggebröselt. Bei einem Abgang wäre ich volle Kanne in den Kamin gebrettert. Ich habe mich gerade noch zurückretten können."

Henrik grinste. „Du warst so im Stress, dass du in dem Pipifax-Gelände in die Hose gepieselt hast."

Gero starrte Henrik an. Mit einem Ruck schob er seinen Stuhl zurück, stand auf und marschierte hinaus.

Clara hätte Henrik am liebsten angebrüllt. Es war einfach das Letzte, Gero vor den anderen lächerlich zu machen, nur weil er wegen der nicht vollendeten Neutour sauer auf ihn war. Aber die Stimmung in der Gruppe war schon schlimm genug. Clara presste die Lippen aufeinander, damit ihr kein Wort herausrutschen konnte.

Am Tisch herrschte Schweigen.

Thomas fand als Erster seine Sprache wieder. „Sagt dir das Wort Bergkameradschaft irgendetwas, Henrik? Du hast gewusst, dass Gero keine Erfahrung im brüchigen Gelände hat. Es war ein schwerer Fehler, nach der heiklen Stelle keine Sicherungen mehr zu legen. Du hast ihn in Gefahr gebracht."

Henrik zuckte die Schultern. „Dort besser zu sichern, wäre kompliziert geworden, und ich wollte die Route im Sack haben, bevor es dunkel wurde. Ich kann doch nichts dafür, dass Gero im Schrofengelände Schiss gekriegt hat."

Thomas stand auf, ging hinaus und schlug die Tür hinter sich zu, dass der daneben hängende Spiegel klirrte.

Sollte Clara ihre Sachen packen und heimfahren? Dieser Urlaub war ein Alptraum. Gestern Wilfrieds Angriff auf Henrik, und jetzt das. Allmählich war jeder auf jeden sauer. Aber durfte sie ihre Schwester jetzt allein lassen?

„Und wie war es sonst, Henrik?", fragte Marianne. „Wird das eine gute Tour?"

Typisch. Sie versuchte immer abzulenken, wenn es Probleme gab.

„Klar doch", sagte Henrik. „Da gibt's tolle Kletterstellen bis acht minus, null Haken, Sicherungen legen geht nicht immer. Nix für Weicheier also."

„Toll", kommentierte Max, der bisher im Führer geblättert und Seiten mit Klebezetteln bestückt hatte.

„Eine solche Route würde ich nie versuchen", sagte Clara. „Wenn ich ständig nur daran denken muss, wie ich die nächsten zehn Meter schaffe, ohne mir das Genick zu brechen, habe ich keine Freude am Klettern."

Henrik lehnte sich im Stuhl zurück und musterte Clara mit spöttischer Miene.

„Mir geht es genauso", sagte Marianne schnell. „Deshalb steige ich nur Plaisirrouten vor, und sogar dort habe ich manchmal Angst."

Henrik schenkte sich ein Glas Wein ein. „Diese mit Bohrhaken durchgestylten Konsumrouten sind doch langweilig. Wo bleibt da das Abenteuer? Es ist doch ein super Gefühl, wenn man sich irgendwo durchkämpft, wo man Mut zeigen muss."

Da war etwas dran, Clara kannte das aus eigener Erfahrung, aber sie war nicht bereit, das jetzt zuzugeben. „Hinterher sind Abenteuer natürlich großartig, weil man dann den tollen Kerl herauskehren kann –"

„He, da platze ich ja mitten in eine Plaisir-kontra-Abenteuer-Diskussion!"

Daniel lehnte im Türrahmen. „Na, sind die Damen wieder einmal gegen dich, Henrik?"

Henrik ging nicht darauf ein. Sein Blick war grimmig. „Was willst du denn hier? Wir hatten doch abgesprochen, dass du daheimbleibst und dich um Mama kümmerst!"

Schon wieder eine Streiterei. Clara verschwand in ihr Zimmer.

***

Marianne blickte von ihrem Mann zu Daniel, der sich Henrik gegenüber rittlings auf einen Stuhl setzte. „Das ist aber keine nette Begrüßung, Henrik."

Das würde Ärger geben. „Magst du ein Glas Wein, Daniel?"

„Du bist ein Goldstück, Marianne. Gerne."

Sie ging zur Vitrine und nahm ein Weinglas heraus. Dabei hörte sie Daniel sagen: „Mama geht es gut, auch wenn sie das nie zugeben würde. Frau Allmer kümmert sich ja bestens um sie."

Marianne schenkte Daniel ein. Sie würde sich aus dem Streit heraushalten und versuchen, die Gemüter zu beruhigen. Obwohl Henrik zu Recht sauer war. In den letzten Monaten hatte er seine Mutter mindestens einmal pro Woche besucht, während Daniel sich manchmal längere Zeit nicht blicken ließ. Ihre Schwiegermutter behauptete, er käme nur, wenn er dringend Geld brauchte.

„Auf dich ist einfach kein Verlass", sagte Henrik. „Fährst einfach so in den Urlaub, obwohl wir es anders ausgemacht haben. Mama lebt vielleicht nicht mehr lange, und sie ist einsam, Mann, kapierst du das nicht?"

Henrik hatte ein gutes Herz, aber Marianne liebte ihn nicht mehr. Es war Zeit, die Initiative zu ergreifen.

Ihr Blick fiel auf Max, der dem Streit aufmerksam lauschte. Der soziale Analphabet hatte nicht das Feingefühl, angesichts dieser Familiendiskussion hinauszugehen.

„Ich bin doch nur eine Woche lang weg", argumentierte Daniel, „und Mama jammert seit zehn Jahren, dass sie bald stirbt, dabei ist sie für ihr Alter topfit."

„Das ist kein Grund, sie allein zu lassen."

Daniel lächelte entschuldigend. „Ich bin Künstler, Henrik. Im Moment brauche ich unbedingt frische Luft und Entspannung, um meine Inspiration anzukurbeln. Wie wär's mit einer gemeinsamen Klettertour morgen? Hast du wieder eine wilde Erstbegehung im Auge? Da würde ich gerne mitmachen!"

In Henriks Gesicht arbeitete es, offenbar schwankte er zwischen dem Ärger auf seinen Bruder und der Möglichkeit, mit ihm zusammen noch einmal in seine Neutour zu gehen. Dann blickte er ihn finster an. „Du lässt Mama allein, und dann willst du mit mir klettern, weil deine Süße nur in Dreiern herumkrabbelt? Kommt überhaupt nicht in Frage!"

Daniel hob beschwichtigend die Hand. „Schon gut. Ich werde hier herumfragen, ob sonst noch jemand Lust hätte, mit mir auf Tour zu gehen."

„Ich!" Max' Stimme klang aufgeregt. „Ich schon. Ich habe da einige Ideen. Wie wäre es mit der ‚Priz' am Ciavazes?"

Henrik grinste. „Na dann wünsche ich dir viel Spaß mit Max, Daniel."

Er ging hinaus, Marianne folgte ihm. Sie war todmüde. Letzte Nacht hatte sie kaum ein Auge zugetan.

7. KAPITEL

Dienstag, 19. August

Henrik erwachte mit pochendem Schädel. Schwer zu klettern war heute nicht drin. Er würde mit Marianne die „Aquafun" machen, diese Route war nur sieben minus. Und Marianne stieg das normalerweise locker nach, was ihre Stimmung verbessern würde. Ihre mufflige Miene nervte.

Sie stand im rosa Nachthemd vor dem Waschbecken und bürstete ihr blondes Haar.

Er wälzte sich aus dem Bett. „Marianne, wo ist das Aspirin?"

„Gleich." Sie ging zur Ablage mit der Reisetasche und zog ein Schächtelchen heraus. Dann goss sie Wasser in ein Zahnputzglas, warf eine Tablette hinein und reichte es ihm. „Geht es dir nicht gut, Henrik?"

„Für eine leichte Route gut genug. Wir haben schon eine Weile nichts mehr miteinander unternommen. Alles klar, Marianne?"

Sie nickte.

Henrik leerte das Glas in einem Zug – eklig, dieser bittere Geschmack. Nach der Tour mit Gero hatte er einen fürchterlichen Brand gehabt und zu viel Bier und dann auch noch Wein in sich hineingeschüttet. Vielleicht hatte Marianne deshalb nicht versucht, mit ihm über Lisa zu reden. Und vorgestern, nach der Aufdeckung seiner Affäre, war sie neben ihm ins Bett gesunken, ohne ein Wort darüber zu verlieren.

Seltsam.

In der Küche traf Henrik Gero und Thomas, die Brötchen mit Nutella und Marmelade bestrichen. Keiner der beiden sagte guten Morgen. Na ja, das mit Gero gestern war nicht nett gewesen, es war Henrik so herausgerutscht. Er würde später mit Gero reden, vor dem Frühstück und mit brummendem Schädel hatte er keine Lust dazu. „Was macht ihr zwei heute?“, fragte er.

„Die ‚Ottovolante‘ “, erwiderte Thomas.

Die Route war nicht leicht, ein Achter, aber mit Bohrhaken gespickt. Genau richtig also für Weicheier wie Gero. Aber das musste Henrik jetzt nicht thematisieren.

Er nahm einen Joghurt aus dem Kühlschrank und ging damit ins Wohnzimmer. Auf der Schwelle stutzte er. Sein Bruder lag lang ausgestreckt auf dem Teppich und schnarchte, neben sich ein umgekipptes Glas und eine leere Flasche Wein. Wahrscheinlich hatte er noch eine Weile mit Max gebechert. Eigentlich klar, dass er danach nicht mehr in sein eigenes Quartier zurückgefahren war.

Sein Bruder war ein Säufer. Früher hatte Henrik ihn damit entschuldigt, dass er Künstler war. Heute empfand er nur noch Verachtung für Daniel.

Henrik löffelte seinen Joghurt – mehr brachte er heute Morgen nicht herunter –, dann ging er in den Vorraum. Dort traf er Marianne, die sich über ihren Rucksack bückte. Sie blickte auf.

„Hast du an den Abseilachter gedacht, Marianne?“

„Ich – ich weiß nicht …“ Klettergurt, Karabiner und Helm flogen aus ihrem Rucksack. „Äh – den Achter habe ich wohl noch oben im Schrank. Ich gehe gleich und hole ihn.“

Sie hatte bereits ihre Bergschuhe an, nun nestelte sie nervös an den Knoten. Als Henrik seine Schuhe angezogen hatte, war sie immer noch damit beschäftigt. Er warf ihr einen ärgerlichen Blick zu, ergriff seinen großen und den kleinen blauen Rucksack und ging zum Parkplatz vor dem Haus.

Ein leichter Wind wehte vom Joch her, der Himmel war wolkenlos. Es war ein idealer Tag für eine Nordwand. Daniel und Max würden in der Südwand des Ciavazes in der Sonne brutzeln wie Grillhähnchen – wenn Daniel heute überhaupt fähig war zu klettern.

Wilfried und Clara stiegen jetzt in Wilfrieds Bus ein. Die beiden in einer Mehrseillängentour, das war neu, Wilfried hatte nicht Claras Kletterniveau. Ob sie den auch bumsen wollte? Sie interessierte sich für die seltsamsten Typen, offenbar gehörten jetzt sogar alte Männer mit Bauch dazu. Ob sie es auch mit Henrik treiben würde? Nein, das würde sie ihrer Schwester nicht antun. Und das war okay, denn Henrik bevorzugte Frauen von der anschmiegsamen Sorte. Wie Lisa … Oder auch Mela. Die beiden hatten sich zum Shoppen in Cortina zusammengetan.

Wilfrieds Bus stieß eine Dieselwolke aus, deren Geruch Henrik würgen ließ, und rumpelte die Straße hinunter.

Gero und Thomas marschierten grußlos an Henrik vorbei und stiegen in Thomas' Skoda ein.

Henrik wartete und wartete.

Endlich kam Marianne. „Komisch, aber der Abseilachter war doch in meinem Rucksack."

Sie warf ihn in den Kofferraum und stieg ein. Henrik setzte sich ans Steuer, wendete schwungvoll und trat aufs Gas, dass der Kies wegspritzte.

Am Parkplatz unter dem Brunecker Turm räumten Henrik und Marianne ihre großen Rucksäcke mit dem Klettermaterial, den Helmen und dem Doppelseil aus. Sie legten die Sitzgurte an und behängten sich mit ihrer Ausrüstung; außerdem nahmen sie den kleinen blauen Rucksack von Henrik mit, der so leicht war, dass er auch beim Vorsteigen nicht störte.

Bis zum Einstieg waren es etwa dreihundert Höhenmeter. Als Henrik den Wandfuß erreichte, blickte er auf seine Uhr: zwanzig Minuten. Nicht schlecht. Er setzte sich auf einen Felsblock und sah zu, wie sich Marianne das Schuttkar hinaufarbeitete.

Endlich kam sie keuchend und mit Schweißperlen auf der Stirn an. „Uff. Ich sollte wirklich mehr für meine Kondition tun." Sie reichte ihm die Bandschlinge mit den daran aufgefädelten Expressschlingen. Schon wieder war eine von ihnen andersherum als alle anderen eingeklinkt. Mariannes

Schlamperei nervte, aber jetzt war nicht der richtige Moment, um einen Streit anzufangen.

Henrik hatte sich angeseilt. Nun blickte er die Wand empor, die sich über ihm aufbaute. Schwarz, von Wasser überronnen und zerfressen. Er fröstelte. Es war nicht gesund, beim Aufstieg zu schwitzen und dann im Schatten herumzusitzen. Heute fühlte er sich nicht wohl in seiner Haut, irgendwie kribbelig. Ein Warnsignal? Er war schon ein paarmal bei einer Bergtour umgedreht, weil er ein schlechtes Gefühl hatte – im Lauf der Jahre entwickelte ein guter Alpinist einen Instinkt für Gefahr. Aber was sollte ihm in dieser Sportklettertour mit den vielen Haken schon passieren? Schlimmstenfalls Steinschlag. Davor würde er sich heute besonders in Acht nehmen.

Henrik begann zu klettern.

Bei den ersten beiden Seillängen war der Fels feucht, aber so rau, dass ihn das kaum störte. Dann eine glitschige Platte mit kleinen Griffschlitzen – sieben minus. Marianne jammerte wegen der Nässe, und Henrik musste am Seil ziehen, um ihr über die Stelle zu helfen.

Am Ende einer breiten, mit Geröll bedeckten Terrasse machten sie Pause, denn ein roter und ein schwarzer Hintern hingen etwa zwei Seillängen über ihnen.

Henrik wies nach oben. „Das kommt davon, wenn man morgens so lange braucht. Ich hasse es, wenn Seilschaften vor mir sind."

Marianne lächelte schuldbewusst; sie zog die Siggflasche aus dem Rucksack und reichte sie ihm.

„Danke." Er schraubte den Deckel auf und setzte die Flasche an die Lippen. Das Zeug rann kalt durch seine Kehle.

Auch Marianne trank. „Dieses Powerzeug schmeckt immer ein bisschen unangenehm."

Henrik schaute in ihr rundes Gesicht, die großen blauen Augen. Eigentlich war sie ganz hübsch. Es war Zeit, ein bisschen gut Wetter zu machen. Auf die Dauer hatte das mit Lisa sowieso keinen Sinn.

„Gut geklettert, Marianne.“
„Danke.“
Er nahm noch einen Schluck aus der Flasche.
Sie zog die Windjacken aus dem Rucksack, kramte darin herum – was suchte sie jetzt schon wieder? Sie holte das rote Notfall-Täschchen mit dem aufgedruckten weißen Kreuz heraus, dann vier Müsliriegel. Ach so. Sie hatte schon wieder Hunger. Henrik brauchte den ganzen Tag lang nichts.
Sie riss die Packung eines Riegels auf und knabberte daran. Dabei sagte sie kein Wort und sah ihn nicht an.
Eigentlich untypisch.
Henrik schaute in die Landschaft, die sich unter ihm ausbreitete, die Schuttreißen, latschendurchsetzten Hänge und den Zickzack-Pfad mit der lückenlosen Reihe von Wanderern, die sich Richtung Pisciadù-Hütte hinaufquälten. An einem Schönwetter-Tag wie heute waren diese Völkerscharen normal.
Marianne aß einen zweiten Riegel. Und schwieg.
Henrik nahm noch einen Schluck aus der Flasche, lehnte sich zurück an die Felswand und spürte ihre Kühle an seinem Rücken.
Er fühlte sich schwach, irgendwie eigenartig. Ob ihm der Kater noch zu schaffen machte?
Hätte er doch etwas zu essen mitnehmen sollen? Mariannes Riegel kamen nicht in Frage, das Zeug enthielt oft Spuren von Erdnüssen.
Er nieste mehrmals, schnäuzte sich und wischte Tränen aus seinen Augenwinkeln. Er hatte sich wohl eine Erkältung eingefangen.
Er steckte die Flasche zurück in den Rucksack und begann, sich für den Vorstieg zu rüsten: Schlingen und Keile sortieren, einen Blick auf den Papierausdruck mit der Routenskizze werfen, Kletterschuhe anziehen.
Was – was war das?
Seine Lippen fühlten sich an wie aufgeplustert, sein Gesicht war heiß. Er berührte seine Wangen mit beiden Händen,

spürte etwas wie viele kleine Pickel – nein! Doch nicht jetzt – er hatte doch nichts Falsches gegessen! Vielleicht hatten diese Ärsche das Rezept für „Powerman's Drink" geändert.

Nur keine Panik. Das würde er mit den Medikamenten schon hinkriegen.

„Marianne! Gib mir das Notfall-Set, schnell, ich muss irgendwas mit Erdnüssen …"

Er hustete.

Mariannes Stimme klang kieksig. „Henrik! Das ist ja –"

„Halt die Klappe, gib mir das Zeug! Und dann rufst du die Bergwacht an!"

Henriks Gesicht und Hals brannten wie Feuer, etwas Säuerliches stieg aus seinem Magen empor. Mariannes Hand mit dem roten Täschchen tanzte vor seinen Augen.

„Du hast überall rote Hubbel!"

Henrik ergriff den Beutel. „Jetzt mach schon, die Bergwacht!"

„Welche Nummer?"

„Eins eins acht!"

Mit zitternden Fingern riss Henrik die Klettverschlüsse auf und klappte den Behälter auseinander.

Er war leer.

Keine Tabletten. Keine Spritze.

Etwas Scharfes, Eisiges schoss durch Henrik hindurch bis in seinen Magen. Sein Herz klopfte rasend schnell gegen seine Rippen, ihm war gleichzeitig heiß und kalt.

Marianne tippte hektisch auf dem Handy herum.

Henrik musste so heftig niesen, dass er sich nach vorne krümmte und sein Bauch sich verkrampfte.

„Ich muss noch einmal wählen, die Pin war falsch. Ist die 4231 oder 4321?"

„Vier zwei drei eins – oder direkt den Notruf – Marianne! Da sind keine Medikamente!"

Sie blickte vom Handy auf, starrte auf die aufgeklappte Tasche.

„Marianne, hast du –"

„Nein!“

Henriks Kehle war eng, ihm war übel. Rotz lief ihm aus der Nase. Und Marianne tat nichts – nichts!

Die Zunge füllte seinen Mund, es war schwierig, Worte zu formen. „Die Bergwacht! Schnell!“

Er erbrach einen Schwall in seinen Schoß, seine Glieder flossen auseinander. Husten. Würgen. Aus weiter Ferne Mariannes Stimme. „Die Bergwacht kommt gleich, nur eine Viertelstunde ...“

Er keuchte, hustete, rang nach Luft.

Mariannes Gesicht über ihm. Leer. Weiß. Weit aufgerissene Augen. Warum tat sie nichts?

„Marianne, was –“

Die Worte blieben in seiner Kehle stecken, er röchelte, sein Magen zuckte, stülpte sich um. Marianne, hatte Marianne …?

Um seine Brust zog sich ein Panzer enger und enger zusammen. In seiner Kehle saß ein Ballon und blähte sich auf. Er sog gewaltsam Luft in den Rachen, stöhnte, schnappte, schnappte ...

8. KAPITEL

Über Marianne knatterte der Hubschrauber, auf seinem knallroten Bauch prangte die Aufschrift „Aiut Alpin“ neben dem Logo der Raiffeisenkasse.

Raiffeisen. Raiffeisen. Was für ein seltsames Wort. Raiff, raiff, raiff – raiff war wie ein Pfiff, und dazu Eisen. Wie eine Dampflok. Spinnst du jetzt?

Du musst das Notrufzeichen geben – aufstehen, einen Arm heben.

Unmöglich. Die Bergwacht anzurufen, sich auszubinden und vom Standplatz bis hierher zu schleppen hatte sie ihre ganze Kraft gekostet. Nun hockte sie auf dem Boden, das Gesicht auf den angewinkelten Knien.

Die da oben sehen mich ja. Sie erledigen alles.

Sie schaute hinauf. Aus dem Helikopter löste sich ein Klumpen, seilte sich daraus ab wie eine Spinne, die sich selbst an ihrem Faden herablässt – ein Mann im orangefarbenen Anorak mit einem Rucksack. Er wurde größer und größer, pendelte am Seil über ihr hin und her. Nun schwebte er wenige Meter von der Wand entfernt über der mit Schotter bedeckten Terrasse. Seine Knie knickten ein, als er den Boden berührte. Das Seil löste sich; er richtete sich auf und sah sich um. Mit ein paar schnellen Schritten war er bei der verkrümmten Gestalt da drüben – nicht hinschauen! Nicht denken!

Das Seil wurde in den Bauch des Hubschraubers eingesogen.

Marianne schloss die Augen. Sie schwamm in eisigem Nebel, ihr Kopf war dumpf. Wenn nur dieses Zittern aufhören würde! Ihr war kalt, so kalt.

Eine Stimme tönte gegen das Gedröhn des Hubschraubers. „Hallo! Ich bin der Christian von der Bergwacht. Wie geht es Ihnen?“ Eine Berührung an der Schulter.

Marianne blickte in ein braun gebranntes Gesicht unter einem Helm.

„Sind Sie verletzt?“

Sie schüttelte den Kopf, wies in die Richtung, wo …

„Schon gut. Wir kümmern uns um ihn.“ Der Mann sprach sehr langsam und deutlich, mit Südtiroler Akzent.

„Ich bin schuld!“ Ihre Stimme klang schrill in ihren Ohren.

„Sie haben einen Notfall wegen einer Allergie gemeldet“, schrie der Retter. „Wir holen zuerst Ihren Mann in den Hubschrauber. Dann sind Sie dran.“

„Ich – ich bin schuld!“

Seine blauen Augen musterten sie; sie wich seinem Blick aus. Er setzte seinen Rucksack ab.

Marianne ließ alles geschehen: Dass er ihr Handgelenk ergriff, den Ärmel zurückschob und ihren Puls fühlte. Dass er eine Hand auf ihre Stirn legte.

„Ist Ihnen kalt?“

Sie nickte.

Er holte eine goldglitzernde Rettungsdecke aus dem Rucksack, hüllte sie darin ein. „Besser?“

Marianne nickte wieder.

Der Mann sprach irgendetwas in ein Funkgerät. Dann verschwand er Richtung Standplatz und kehrte mit dem Seil in der Hand zurück. Er band Marianne ein, setzte sich neben sie.

„So, jetzt sind Sie wieder gesichert. Warum haben Sie sich ausgebunden?“

Marianne brachte keinen Ton heraus. Sie hatte dort weggewollt, nur weg.

Ein zweiter Retter mit einer Trage löste sich aus dem Hubschrauber und senkte sich langsam zu ihnen herab.

Warten. Warten. Nichts tun.

Beide Bergwachtler waren nun da drüben beschäftigt.

Warten.

Der Mann namens Christian kehrte zu ihr zurück und redete auf sie ein. Marianne verstand kein Wort.

Das Knattern über ihr verebbte.

Die Rettungsdecke knisterte. Ihre Glieder waren taub, alles um sie herum war verwischt wie hinter einer dreckigen Glasscheibe.

Lärm. Ein Seil von oben. Jemand machte sich an ihrem Klettergurt zu schaffen.

Plötzlich ein Ruck, Marianne verlor den Boden unter den Füßen. Ringsum Luft, pfeifender Wind, unter ihr eine Schuttfläche, dann Felsabbrüche, Wiesen mit winzigen Kühen. Sie schrie und schrie.

***

Leonardo Murani lehnte sich in seinem Bürostuhl ein Stück nach vorne, als könne er das Bild auf dem Computer dadurch besser erkennen.

Es war ein schlechtes Handyfoto, das eine rote Tasche zeigte. Sie war auseinandergeklappt, sodass man das Innere mit den Einsteckfächern und Schlaufen sehen konnte. Und darin befand sich – nichts.

Diese Tasche hatte ein Bergwachtmann namens Christian Senoner neben dem Toten gefunden. Murani las seine Aussage im Protokoll noch einmal: „Menschen mit starken Allergien führen normalerweise ein Notfall-Set mit Tabletten und Spritzen mit, um bis zur Behandlung durch einen Arzt zu überleben. Die von mir fotografierte Tasche war höchstwahrscheinlich zu diesem Zweck bestimmt."

Hatte jemand die Medikamente herausgenommen, um sie durch neuere zu ersetzen, oder aus irgendeinem anderen harmlosen Grund – und es dann vergessen?

Das war ziemlich unwahrscheinlich.

Die Sache roch nicht nur ein bisschen nach Mord, sie stank.

Das war Muranis Chance zu zeigen, was er konnte – nach einem halben Jahr hier in der Provinz mit Fahrraddiebstählen, betrunkenen Jugendlichen und ein paar Einbrüchen.

Trotzdem würde er sich bemühen, unvoreingenommen zu sein.

Er googelte „Erdnussallergie“, las, dachte nach und nippte nebenbei an seinem plumpen Kaffeepott mit der Aufschrift „für den liebsten Papa“.

Dann rief er „Aiut Alpin Dolomites“ an und ließ sich mit dem Mann verbinden, bei dem die Notrufmeldung eingegangen war. Er erklärte, Marianne Behr hätte aufgeregt, ja hysterisch geklungen, sie hätte aber eine ordnungsgemäße Meldung abgegeben. Und auch gesagt, es käme auf jede Minute an, da ihr Mann die Symptome einer Erdnussallergie zeige.

Der nächste Anruf galt Christian Senoner, der als Erster bei der Leiche gewesen war und die leere Tasche fotografiert hatte. Der Bergwachtler lieferte einen sachlichen Bericht von der Rettungsaktion.

„Und die Frau ist jetzt nicht vernehmungsfähig?“, fragte Murani.

„Der Arzt meint nein“, erwiderte Senoner. „Sie war dabei, wie ihr Mann auf gruselige Art gestorben ist. Sie ist fix und fertig. ‚Ich bin schuld. Ich bin schuld‘, mehr bekommen wir aus ihr nicht heraus. Aber das sagen die Überlebenden oft bei einem Bergunfall.“

„Bergunfall? Der Arzt hat im Protokoll angegeben, dass es sich höchstwahrscheinlich um eine allergische Schockreaktion mit Exitus durch Kreislaufversagen handelte.“

„Das war schon ein Bergunfall. Weil die zwei in der Wand waren und die Rettung deshalb zu spät gekommen ist.“

„Haben Sie in der Umgebung des Toten nach den fehlenden Medikamenten gesucht?“, fragte Murani.

„Nicht sofort. Aber beim Warten auf den Hubschrauber habe ich mich dann gründlich umgeschaut.“

„Sie waren in einer Felswand. Vielleicht sind die Medikamente in den Abgrund gefallen.“

„Sicher nicht. Da war ein großer Absatz, man hat darauf herumlaufen können.“

Murani kritzelte auf seinen Notizblock: „Moosbichler“. Er brauchte einen Polizisten, der etwas vom Klettern verstand.

„Das mit der leeren Tasche habe ich natürlich melden müssen“, sagte Senoner. „Aber das kann ja auch Zufall gewesen sein, irgendeine Schlamperei.“

***

Clara saß bei einer Apfelschorle vor dem Kiosk am Falzaregopass. Wenn jemand an der Horde Kunstpelz-Murmeltiere vorbeiging, ertönte ein Pfeifkonzert. Das nervte. Genauso wie Wilfried, der den ganzen Tag über grantig dreingeschaut und nicht mehr geredet hatte als eine Auster. Dabei hätte ihm die Plaisirroute „Compay Segundo“ eigentlich gefallen müssen, der Fels war fest, die Schwierigkeiten lagen bei maximal sechs plus. Wie sich die Zeiten geändert hatten! Vor etwa fünfzig Jahren galt sechs plus noch als die Grenze des Menschenmöglichen – und heute war es nur die persönliche Grenze von Wilfried, der 54 Jahre alt war und mit Hilfe von Bier und Schweinernem einen kleinen Überhang in der Körpermitte herangezüchtet hatte.

Eigentlich hatte Clara gehofft, mehr über seine Beziehung zu Marianne zu erfahren, nur deshalb war sie mit ihm auf Tour gegangen. Vielleicht brachte sie ihn bei der Heimfahrt irgendwie zum Reden.

Jetzt stand er vor dem Häuschen und kehrte ihr seine Rückseite zu. Seine dunkelblauen Funktionshosen waren am Hintern mit rotem Stoff verstärkt, was an einen Pavian erinnerte.

Clara glaubte nicht, dass ihn die in der Auslage aufgereihten Souvenirs interessierten: Birkenscheiben mit aufgemalten Bergpanoramen, mit Wappen beschlagene Spazierstöcke, holzgeschnitzte Rübezahlgesichter und kupferne Pflanzkübel mit echtem Edelweiß.

Langsam drehte sich Wilfried um, stapfte zu den Holzbänken und ließ sich Clara gegenüber nieder. „Bitte nimm es mir nicht übel, dass ich heute nicht so gut gelaunt war. Aber das mit Lisa geht mir dauernd im Kopf herum. Mir ist einfach nicht nach Reden.“

„Ist schon gut. Hat dich das Klettern nicht ablenken können?“

„Nein. Vielleicht wäre es bei einer richtigen Bergtour mit einem richtigen Gipfel anders gewesen. Ich finde es pervers, wenn man aus einer Wand aussteigt, und schon eine Viertelstunde später ist man an einer Straße mit Riesenparkplatz und einem Souvenirladen. Und dann diese vielen Bohrhaken, da ist es immer klar, wo man hinklettern muss – das ist doch kein Abenteuer mehr und man kriegt den Kopf auch nicht frei.“

Clara zuckte die Schultern. „Mir hat es Spaß gemacht.“

„Ich bin da anders“, entgegnete Wilfried. „Bergsteigen ist für mich kein Spaß, sondern eine Lebenseinstellung.“

Claras Handy vibrierte in der Tasche ihrer Shorts. Sie holte es heraus und nahm den Anruf entgegen.

„Hallo Clara.“

Die Stimme ließ sie zusammenzucken.

„Ich bin’s, Daniel.“

Was wollte denn der?

Lärmende Typen mit verspiegelten Sonnenbrillen fielen über den Kiosk her.

„Einen Augenblick, hier ist es zu laut“, schrie Clara ins Telefon, stand auf und ging in Richtung der Wiesen- und Latschenhänge hinter dem Häuschen. „So, Daniel, jetzt kann ich besser hören. Was ist los?“

„Du wunderst dich bestimmt, dass ich dich anrufe. Ich habe leider schlechte Nachrichten.“

Clara keuchte auf. „Marianne? Ist Marianne etwas passiert?“

„Nein. Es – es ist Henrik. Er hatte einen Unfall.“

„Ist er im Krankenhaus?“

„Nein. Die Bergrettung kam zu spät. Er ist an einem allergischen Schock gestorben.“

Clara umklammerte den Hörer, versuchte zu begreifen. Henrik tot. Tot! Und ein allergischer Schock – er musste etwas Falsches gegessen oder getrunken haben, aber wieso …

„Marianne war dabei", fuhr Daniel fort. „Ich bin bei ihr im Gebäude der Hubschrauberrettung in der Nähe von St. Ulrich. Sie ist total am Ende, sie sitzt nur da und rührt sich kaum. Die Retter haben mir erzählt, sie wäre nicht einmal fähig gewesen zu telefonieren. Immerhin hätte sie den Code eingegeben, und sie hätten ihr das Handy abgenommen und dort meine Nummer gefunden."

Das erklärte, warum Daniel zuerst von dem Unfall erfahren hatte, er hatte ja den gleichen Nachnamen wie Henrik.

„Ich komme so schnell wie möglich", sagte Clara.

„Gut. Und ich werde mich jetzt mit der Bürokratie herumschlagen."

Sie ließ sich den Weg beschreiben und ging dabei langsam zurück zu Wilfried; er hatte sich ein Radler geholt und hockte mit aufgestützten Ellbogen da.

In knappen Worten erklärte sie ihm, warum Daniel angerufen hatte.

Einen Augenblick lang starrte Wilfried sie an, als verstünde er ihre Worte nicht. Dann sagte er: „Oh Jessas. Jessas na. Warum –"

„Marianne braucht mich jetzt", unterbrach ihn Clara. „Ich renne zum Auto und hole dich dann hier ab."

Sie joggte die Serpentinen der Fahrstraße nach Pian di Falzarego hinunter, dem Ausgangspunkt ihrer Tour. Warum hatte Henrik nicht aufgepasst, was er zu sich nahm? Er kannte doch die Gefahr. Und warum hatten seine Medikamente nicht geholfen? Warum? Warum?

Wenig später kurvte Clara das Abteital hinaus, neben sich Wilfried, stumm und zusammengekauert, als wäre ihm kalt. Sie versuchte nicht, mit ihm zu reden, sie hatte genug damit zu tun, sich auf die Straße zu konzentrieren bei all den Gedanken, die ihr kreuz und quer durchs Hirn fuhren. Immer wieder schossen Motorradfahrer an ihr vorbei, deren Fantasie wohl nicht ausreichte, um sich vorzustellen, dass Fahrzeuge auch aus der Gegenrichtung kommen konnten. Risikoeinschätzung war eben so eine Sache ... Erst gestern hatte ein Biker auf Claras Seil gedeutet und gesagt: „Also das Klettern, das wäre mir viel zu gefährlich."

Marianne hatte darüber gelacht – wenigstens einmal an diesem Tag. Wie ging es ihr jetzt? Sie war psychisch nicht so stabil wie Clara, schon Kleinigkeiten wie eine Erwähnung ihres leichten Übergewichts beschäftigten sie tagelang. Und in letzter Zeit hatte sie fast depressiv gewirkt.

Bei der Ortschaft La Villa bog Clara in Richtung Grödner Joch ab, überquerte den Pass und fuhr zum Ferienhaus. Dort stieg Wilfried aus; er würde den anderen Bescheid geben und sich um Lisa kümmern, sobald sie von ihrem Shoppingtrip mit Mela zurück war. Das Mädchen war heftig in Henrik verliebt gewesen – die Nachricht von seinem Tod würde sie sicher erschüttern.

Gegen vier Uhr parkte Clara vor dem Hubschrauber-Hangar mit dem Schriftzug „Aiut Alpin Dolomites".

Ein Bergwachtler führte sie in ein Büro; dort traf sie einen knochigen alten Mann, der sich als Mitglied des Kriseninterventionsteams vorstellte.

„Ich habe viel Erfahrung mit den Angehörigen von Verunglückten", sagte er. „Aber Ihre Schwester wollte nicht mit mir reden. Nach schlimmen Ereignissen geschieht es öfter, dass sich Betroffene in sich selbst zurückziehen. Vielleicht können Sie eher zu ihr durchdringen."

Er deutete auf eine Tür im Hintergrund. Clara ging an ihm vorbei, öffnete sie und erblickte eine Liege, auf der Marianne ausgestreckt auf dem Rücken lag. Ein Mann mit Bergwachtpullover saß ein paar Schritte von ihr entfernt auf einem Schemel. Er stand auf und schüttelte Clara die Hand. „Ich bin der Heinz. Körperlich fehlt ihr nichts, aber …"

Er vollendete den Satz nicht und setzte sich wieder hin.

Clara trat näher. Das Gesicht ihrer Schwester war grünlich blass, ihr Mund leicht geöffnet, die Augen blickten ins Leere.

Clara ergriff ihre Hand. „Hallo Marianne!"

Keine Reaktion.

„Marianne! Ich bin's, Clara. Bitte rede mit mir!"

Ein Zittern durchlief den Körper ihrer Schwester, sie schaute Clara an. „Ich bin schuld“, flüsterte sie. „Ich bin schuld.“

„Blödsinn!“

Marianne drehte sich zur Seite, beugte sich über die Kante der Bettstatt, würgte, keuchte, würgte und übergab sich. Dann wischte sie mit der Hand über ihren Mund und flüsterte: „Tut mir leid.“

„Kein Problem“, sagte Heinz, „ich putze das weg.“

Er ging hinaus und schloss die Tür.

Die Schwestern waren miteinander allein. Clara setzte sich neben Marianne aufs Bett.

Sie lag still da und schaute zu ihr empor.

„Du hast viel mitgemacht“, begann Clara. „Kann ich etwas für dich tun?“

„Nein.“

„Ich würde dich gern trösten, aber ich weiß nicht wie.“

Marianne packte Clara am Handgelenk, ihre Nägel gruben sich in ihre Haut. „Du musst mich nicht trösten – ich hatte genug von ihm! Genug!“

„Das kann ich gut verstehen.“

Der Bergwachtler kehrte mit Putzzeug zurück.

„Ich würde meine Schwester jetzt gerne mitnehmen“, sagte Clara.

Heinz nickte. „In Ordnung. Der Bruder wollte alles Wichtige organisieren. Er wird die Mutter anrufen, die Arbeitsstelle und so weiter.“

Eine scheußliche Aufgabe. Clara hätte Mitleid gehabt, wenn es nicht Daniel gewesen wäre.

„Wo sind eigentlich die Sachen, die meine Schwester und ihr Mann auf ihrer Tour dabeihatten?“, fragte Clara. „Ich glaube, das war ein kleiner Rucksack und ziemlich viel Kletterzeug.“

„Vorerst müssen wir alles behalten“, sagte der Bergwachtmann. „Ein Kommissar aus Bozen hat angerufen und uns angewiesen, alles aufzubewahren. Er sagte, es handle sich um wichtige Beweisstücke.“

9. KAPITEL

Warum überholte Kofler nicht endlich diesen lahmen Fiat? Leonardo Murani presste den Mund zu einem dünnen Strich, um kein abfälliges Wort herauszulassen. Als Vorgesetzter durfte er Benedikt Koflers Nachlässigkeit beim Führen von Protokollen und sein häufiges Zuspätkommen kritisieren, aber nicht seinen gemütlichen Fahrstil.

„Nun mach schon, Bene, gib Stoff!“, tönte Michael Moosbichlers Stimme vom Rücksitz.

Kofler blieb gelassen. „Cool bleim, Michi. Warum habt ihr jungen Leut es immer so eilig? Ist doch egal, ob wir fünf Minuten früher oder später in Kolfuschg sind.“

„Vielleicht doch nicht“, erwiderte Murani. „Wenn der Täter noch auf Klettertour ist und belastendes Material im Haus gelassen hat, wäre es gut, vor ihm da zu sein.“

Moosbichler lachte. „Na dann los, Bene, presto, presto!“

„Bringt nichts, Michi. Eine richtige Hausdurchsuchung können wir eh nicht machen, dazu haben wir keine Genehmigung.“

„So schnell geht das eben nicht“, sagte Murani. „Aber wir können uns auch ohne Durchsuchungsbeschluss ein wenig umsehen.“

„Jagen wir echt einen Mörder?“, fragte Moosbichler eifrig. In dem jungen Commissario steckte eine gespannte Energie, die irgendwohin musste. Die Kollegen erzählten, dass er mehrere Kletterpartner pro Tag verschliss, weil ihm eine Tour nicht reichte.

„Das halte ich für höchstwahrscheinlich“, sagte Murani. „Ich glaube, dass die Spurensicherung im Essen oder Getränk Erdnussanteile finden wird. Und dass jemand die Notfall-Medikamente mit voller Absicht aus der Tasche genommen hat.“

Kofler gähnte. „Wenigstens müssen wir nicht wegen einer Tatwaffe durchs Gemüse robben.“

„Aber wir müssen nach den Medikamenten suchen, die das Leben des Opfers gerettet hätten“, erwiderte Murani. „Das ist ein ganz besonderer Fall: Um den Mörder zu überführen, brauchen wir eine nicht vorhandene Nicht-Tatwaffe.“

„Häh?“ Das kam von Moosbichler.

Kofler reagierte nicht sofort, dann lachte er schallend.

„Haben wir schon einen Verdächtigen?“, fragte Moosbichler.

Murani nickte. „Die Frau des Opfers hat gesagt, sie sei schuld.“

Eine Viertelstunde später parkten sie vor einem Haus, dessen Vorderfront eine Landschaft mit Steinbock schmückte. Murani stieg aus und drückte auf die Klingel.

Die Tür wurde von einem schmalen Mann mit rotblondem Haar geöffnet. „Sind Sie von der Polizei? Der Bruder von Henrik Behr hat angerufen und gesagt, jemand würde vielleicht kommen wegen dieser schrecklichen Sache. Mein Name ist Kiesbauer.“

Murani stellte sich vor und zeigte auf die beiden anderen Polizisten. „Und das sind meine Kollegen, die Kommissare Kofler und Moosbichler.“

„Gleich drei Kommissare? Herein, herein!“

Kiesbauer machte nicht den Eindruck, als hätte ihn der Tod seines Kameraden hart getroffen, er wirkte eher aufgekratzt. Offenbar gehörte er zu jener Sorte Mensch, für die polizeiliche Ermittlungen eine willkommene Sensation darstellten – und eine Möglichkeit, sich in den Vordergrund zu spielen.

Murani folgte Kiesbauer in ein rustikal eingerichtetes Wohnzimmer: schwere Möbel, ein Teppich mit Persermuster, an der Wand Hirschgeweihe und in einer Ecke ein verstaubtes Murmeltier.

Kiesbauer zeigte auf eine Sitzgruppe um einen Couchtisch. „Machen Sie es sich bequem. Darf ich Ihnen etwas zu trinken anbieten? Einen Kaffee oder ein Bier vielleicht?“

Murani sank in einen der Sessel. „Haben Sie zufällig alkoholfreies Bier?"

„Ja, wir sind hier alle Sportler."

Die Kollegen schlossen sich Muranis Wunsch an und nahmen auf dem Sofa Platz. Kiesbauer ging hinaus.

„Gemütlich", sagte Kofler. „Ich hätte auch gern einen Kamin daheim."

„Ich mag keine toten Viecher im Wohnzimmer", gab Moosbichler zurück. „Wie viele Leute wohnen hier eigentlich, Chef?"

„Sieben. Sie sind zu acht hergefahren. Und ich frage mich, warum der Bruder des Toten mit seiner Freundin woanders wohnt. In dem großen Haus wäre bestimmt noch genug Platz für die beiden."

Kiesbauer kehrte mit einem Tablett zurück, stellte Bierflaschen, Gläser und eine Schale mit Nüssen und Salzstangen auf das Tischchen und setzte sich in einen Sessel.

„Ist noch jemand im Haus außer Ihnen?", fragte Moosbichler.

„Nein, aber Wilfried – Wilfried Ruttmann – müsste bald zurück sein, er ist gerade beim Einkaufen. Eigentlich wollte er heute Abend in eine Pension umziehen, aber jetzt, da Henrik – nicht mehr dabei ist, sieht das anders aus."

Murani merkte auf. „Das sollten Sie uns näher erklären. Hat es Streit zwischen den beiden gegeben?"

„Streit? Das kann man wohl sagen!"

Murani nickte auffordernd, und Kiesbauer legte los.

Gelegentlich schoss Murani eine Frage in den Redeschwall. Er hatte den Eindruck, dass dieser Zeuge übertrieb, aber es war klar, dass Ruttmann auf Behr losgegangen war und ihn geschlagen hatte.

„Und wie standen Sie selbst zu Henrik Behr?", fragte Murani.

„Ich habe ihn wegen seiner Erstbegehungen bewundert – er ist in der Kletterszene ein Superstar, und wir sind immer gerne miteinander geklettert."

Moosbichler, der bisher nur zugehört hatte, ergriff das Wort. „Ich habe den Namen Behr schon gehört, aber ihn als Superstar zu bezeichnen, ist übertrieben. Soviel ich weiß, sind seine Neutouren nie schwerer als neun."

Kiesbauer schaute ihn böse an. „Aber das sind wilde Sachen ohne Bohrhaken!"

Murani übernahm wieder. „Wo waren Sie heute, Herr Kiesbauer?"

„Am Ciavazes, in der ‚Via Roberta 83', das ist eine obergeile Route im achten Grad, die Schlüsselstelle ist ein echter Boulder, aber –"

Murani schnitt ihm das Wort ab. „Ich habe mit Daniel Behr telefoniert. Er hat ausgesagt, Sie hätten ihre gemeinsame Tour abgebrochen."

„Ja, das war schade. Aber Daniel war total überfordert, er hat Trittschlingen benutzen müssen, da war mir klar, dass das Weiterklettern keinen Sinn hatte."

„An einem Schönwettertag im Sommer in die Südwand des Ciavazes einzusteigen war eine – äh – ungewöhnliche Entscheidung", warf Moosbichler ein.

„Das bisschen Hitze hält ein echter Bergsteiger aus. Eigentlich wollte ich ja die ‚Priz' machen, eine Neun minus, aber Daniel war das zu schwer."

Moosbichler strich über sein schwarzes Bärtchen. „Sie müssen ein guter Kletterer sein, wenn Sie sich an einen Neuner im Gebirge herantrauen."

Kiesbauer lächelte. „Nun ja. Als leitender Ingenieur mit einer Sechzig-Stunden-Woche habe ich keine Zeit, noch mehr aus meinen Fähigkeiten zu machen, aber wenn ich so viel trainieren könnte wie die Profis, dann …"

Murani stand auf. „Danke, Herr Kiesbauer. Dürfen wir uns hier ein bisschen umsehen?"

„Selbstverständlich, gerne. Nur in die Zimmer meiner Freunde darf ich Sie natürlich nicht hineinlassen."

Sie drehten mit Kiesbauer eine Runde durchs Haus. „Ich habe keine Mülltonne gesehen", sagte Murani.

„Die ist hinten beim Holzschuppen“, erwiderte Kiesbauer, „die haben sogar Mülltrennung hier, obwohl wir in Italien sind.“

Kofler musterte den Deutschen von Kopf bis Fuß. „Italien gehört zu Mitteleuropa, wir haben fließendes Wasser und benutzen Toiletten. Und außerdem sind wir hier in Südtirol.“

Für die ältere Generation der Einheimischen war diese Reaktion typisch. Sie fühlten sich in erster Linie als Südtiroler, aber auch als Italiener.

„Ich nehme an, Sie haben nichts dagegen, wenn wir die Mülltonne inspizieren?“, fragte Murani.

„Nein, gar nicht, machen Sie nur. Aber ich verstehe nicht recht, warum das nötig ist.“

„Müssen Sie auch nicht“, sagte Kofler grantig. „Und ich möchte mir den Vorraum noch einmal genauer anschauen.“

Der alte Hase wusste, worauf es ankam. Murani nickte ihm zu. „Ich komme mit. Und Michi kann sich inzwischen mit den Mülltonnen beschäftigen.“

Es dauerte eine Weile, Kiesbauer zu erklären, dass seine Anwesenheit bei den weiteren Ermittlungen nicht notwendig war.

Gleich neben dem Eingang stand ein Regal mit Berg- und Straßenschuhen. An einer Wäscheleine hingen zwei ziemlich kleine T-Shirts, typische Funktionsklamotten aus Plastik, die schon nach einmaligem Tragen nach Schweiß stanken. Murani vermutete, dass sie Frauen gehörten, die keinen Wert aufs Rustikale legten. Neben einer Reihe an Haken aufgehängter Anoraks und Jacken führte eine Holztreppe hinauf in den ersten Stock; linker Hand befand sich eine Tür zu einem Flur, über den man in die Küche, ins Wohnzimmer und weitere laut Kiesbauer nicht benutzte Gästezimmer gelangte.

„Was machen Sie denn hier?“ Die Stimme kam von der Eingangstür. Murani wandte sich um. Vor ihm stand ein stämmiger Mann mit krausem Haar.

Murani erklärte den Grund seiner Anwesenheit und nannte seinen Namen.

„Servus. Ich bin der Wilfried Ruttmann."

Murani ergriff seine ausgestreckte Hand und bereute es. Kofler, der alte Fuchs, trat schnell zurück und inspizierte eine Kiste mit Klettermaterial.

„Sie können uns vielleicht mit einer wichtigen Sache weiterhelfen, Herr Ruttmann", sagte Murani. „Von Herrn Kiesbauer wissen wir, dass Sie früher oft mit Henrik Behr geklettert sind. Sie müssten also über seine Gewohnheiten Bescheid wissen."

Ruttmann nickte. Zwischen seinen Brauen stand eine steile Falte.

„Wissen Sie, wie Henrik Behrs Rucksack aussieht?", fragte Murani.

„Er hatte zwei. Einen großen gelben und einen kleinen blauen. Auf beiden sind viele Aufkleber drauf von seinen Sponsoren."

„Haben Sie diese Rucksäcke gestern Abend hier stehen sehen?"

„Ja."

„Wann?"

„So um zehn Uhr. Da habe ich hier alles für meine geplante Tour gerichtet."

„Hat auch Henrik Behr an diesem Abend seine Sachen gepackt?"

„Ich habe ihn nicht dabei gesehen, aber ich denke schon. Morgens war er manchmal – nicht so gut beieinander, deshalb hat er, seit ich ihn kenne, immer am Abend vor der Tour gepackt."

„Auch das Essen und die Getränke?"

„Ja."

„Scheiße!"

Das kam von Moosbichler.

Er hatte sofort begriffen, dass das die Ermittlungen kompliziert machte. Jedes Mitglied der Gruppe hatte die Möglichkeit gehabt, irgendwann in der Nacht die Medikamente aus Henrik Behrs Rucksack zu nehmen und ihm etwas Erdnusshaltiges ins Getränk oder Essen zu mischen. Alle Leute im Ferienhaus waren mögliche Täter.

10. KAPITEL

Clara warf ihrer Schwester einen besorgten Blick zu. Sie hing schlaff auf dem Beifahrersitz, die ganze Fahrt über hatte sie kein Wort gesprochen.

Clara sprang aus dem Auto und öffnete die Tür auf Mariannes Seite. „Komm, gehen wir rein."

Marianne regte sich nicht. Clara löste ihren Gurt, ergriff ihren Arm. „Marianne! Was ist los? Ist dir nicht gut?"

Mit den Bewegungen einer alten Frau schob sich Marianne aus dem Auto. Clara fasste sie um die Taille und führte sie ins Haus.

Mit Depressionen kannte sich Clara nicht aus, aber wenn das so weiterging, gehörte Marianne in psychiatrische Behandlung.

Auf dem Parkplatz vor dem Haus standen drei Fahrzeuge: das Motorrad von Max, eine Moto Guzzi Stelvio, der alte VW-Bus von Wilfried und ein fremder Alfa Romeo. War die Polizei etwa schon hier? Ein Verhör war das Letzte, was Marianne jetzt brauchen konnte.

Clara bugsierte sie die Treppe hinauf und in ihr Zimmer. Marianne sank aufs Bett, drehte sich auf den Rücken und starrte zu den Dachbalken empor.

„Ich bin bald zurück", sagte Clara. „Soll ich schauen, ob ich ein paar Baldriantropfen auftreiben kann? Oder magst du einen Tee oder sonst irgendetwas?"

„Nein danke. Ich will nur noch schlafen."

Clara ging hinunter ins Wohnzimmer.

Sie waren drei Mann hoch gekommen: einer in einem eleganten grauen Anzug mit einem schmalen Gesicht, ein feister alter Kerl und ein junger Mann mit modischem Backenbart. Sie saßen zusammen mit Wilfried um den Couchtisch.

Wilfried sprang auf. „Wo ist Marianne?"

Clara straffte sich und hob ihr Kinn. „In ihrem Zimmer. Sie ruht sich jetzt aus, und ich möchte nicht, dass sie gestört wird.“ Dann sah sie die drei Besucher der Reihe nach an. „Ich bin Clara Haffner, die Schwester von Marianne Behr. Und wer sind Sie?“

Der im Anzug stand auf und reichte ihr die Hand. „Mein Name ist Murani. Ich bin leitender Kommissar bei der Polizei in Bozen und würde gern mehr über den Tod von Henrik Behr in Erfahrung bringen.“

Seine Kollegen standen ebenfalls auf, um Clara zu begrüßen.

Murani wandte sich Wilfried zu. „Vorerst haben wir keine Fragen mehr an Sie. Aber in den nächsten Tagen werden wir Ihre Hilfe wahrscheinlich noch brauchen. Ich hoffe, Sie beabsichtigen nicht, bald nach Hause zu fahren?“

„Ich bleibe auf jeden Fall bis nächsten Samstag“, brummte Wilfried und ging hinaus.

Clara setzte sich. „Mein Schwager ist wahrscheinlich an einem allergischen Schock gestorben, und drei Polizisten interessieren sich dafür. Darf ich daraus schließen, dass Sie nicht an einen Unfall glauben?“

Murani musterte sie aufmerksam. „Eine verständliche Folgerung, die ich nicht kommentieren möchte. Und jetzt würden wir uns gerne mit Ihnen unterhalten.“

„Ich möchte vorher noch etwas fragen“, sagte Clara.

Murani lächelte. „Bitte sehr.“

„Wie konnte Henrik an seiner Erdnussallergie sterben? Selbst wenn er irgendetwas Falsches gegessen hätte – er hatte doch immer Medikamente für den Notfall dabei!“

„Sie verstehen sicher, dass wir Ihnen das nicht erzählen dürfen“, erwiderte der Kommissar.

Das hätte sie sich denken können.

Sie musste Namen, Adresse und so weiter nennen, dann ging es eine Weile um den Streit zwischen Wilfried und Henrik.

„Wie gut kannten Sie Henrik Behr?“, fragte der junge Polizist, der ein feuerrotes T-Shirt trug. Mit seinem breiten Kreuz, der leicht gebückten Haltung und den muskulösen Armen sah er aus wie ein guter Kletterer.

„Wir mochten einander nicht besonders, aber wegen meiner Schwester war ich manchmal mit der von Henrik geleiteten Klettergruppe unterwegs.“

„Wer wusste außer Ihnen noch von seiner Erdnussallergie?“

„Alle hier im Haus. Marianne hat gleich am ersten Abend darauf hingewiesen, wie gefährlich Henriks Allergie ist.“

Einen Augenblick lang herrschte Stille.

Dann ergriff der Gentleman-Typ das Wort; er hatte einen norddeutschen Akzent, vielleicht stammte ein Elternteil von dort. „Wussten Sie, wo die Medikamente für den Allergie-Notfall aufbewahrt wurden?“

Clara blieb die Antwort im Hals stecken. Irgendetwas war damit passiert, sonst würden sie nicht danach fragen. Und Henrik würde noch leben. Vor Claras Füßen öffnete sich ein Schlund. Etwas Eisiges rann über ihren Rücken.

Mord.

Wer – Marianne? Ausgeschlossen! Und Wilfried …?

Muranis scharfe Stimme holte sie zurück. „Bitte denken Sie nach, Frau Haffner. Wo hatte Henrik Behr seine Medikamente?“

„In dem blauen Rucksack, den wir immer auf Tour dabeihatten.“

Marianne! Sie stand in der offenen Tür.

„Aber diese Medikamente waren nicht mehr da, als Henrik sie brauchte“, fuhr Marianne fort. „Jemand muss sie aus der Tasche genommen haben. Ich war es nicht.“

Clara keuchte auf. Sie hatte also Recht gehabt mit ihrer Vermutung.

„Ich beantworte Ihre Fragen gerne“, sagte Marianne.

Ihre Augen waren verschwollen, und ihre Stimme klang zittrig.

„Du solltest dich erst mal erholen!“, protestierte Clara.

„Ich bin völlig in Ordnung. Und ich will helfen herauszufinden, warum Henrik sterben musste.“

Murani bat Clara hinauszugehen, aber sie weigerte sich.

„Bitte, Clara, ich brauche kein Kindermädchen“, sagte Marianne.

Clara warf ihr noch einen prüfenden Blick zu – sie schien einigermaßen okay zu sein – und verließ das Wohnzimmer.

Kaum war Clara draußen, drehte sie sich um und legte ein Ohr an die Tür.

Muranis Stimme: „Wo befand sich der Rucksack mit der Medikamententasche gestern Abend?“

„Im Vorratsraum“, erwiderte Marianne.

Clara fuhr zusammen. Jemand flüsterte hinter ihr: „Pssst, ich will auch mithören.“

Sie wandte den Kopf – Gero! Sein warmer Körper drückte sich gegen ihre Schulter und Hüfte, er roch leicht nach Zitrone. Wahrscheinlich hatte er gerade geduscht.

„Was war außer den Notfall-Medikamenten noch in diesem Rucksack?“, fragte Murani.

„Nur das Nötigste für die Tour: zwei Windjacken und etwas zu trinken und zu essen.“

Schritte. Jemand riss die Tür auf, sie schlug gegen Claras Stirn, Gero flüchtete Richtung Küche, sie eilte ihm nach – zu langsam.

Hinter ihr ertönte die Stimme Moosbichlers: „Hallo, junge Dame! Sie sind ertappt!“

Clara drehte sich um und grinste frech. „Ist an Türen lauschen etwa polizeilich verboten?“

„Bei einem so hübschen Mädchen kann ich bei diesem schlimmen Vergehen vielleicht ein Auge zudrücken. Aber versuchen Sie es bitte nicht noch einmal, sonst führen wir Sie in Handschellen ab.“

Nett, der Junge. Vielleicht würde sie mal mit ihm klettern, wenn das alles vorbei war. Ob er auch etwas im Kopf hatte? Na ja, für eine Woche oder so war das eigentlich egal.

Clara ging in Mariannes Zimmer. Sie musste ziemlich lange warten, bis ihre Schwester vom Verhör zurückkam. Marianne ließ sich aufs Bett fallen. „Bitte frage mich jetzt nicht aus.“

Das verstand Clara. „Es ist schon sieben Uhr, hast du Hunger?"

„Mir ist flau im Magen. Aber ich will nicht in die Küche gehen, ich möchte niemandem begegnen."

Clara brachte Marianne ein Käsebrot und Orangensaft und ließ sie in Ruhe.

***

Alle Mitglieder der Klettergruppe außer Marianne hatten sich zum Abendessen um den Wohnzimmertisch versammelt, auch Daniel und Mela waren dabei – zu Claras Ärger. Sie waren von der Polizei vernommen worden und danach geblieben.

Keiner hatte Lust gehabt zu kochen. Brezeln, Brötchen, Räucherschinken, Bergkäse und Radieschen mussten genügen.

Clara legte ihre Schinkensemmel zurück auf ihren Teller. Sie brachte einfach nichts herunter, obwohl sie seit der Nachricht von Henriks Tod nichts gegessen hatte.

Abgeschnittene Hirschköpfe starrten auf sie herab. Das Muster des Pseudo-Persers, die grellen Blumenbilder, die dunklen Möbel, die Porzellanfiguren und Plastikpilze auf dem Sideboard – alles hier bedrückte sie. Am liebsten wäre Clara sofort heimgefahren. Aber wie alle anderen hatte sie den Polizisten versprochen, in den nächsten Tagen für Zeugenaussagen zur Verfügung zu stehen.

Einzelne Sätze fielen in das Schweigen.

„Gib mir bitte die Butter."

„Wir müssen morgen Bier kaufen."

„Eine schlimme Geschichte."

Irgendwo draußen brummte ein Auto. Sonst war nur das Tick-Tack-Tick-Tack der Wanduhr zu hören.

Thomas nahm einen Schluck alkoholfreies Bier und schaute in die Runde. „Mich würde interessieren, was die Polizisten euch gefragt haben."

„Mich auch“, sagte Wilfried. „Dann erzähle mal, Thomas.“

„Gut. Aber ich fände es fair, wenn die anderen das dann auch täten – einverstanden?“

Alle nickten, bis auf Max, der ausrief: „Klar doch! Ich habe alles getan, um der Polizei zu helfen. Henrik war mein großes Vorbild!“

Sie erzählten der Reihe nach, wie sie um den Tisch saßen.

„Sie haben uns allen die gleichen Fragen gestellt“, sagte Thomas. „Ob wir wüssten, wo Henriks Notfallmedikamente waren. Ob uns Marianne den Beutel mit dem weißen Kreuz wirklich gleich zu Beginn des Urlaubs gezeigt hätte. Ob sie ihn bei dieser Gelegenheit geöffnet habe oder nicht. Daraus – und aus Henriks Tod – folgere ich, dass die Medikamente verschwunden sind, die sein Leben gerettet hätten. Jemand muss sie aus dem Behälter genommen haben.“

Mela schlug eine Hand vor den Mund. Geros Messer fiel klirrend auf den Teller.

Blicke flogen hin und her.

Daniels Stimme klang brüchig. „Wir wissen nicht, wann die Medikamente entfernt wurden. Vielleicht haben das Henrik oder Marianne schon lange vor diesem Urlaub getan und dann vergessen, sie zu ersetzen.“

Thomas musterte ihn. „Auf jeden Fall muss Henrik kurz vor seinem Tod etwas Erdnusshaltiges gegessen oder getrunken haben, das die Allergie ausgelöst hat.“

Lisa sprang auf. Ihr Stuhl kippte nach hinten und schlug auf den Boden. „Marianne, dieses Scheißweib! Sie hat ihn umgebracht!“ Sie rannte hinaus.

Alle saßen da wie in Glas gegossen, stumme Objekte in einer erstarrten Welt.

Die Uhr tickte.

Thomas rührte sich als Erster. Er ging um den Tisch herum und stellte den Stuhl wieder hin. „Lisa ist völlig durcheinander.“

Wilfried nickte ernst. „Es ist schwer für sie. Sie hat stundenlang geweint. Jetzt sucht sie verzweifelt nach einem

Schuldigen. Aber ich bin mir ganz sicher, dass Marianne nichts damit zu tun hat."

Wieder Schweigen. Die Welt war aus filigranem Eis. Ein lautes Wort, und sie würde zersplittern und auseinanderfallen.

Die Uhr tickte, tickte.

Von draußen kam das langgezogene Muuuh einer Kuh.

Daniel schnäuzte sich. In die Gruppe kam wieder Leben. Das Klacken beim Öffnen einer Bierflasche, „bitte", „danke", Kau- und Schluckgeräusche.

Clara trank Mineralwasser und beobachtete die anderen.

Die Blicke von Daniel und Thomas begegneten sich und hielten einander kurze Zeit fest. Gero schaute zu Wilfried, der mit vor der Brust gekreuzten Armen vor einem halb aufgegessenen Käsebrot saß und Löcher in die Luft starrte. Max beugte sich über seinen Teller, schnitt ein Radieschen in Scheiben und nahm anstelle des Salzstreuers den mit Pfeffer. Sogar ihm war heute nicht nach Reden zumute.

Vielleicht war Henrik wirklich nur durch eine Verkettung von Zufällen gestorben. Aber wenn nicht – wem war am ehesten ein Mord zuzutrauen? Die Antwort war klar: Daniel. Nicht Marianne. Bestimmt nicht Marianne. Clara würde sie fragen, ob Daniel vom Tod seines Bruders profitierte.

Geros Stimme schreckte sie aus ihren Überlegungen. „Was macht ihr eigentlich morgen? Wollt ihr den ganzen Tag hier in der Bude sitzen und grübeln, was mit Henrik passiert ist? Der Wetterbericht ist gut. Wenn wir schon als Zeugen hierbleiben müssen, können wir das auch zum Klettern nutzen."

Der Mann hatte Nerven. Jeder in der Gruppe musste befürchten, mit einem Mörder unterwegs zu sein. Aber richtige Kletterer waren süchtig nach ihrem Sport, es gab fast nichts, was sie davon abhalten konnte. Und jeder konnte sich einen Kletterpartner aussuchen, von dessen Unschuld er überzeugt war. Welche Allianzen würden sich da ergeben?

„Ich habe auch schon daran gedacht", sagte Max. „Nur dass es mir irgendwie unpassend vorgekommen ist. Aber

Henrik würde es bestimmt verstehen. Gero, gehst du mit mir die –"

Thomas schnitt ihm das Wort ab. „Ich würde gerne etwas mit Gero unternehmen, und zwar am liebsten eine wilde alpine Tour. Da werde ich nicht mehr daran denken können, was mit Henrik geschehen ist. Natürlich steige ich alles vor."

Daniel verzog spöttisch die Lippen. „Dem eigenen Tod ins Auge zu blicken, ist die beste Möglichkeit, den Tod eines geliebten oder auch ungeliebten Menschen zu vergessen."

Es war kein Geheimnis, dass Thomas und Henrik nicht besonders gut miteinander ausgekommen waren.

„Leider kann ich diese Methode nicht anwenden", fuhr Daniel fort. „Ich muss meine Mutter besuchen und einiges organisieren. Noch heute Nacht fahre ich zusammen mit Mela heim – wir werden uns beim Fahren abwechseln, ich bin ziemlich fertig. Die Polizei hat uns das erlaubt; wir haben versprochen, morgen zurück zu sein. Ist es okay, wenn wir dann hier übernachten? Bei Gérard ist es teuer, und ich habe jetzt sowieso keinen Spaß mehr an einem exklusiven Hotel."

Clara gefiel die Idee nicht, dass Daniel hier einzog. Aber wenn er der Mörder war, konnte sie ihn so besser im Auge behalten.

Wilfried musterte Daniel. „Mir ist's recht, wenn du den entsprechenden Anteil an der Miete bezahlst."

Kurz darauf schleppte Daniel seine Koffer in eines der freien Zimmer im Erdgeschoss und stänkerte, dass es eigentlich billiger sein müsste als die Räume oben mit dem Balkon und der schönen Aussicht.

Clara wunderte sich. Daniel war kein sparsamer Mensch. Hatte er Geldsorgen – und sich das Chalet Gérard nur geleistet, um vor Mela anzugeben?

***

Am nächsten Vormittag ging Clara mehrmals in Mariannes Zimmer, um nach ihr zu sehen, aber ihre Schwester schlief fest. Vermutlich hatte sie Baldrian oder schlafffördernde Chemie zu sich genommen.

Schon am frühen Nachmittag kehrten Daniel und Mela aus München zurück. Wenn man eine Fahrzeit von insgesamt sechs Stunden annahm, waren sie nicht lange bei der alten Frau Behr gewesen.

Gegen drei Uhr stand Marianne auf, aß ein paar Löffel Müsli und trank Kaffee. Ihre Stimme war leblos, sie bewegte sich wie ein Zombie.

Clara machte ihr den Vorschlag, ein bisschen zu wandern; Klettern wäre bei ihrem Zustand viel zu gefährlich.

Sie parkten am Grödner Joch und stiegen gemächlich hinauf Richtung Cirspitzen. Die Wiesen waren gelb und weiß gefleckt von Gemswurz und Schafgarben. Die Sonne brannte auf Claras nackte Arme und es duftete nach Gras, warmer Erde und ein bisschen nach Honig.

Der Blick auf den gegenüberliegenden Sellastock war großartig. Eine von düsteren Schluchten durchzogene Mauer endete in einer weiß gesprenkelten Hochebene, aus der mächtige Gipfel emporwuchsen, und über allem leuchtete das Schneefeld des Piz Boè.

Marianne ging voran; sie nahm einen Pfad, der unterhalb einer Reihe von Felszapfen zur Jimmyhütte führte. Auf der Terrasse vor dem Holzhaus wimmelte eine bunte Schar von Wanderern und Touristen, dazu spielte Blasmusik.

Sie brauchten kein Wort darüber zu verlieren, dass das jetzt nicht passte. Marianne folgte einem Weg bergab durch Blumenwiesen und kleine Baumgruppen. Plötzlich blieb sie stehen und drehte sich zu Clara um.

„Glaubst du, dass ich es war?"

In Claras Magen hockte etwas, das dort nicht sein sollte. Sie musste dieses Gefühl ignorieren, und Marianne durfte es nicht einmal ahnen. Was ihre Schwester jetzt brauchte, war jemand, der hundertprozentig hinter ihr stand und ihr glaubte.

„Blödsinn. Erinnerst du dich noch, wie du als Kind geweint hast, weil du einen toten Vogel gefunden hast?“

Über Mariannes Gesicht flog die Andeutung eines Lächelns. „Du hast mich damals getröstet.“

„Und das würde ich auch jetzt gerne tun. Komm, Marianne, setzen wir uns irgendwo hin, dann können wir uns besser unterhalten.“

Sie ließen sich auf einem flachen Stein im Schatten einer Fichte nieder. Clara legte einen Arm um ihre Schwester.

Eine Weile schwiegen sie. Dann sagte Clara: „Du hast nicht gerade den perfekten Ehemann verloren.“

„Ich wollte ihn schon seit einiger Zeit verlassen, aber irgendwie habe ich es nicht geschafft“, sagte Marianne leise. Und dann war ihre Stimme nur noch ein Hauch. „Und jetzt bin ich – frei.“

Sie begann zu weinen, ihr ganzer Körper bebte. Clara drückte sie an sich und schaute auf die schattige Wandflucht auf der gegenüberliegenden Talseite. Dort war Henrik gestorben. Sie hatte es gehasst, wie er mit ihrer Schwester umgegangen war, aber das hatte er nicht verdient.

Marianne schnäuzte sich und hob den Kopf. Ihre Stimme klang wieder normal. „Wer hat es getan? Was glaubst du, Clara?“

„Daniel – wenn er einen Vorteil davon hat. Die alte Frau Behr hat auf mich den Eindruck gemacht, als hätte sie viel Geld. Wie hat sie das Erbe geregelt?“

Marianne schaute einem Perlmutterfalter zu, der um eine Alpen-Aster flatterte. „Vor kurzem hat sie Henrik ein Haus in Aubing überschrieben. Von den Mieteinnahmen hätten wir beide gut leben können, aber Henrik hat darauf bestanden, dass ich weiterarbeite. Und jetzt werde ich dieses Haus erben. Was mir – gut passt. Du weißt ja, wie anstrengend es für mich ist, Lehrerin zu sein.“

„Und was erbt Daniel?“, fragte Clara.

„Die Familienvilla in Nymphenburg, aber erst nach dem Tod seiner Mutter, sie lebt ja noch dort.“

Clara nickte langsam. „Hat Daniel irgendeinen Groll gegen Henrik gehabt, vielleicht, weil er von den Eltern bevorzugt wurde?“

Marianne schüttelte den Kopf. „Ich glaube nicht. Und die Villa ist mehr wert als das Haus in Aubing.“

„Sieht so aus, als wäre Daniel aus dem Schneider“, sagte Clara. „Aber wer hat es dann getan? Wilfried, der sich wegen Lisa rächen wollte?“

„Bestimmt nicht! Er wird schnell wütend, und er hatte einen guten Grund. Er fühlte sich von seinem alten Freund und Bergkameraden verraten. Aber Wilfried ist kein Mörder. Das weiß ich.“

„Liebst du ihn?“

Ihre Schwester gab keine Antwort.

Sie gingen noch eine Weile in den Wiesenhängen spazieren, dann fuhren sie zurück zum Ferienhaus „Alpenrose“.

Als Clara um die letzte Kurve der Zufahrt bog, traf sie der Anblick wie ein Schlag.

Vor dem Haus standen zwei Autos mit der Aufschrift „Polizia“ und ein Bus mit Blaulicht auf dem Dach. Parkplatz und Garten waren mit rot-weißen Bändern abgeriegelt, eine Menschenmenge drängte sich davor.

Clara stoppte am Straßenrand und stieg aus; Marianne folgte ihrem Beispiel. Dicke Objektive und eine Fernsehkamera richteten sich auf sie, Zuschauer zückten Handys.

Ein Polizist in Uniform schob sich durch die Menge.

„Was ist denn hier los?“, fragte Clara.

„Eine Hausdurchsuchung. Wer sind Sie?“

„Wir wohnen hier“, erwiderte Clara. „Ich bin Clara Haffner.“ Sie zeigte zu Marianne hinüber, die mit offenem Mund dastand. „Und das ist meine Schwester, Marianne Behr.“

„Marianne Behr?“, sagte der Polizist. „Bitte warten Sie hier einen Augenblick. Ich hole Kommissar Murani.“

Nicht zu fassen. Alles sah aus wie in einem Fernsehkrimi. Typen in Overalls mit Plastikbeuteln in der Hand liefen herum. Ein Mann mit mehreren Kameras um den Hals und einem Mikrofon ruderte durch die Schaulustigen. „Frau Behr, was war das für ein Gefühl, als Ihr Mann neben Ihnen starb? War er sofort tot?“

Marianne starrte ihn an wie einen Tyrannosaurus rex.

„Das geht Sie überhaupt nichts an“, schrie Clara. „Verschwinden Sie! Lassen Sie uns in Ruhe!“

Aus der offenen Haustüre kam Murani und eilte auf sie zu. Er grüßte betont höflich, geleitete sie ins Wohnzimmer und bat sie, sich zu setzen.

Marianne und Clara nahmen Platz.

Murani sah Marianne ernst an. „Frau Behr, wir müssen Sie festnehmen. Sie sind verdächtig, Ihren Ehemann Henrik Behr ermordet zu haben.“

Dann erklärte er ihr, welche Rechte sie hatte.

Claras Kopf fühlte sich schwammig an. Das war ein schlechter Film.

Gestern war Marianne nur eine Zeugin gewesen. Was war passiert?

Marianne brachte keinen Ton hervor. Bei dem Hinweis auf einen Anwalt sah sie Clara an.

„Ich kümmere mich darum“, sagte Clara schnell. „Spätestens morgen finde ich einen. Und du, Marianne, darfst ohne Anwalt auf keinen Fall eine Aussage machen!“

Marianne nickte.

„Bitte packen Sie ein paar Sachen für mehrere Tage“, sagte Murani. „Ich bringe Sie nach Bozen. Dort werden Sie sich mit einem Haftrichter unterhalten.“

„Moment mal“, sagte Clara. „Haben Sie irgendwelche Beweise gegen meine Schwester?“

„Ja. Aber Näheres darf ich Ihnen dazu nicht sagen. Das wird ihr der Richter mitteilen.“

„Okay“, sagte Clara. „Aber ich komme mit!“

„Das ist leider nicht möglich. Sie unterstützen ihre Schwester am besten, wenn Sie einen guten Anwalt für sie finden.“

11. KAPITEL

Donnerstag, 21. August

Clara klopfte an Geros Zimmertür und trat ein.

Er blickte von seinem Laptop auf. „Ich habe mich schlaugemacht. In Bozen und Umgebung kommen etwa ein Dutzend Anwälte oder Kanzleien in Frage. Am besten schaust du diese Liste da durch.“ Er stand auf, um ihr seinen Stuhl zu überlassen.

Clara setzte sich und klickte die einzelnen Adressen an.

Einige Anwälte stellten sich mit Bild vor, freundlich lächelnd oder betont klug mit Brille, sie hatten Doktortitel, trugen Krawatten.

„Marianne braucht so schnell wie möglich Beistand“, sagte Clara. „Ich werde zuerst ein paar Anwälte anrufen und checken, ob die überhaupt Zeit haben. Nur habe ich keine Ahnung, wen ich heraussuchen soll.“

„Blöd, dass es auf dieser Anwalts-Website zwar Sternchen-Bewertungen gibt, aber keiner etwas angekreuzt hat“, sagte Gero. „Hier in Italien ist das wohl nicht üblich.“

Clara scrollte weiter. „Moment, da – die einzige Frau. Die probiere ich zuerst.“

„Hast du was gegen Männer?“

„Da gibt es kein Mittel, das wirklich hilft. Trotz der Errungenschaften der modernen Medizin.“

Gero lachte.

„Manche sind ganz nett und einige von ihnen zeigen sogar intelligente Verhaltensweisen“, fuhr Clara fort, „aber ich mag es nicht, wenn sie geballt in bestimmten Berufen und Positionen auftreten.“

Sie stand auf und drehte sich zu Gero um. „Einzelne Männer gefallen mir manchmal ziemlich gut.“

Er sah ihr in die Augen. „Und mir gefällt eine bestimmte Frau.“

Clara rief Elisa Giallo an. Sie schien ein Volltreffer zu sein: Sie klang kompetent und freundlich. Mit leicht tirolerischem Akzent sagte sie, eigentlich seien alle Termine heute belegt, aber sie hätte von dem Fall gehört und würde einiges umorganisieren, um mit Clara zu sprechen und Marianne aufzusuchen.

Gero hatte alles mitbekommen. „Darf ich dich hinfahren? Ich könnte mir vorstellen, dass du im Moment keinen Kopf fürs Autofahren hast."

Erstaunlich einfühlsam, der Typ.

„Danke. Eine gute Idee."

Auf der Strecke nach Wolkenstein hinunter fragte Clara: „Wie lange kennst du Thomas eigentlich schon? Ihr scheint gute Freunde zu sein."

„Seit ich ins Gymnasium ging. Thomas war damals ein ernstes, stilles Kind. Und genau wie ich war er ein Außenseiter."

„Warum haben sie dich nicht akzeptiert?"

„Ich kam aus einer sozial schwachen Familie und redete auch so. Und spielte nicht einmal gut Fußball."

Clara betrachtete Geros Profil. Seine vollen Lippen hatten etwas Sinnliches. Und sein Wuschelhaar reizte sie dazu, mit den Fingern darin zu wühlen. „Wie hast du dich mit Thomas angefreundet?"

„Zuerst habe ich ihn für einen doofen Streber gehalten, weil er immer nur Einser hatte. Aber dann hat er mir gezeigt, dass er großen Mut hat."

Das klang ja interessant. „Was ist passiert?"

„Unser Deutschlehrer hat sich oft über meinen starken Dialekt lustig gemacht. Und dann habe ich einen schlechten Aufsatz geschrieben, und der Saukerl hat vor der ganzen Klasse gesagt, das sei typisch Unterschicht, und Leute wie ich hätten nichts am Gymnasium verloren. Da ist Thomas aus der Bank aufgesprungen – ich erinnere mich noch an sein Gesicht, es war knallrot vor Aufregung – und er hat gerufen: ‚Und Lehrer wie Sie auch nicht! Das ist total ungerecht, wie Sie Gero fertigmachen!‘ “

Der Lehrer hat rumgebrüllt, aber Thomas hat sich einfach wieder hingesetzt und kein Wort mehr gesagt. Danach ist er zum Rektor gegangen und hat ihm alles erzählt. Der war ein vernünftiger Mensch, er hat mich und noch andere Schüler dazu befragt, und ich glaube, er hat diesem Arsch von Lehrer einen Rüffel gegeben. Auf jeden Fall hat er es von da an nicht mehr gewagt, mich offen anzugreifen.“

Gero grinste. „Thomas war nach dieser Geschichte mein Freund. Er hat mir beigebracht, dass gute Bücher Freude bereiten, und einen einigermaßen zivilisierten Menschen aus mir gemacht. Ich wäre gern seiner Alpenvereins-Jugendgruppe beigetreten, hatte aber kein Geld.“

„Waren deine Eltern so arm?“

„Mein Vater war ein Säufer und meine Mutter ist an einer Überdosis gestorben, als ich acht Jahre alt war.“

Elisa Giallo war eine füllige junge Frau mit knallroten Lippen und kurzem braunem Haar. Ihr Schreibtisch war leer bis auf ein angebissenes Croissant und eine Tasse, aus der Kaffeeduft stieg. Die Wände des kleinen Büros waren mit Familienfotos gepflastert. Durch das offene Fenster drang das Rauschen von Autos, Hupen und das Röhren von Motorrädern.

„Ich habe mich lange mit Ihrer Schwester unterhalten“, sagte die Anwältin. „Sie hat mir erzählt, dass sie seit einiger Zeit von der Affäre ihres Mannes gewusst und sich mit Trennungsabsichten getragen hat.“

Clara beugte sich in dem alten Cordsessel vor und musterte Elisa Giallo über den Schreibtisch hinweg. „Glauben Sie, dass Marianne – es getan hat?“

Die Anwältin überlegte. Dann sagte sie: „Ich kann es nicht ausschließen. Sie hat offenbar starke Schuldgefühle. Aber das lässt sich auch anders erklären. Ich glaube, es macht ihr zu schaffen, dass sie es nicht fertiggebracht hat, ihrem Mann beim Sterben zur Seite zu stehen. Und weil ihr sein Tod nicht ganz unwillkommen ist, fühlt sie sich doppelt schuldig."

Neben Clara stand ein Tischchen mit Orangensaft, Mineralwasser und Schokokeksen in einer angelaufenen Silberschale. Ihre Kehle war trocken. Sie schenkte sich Orangensaft in ein Glas und trank es halb leer.

„Wie geht es meiner Schwester jetzt?"

„Auf mich wirkte sie niedergeschlagen und antriebslos", erwiderte Elisa Giallo. „Ich habe eine Untersuchung ihres seelischen Zustandes durch einen Arzt verlangt; wahrscheinlich wird er die Symptome einer Depression feststellen, sie aber nicht als so schwerwiegend einstufen, dass Ihre Schwester in eine Klinik verlegt werden muss."

„Wann kann ich sie besuchen?"

„Erst in etwa einer Woche. Das ist so üblich, da die Polizei fürchtet, Verwandte oder Freunde könnten Beweise manipulieren."

Clara schluckte. Tränen stiegen ihr in die Augen. Marianne in einer trostlosen Zelle, deprimiert und einsam. Sie musste sich furchtbar fühlen. „Kann ich irgendetwas für meine Schwester tun?"

Elisa Giallo lächelte ermutigend. „In der Untersuchungshaft geht es den Leuten nicht allzu schlecht; sie müssen nicht arbeiten und sind in einer Einzelzelle untergebracht. Sie können ihr zum Beispiel einen Fernseher besorgen, eine Musikanlage und Bücher. Ein gutes Buch führt ja aus dem Gefängnis heraus in eine andere Welt."

Die Frau wurde Clara immer sympathischer. „Dass Marianne festgenommen wurde, hat mich völlig überrascht. Für einen Haftbefehl reicht es ja wohl nicht, dass sie als betrogene Ehefrau besonders verdächtig ist, oder?"

Die Anwältin nickte. „Da haben Sie Recht. Aber dazu kommt noch, dass sie das Haus ihres Mannes erben könnte. Das hat sie schon bei der ersten Vernehmung zugegeben. Sie meinte, es solle nicht so aussehen, als versuche sie diese Tatsache zu verbergen. Aber auch das hätte für eine Festnahme nicht genügt." Elisa Giallo seufzte. „Die Polizei hat bei der Hausdurchsuchung etwas entdeckt, was sie zu diesem Schritt berechtigte."

Claras Herz begann heftig zu klopfen. Oh Gott.

„Man hat in ihrem Zimmer hinter einem Bild versteckte Tabletten gefunden, die zur Notfallausrüstung eines Allergikers gehören. Seltsam ist allerdings, dass der Richter nichts über eine Adrenalinspritze gesagt hat, obwohl die bei der Gefahr eines allergischen Schocks am wichtigsten wäre."

Hatte Marianne doch – nein, nein! Aber wie ...?

„Diese Tabletten sind ein wichtiges Indiz", sagte Elisa Giallo. „Aber natürlich könnte sie jemand im Zimmer Ihrer Schwester versteckt haben. Sie hat mir erzählt, dass es nie abgeschlossen war, da nur Mitglieder der Klettergruppe im Haus waren."

Auf der Heimfahrt wechselte Clara mit Gero nur wenige Sätze. Sie erklärte ihm, sie müsse nachdenken, und er respektierte das.

Das mit der fehlenden Adrenalinspritze ließ sich leicht erklären: Die Polizei hatte sie noch nicht gefunden oder wollte nicht, dass Marianne etwas darüber wusste. Die Tabletten waren ja Grund genug für ihre Verhaftung gewesen.

Etwas in Clara flüsterte ihr Böses zu. Hör nicht darauf! Mach dich nicht verrückt!

Wer hatte ein Interesse daran gehabt, ihrer Schwester die Tabletten unterzujubeln?

Der Täter. Er musste mit einer Hausdurchsuchung gerechnet haben. Und er konnte es nur getan haben, als Marianne nicht im Haus war, alles andere wäre zu riskant gewesen.

An Henriks Todestag waren Thomas und Gero nach der ‚Ottovolante' später als Marianne und Clara ins Ferienhaus zurückgekehrt. Aber Lisa hätte vor ihrem Aufbruch zum Shoppen die Möglichkeit gehabt, Mariannes Zimmer zu betreten. Genau wie Max, der früher von seiner Tour mit Daniel zurückgekommen war. Und Wilfried? Clara hatte ihn am Ferienhaus abgesetzt, bevor sie Marianne an der Helistation abholte.

Eine weitere Möglichkeit ergab sich für den Täter am nächsten Tag, irgendwann in der Zeit zwischen Claras und Mariannes Aufbruch zu den Cirspitzen und dem Beginn der Hausdurchsuchung. Gero und Thomas kletterten an diesem Tag irgendetwas Grusliges an der Rodelheilspitze, Wilfried, Lisa und Max an den Cinque Torri. Aber Daniel hätte die Tabletten verstecken können, er war ja schon am frühen Nachmittag aus München zurückgekommen.

Damit blieben Max, Lisa, Wilfried und Daniel als wahrscheinlichste Kandidaten übrig.

Leider war es nicht völlig auszuschließen, dass der Mörder die Tabletten nicht in der Nacht vor Henriks Tod, sondern schon früher geklaut und hinter dem Spiegel versteckt hatte. Womit Thomas und Gero wieder im Spiel wären ...

Sofort nach ihrer Rückkehr ins Ferienhaus „Alpenrose“ sah sich Clara den Vorraum genauer an, in dem die Rucksäcke aufbewahrt wurden. Wie wäre sie vorgegangen, um Henrik umzubringen?

Sie hätte etwas Erdnusshaltiges in seine Trinkflasche gefüllt, da auf einer längeren Tour jeder Durst bekam. Die ideale Zeit dazu war wohl irgendwann nach Mitternacht, wenn alle im Tiefschlaf lagen.

Sie musste das Licht anknipsen, um für den Flaschentausch und das Herausnehmen der Medikamente genug zu sehen; wenn wider Erwarten jemand auftauchte, konnte sie so tun, als wolle sie noch etwas einpacken.

Bei ihren Überlegungen wurde Clara immer wieder durch Telefonanrufe gestört, Zeitungen, regionale Radio- und Fernsehsender hatten von dem Drama in der Wand und der Hausdurchsuchung gehört, wollten Näheres wissen, baten um ein Interview. Vermutlich hatten sie die Nummer des Haustelefons von der Vermieterin. Clara beantwortete ein paar Fragen zum Unfallhergang, weigerte sich aber, über Marianne zu sprechen, und nach fünf oder sechs Anrufen sagte sie nur noch: „Tut mir leid, kein Kommentar, nein, ich gebe kein Interview."

Gero hielt es ähnlich, dann entzog er sich dem Chaos, indem er joggen ging.

Gegen Abend klingelten mehrmals Reporter an der Tür; Max wollte sie hereinlassen, alle anderen waren dagegen. Also fotografierten die Journalisten den Blick ins Tal, die Front des Ferienhauses mit dem Steinbockgemälde und dem mit Geranien geschmückten Balkon. Und sie befragten den Einzigen, der sich zu einem Interview bereit erklärte, vor der Haustüre: Max. Clara hätte gern gewusst, was er ihnen erzählte.

Thomas, der an diesem Tag allein über die Sellahochebene gewandert war, traf als Letzter ein. Nach einem schnellen Abendessen fragte er Clara, ob sie Lust auf eine Partie Schach hätte – in seinem Zimmer, da sie dort ungestört seien.

Daniel, der das mitgehört hatte, warf Clara einen spöttischen Blick zu. „Ein sinnvoller Vorschlag, wenn man keine Briefmarkensammlung dabei hat, oder?"

Clara musterte ihn kühl. „Ich spiele gern Schach, wie du dich vielleicht erinnerst, oder hast du es verdrängt, dass ich dich jedes Mal geschlagen habe?"

Als sie dann bei Thomas anklopfte, fühlte sie sich erschöpft; jetzt Schach zu spielen war Unsinn. Aber sie wollte die Gelegenheit nutzen, ihm ein paar Fragen zu stellen.

Sein Zimmer sah ähnlich aus wie ihres: Möbel aus hellem Holz, karierte Bettwäsche, Dachbalken. Und dieselben nackten Wände. Offenbar hatte Thomas genau wie sie die Öl- und Kreuzstichbilder mit Alpenszenen abgenommen und in Schubladen verbannt.

Thomas saß an einem kleinen Tisch, auf dem er das Spielfeld ausgerollt und die Figuren aufgestellt hatte.

Er hob den Blick. Sein schmales Gesicht wirkte wie immer melancholisch. Seine Jeans und sein Pullover waren schwarz; Clara hatte noch nie etwas Farbiges an ihm gesehen.

Auf dem Nachttisch lagen zwei Bücher, ein Wälzer von Wilhelm Raabe und ein Band mit moderner Lyrik, der gute Kritiken bekommen hatte.

Clara deutete auf den Gedichtband. „Ich habe da mal reingelesen. Ich kann damit nichts anfangen."

„Ich auch nicht, aber ich muss für meine Studenten auf dem Laufenden sein. Manchmal ist mein Job wirklich hart. Dann tröste ich mich mit Gedichten, die – mich berühren."

Clara setzte sich ihm gegenüber. „Welche zum Beispiel?"

Thomas Stimme klang weich und leise.

„Schläft ein Lied in allen Dingen,
die da träumen fort und fort.
Und die Welt fängt an zu singen,
triffst du nur das Zauberwort."

Clara überrann ein Schauer. „Eichendorff. Der ist großartig. Aber ich bin vor allem ein Fan von Christian Morgenstern. Leider kann ich außer dem Gedicht vom Wiesel auf dem Kiesel immer nur Bruchstücke zitieren. Zum Beispiel das hier:

Korf liest gerne schnell und viel,
darum widert ihn das Spiel
all des zwölfmal unerbetnen
Ausgewalzten, Breitgetretnen."

Thomas nickte. „Sehr gut ist das. Genauso wie Goethes Aphorismus: ‚Getretener Quark wird breit, nicht stark.' Übrigens bin ich sicher, dass du ein weiteres Morgenstern-Gedicht komplett auswendig kannst."

„Welches denn?"

„Fisches Nachtgesang."

Clara kicherte. „Natürlich. Sogar die Übersetzung ins Englische kann ich dir vorschweigen."

Über Thomas' Gesicht huschte ein Lächeln. Sein Blick wanderte zum Schachbrett. „Schwarz oder Weiß?"

„Weiß. Ich greife gerne an." Sie blinzelte ihm zu.

Er reagierte nicht darauf. Sie hatte schon öfter erfolglos versucht, mit ihm zu flirten. Wahrscheinlich gab es eine ganze Reihe bildhübscher Studentinnen, die für ihren Professor schwärmten, und er fand Clara nicht besonders attraktiv.

Das Königsgambit war ihre Lieblings-Eröffnung. Schon nach wenigen Zügen war klar, dass auch Thomas etwas von Schach verstand. Es folgten wilde Kombinationen, und Clara übersah einen Springer, der ihren Turm bedroht hatte.

„Bisher war das Spiel gut aufgebaut und wirklich spannend“, sagte Thomas. „Es wäre schade darum. Willst du den Zug zurücknehmen?“

„Nein, sorry. Es hat keinen Sinn. Das mit Marianne kann ich einfach nicht ausblenden.“

Er schaute sie offen an. „Reden wir über Marianne. Sie war es nicht.“

Er klang sehr überzeugt.

Clara hielt seinen Blick fest. „Warum bist du da so sicher?“

Thomas schwieg, senkte die Augen.

Clara ließ ihre Frage in der Luft hängen, obwohl es ihr schwer fiel.

Nach einer Weile sagte Thomas: „Ich kenne deine Schwester nur oberflächlich. Aber jedem anderen in unserer Gruppe außer Lisa würde ich einen Mord eher zutrauen.“

„Du konntest Henrik nie leiden, oder?“

Thomas räumte die Figuren in das Kistchen. „Das ist richtig.“

Thomas und Henrik waren nie miteinander geklettert, obwohl Thomas seit etwa einem Jahr an den Ausfahrten der Gruppe teilnahm. Der zurückhaltende Intellektuelle kam mit dem rüden Sportler nicht klar.

„Wer war denn deiner Meinung nach schuld an Henriks Tod?“, fragte Clara.

Die Tischschublade klemmte und knarrte, als Thomas sie ruckelnd herauszog und die Schachutensilien verstaute. „Sehe ich das richtig, dass du die Ermittlungen nicht den Polizisten überlassen willst?“

„So ist es. Dieser Murani hat sich auf meine Schwester eingeschossen.“

„Ich frage mich, was sie gegen sie in der Hand haben", sagte Thomas.

Bisher hatte Clara noch niemandem von den Allergietabletten erzählt. Nun berichtete sie von ihrem Besuch bei der Anwältin und beobachtete dabei genau, wie Thomas reagierte. Dass er Henrik auf dem Gewissen hatte, war eher unwahrscheinlich, die anderen hatten bessere Motive. Aber Thomas hatte etwas an sich ... etwas Verschlossenes, fast Finsteres.

Als sie auf die Tabletten zu sprechen kam, stieß er hörbar die Luft aus. Überraschung? Oder war er ein sehr guter Schauspieler?

„Wir müssen alles tun, damit sie freikommt", sagte er.

„Wir?"

„Ja. Ich helfe dir beim Detektivspielen, wenn du damit einverstanden bist."

„Warum?"

„Ich hasse Ungerechtigkeit."

Das passte zu dem, was Gero über ihn erzählt hatte. Und er war ein kluger Kopf. „Danke. Ich kann jemanden brauchen, der mitdenkt."

Thomas holte einen Block und einen Bleistift aus dem Nachttisch. „Machen wir uns eine Liste der Verdächtigen und reden wir über ihre Motive; nach meiner Ansicht kann es jeder getan haben, der in der Nacht vor Henriks Tod im Haus war, weil jeder an seinen Rucksack herankam."

„Richtig, und Mela scheidet damit aus", sagte Clara. „Sie ist im Chalet geblieben, als Daniel uns besucht hat. Vielleicht war sie sauer, dass er nicht mit ihr klettern wollte. Aber Daniel ist auf jeden Fall verdächtig. Er hat hier übernachtet. Wahrscheinlich stimmt es sogar, dass er zu besoffen war, um noch mit dem Auto zum ‚Hotel Gérard' zu fahren."

Thomas schrieb auf den Zettel:

1.) Marianne, betrogene Ehefrau – Rache, Geld?
2.) Wilfried, Streit wegen Lisa – Rache

3.) Lisa, Geliebte – Rache
4.) Daniel, Bruder – Geld?
5.) Gero, beleidigt – Rache
6.) Clara, Schwägerin – ?
7.) Thomas – ?
8.) Max – ?

„Dies ist eine Liste mit den Verdächtigen in der Reihenfolge, wie sie die Polizei wahrscheinlich sieht. Marianne muss wegen der Tabletten an erster Stelle stehen. Erbt sie von Henrik?“

„Leider ja. Ein Haus, das Henrik von seiner Mutter überschrieben wurde. Und Wilfried ist nicht nur wegen seinem Angriff auf Henrik verdächtig; er ist in Marianne verliebt, glaube ich. Andererseits ist er spontan auf Henrik losgegangen, und dieser Mord war geplant. Ich finde, das passt nicht zusammen.“

Thomas runzelte die Stirn. „Wir können Lisa nicht ausschließen. Vielleicht hat sie geglaubt, dass Henrik sich scheiden lässt. Als ihr klar wurde, dass sie für ihn nur eine Affäre war, hat sie sich gerächt.“

Clara schüttelte den Kopf. „Ich kann mir Lisa nicht als Mörderin vorstellen. Sie ist ein ganz normaler Teenager.“

„Ja, aber ‚normal‘ sagt gar nichts“, erwiderte Thomas. „Menschen, die ihre Geliebten oder Ehegatten umbringen, sind bis zu ihrer Tat oft vollkommen unauffällig. Und in Lisas Alter spielen die Gefühle manchmal verrückt.“

„Vom Charakter her traue ich Daniel am ehesten einen Mord zu“, sagte Clara. „Aber er hat kein Motiv, er erbt nichts von Henrik.“

Thomas stand auf und ging im Zimmer auf und ab. Seine Haltung war gerade, fast steif. Er strahlte bei Weitem nicht so viel Sinnlichkeit aus wie Gero.

„Vielleicht hast du deiner Schwester zuliebe einen Mord begangen.“

Clara lächelte bitter. „Ich hätte ihr das nicht angetan. Ich habe immer den Eindruck gehabt, dass sie sehr an Henrik hing.“

Sie musste Thomas nicht auf die Nase binden, dass sie vor kurzem von Mariannes Trennungsabsichten erfahren hatte. „Und was hältst du von deinem Freund Gero? Könnte ihn Henrik so sehr in seiner Ehre gekränkt haben, dass er sich rächen wollte?“

„Früher wäre er ihm an die Gurgel gesprungen“, erwiderte Thomas. „Inzwischen hat er gelernt, sich zu beherrschen. Einen geplanten Mord kann ich mir bei ihm nicht vorstellen.“

Clara grinste. „Aus unserem Schachspiel könnte ich schließen, dass du durchaus dazu imstande wärst, Thomas. Du spielst ganz schön hinterhältig.“

Sein Ton war sarkastisch. „Und natürlich habe ich dir meine Hilfe nur angeboten, um von mir abzulenken.“

Clara schwirrte der Kopf. Sie bat Thomas um ein Glas Wasser und stürzte es mit ein paar Schlucken hinunter. Dann blickte sie durchs Fenster hinaus auf die Sellagruppe, eine dunkle Bastion gegen den von Sternen übersäten Himmel. Ob ein Mörder diesen Anblick genießen konnte? Oder war er in seiner inneren Hölle gefangen?

„Bei Max sehe ich kein Motiv“, sagte Thomas.

„Ich schon, zumindest ein schwaches“, erwiderte Clara. „Seit Max in der Klettergruppe ist, hat Henrik ihm immer wieder seine Verachtung gezeigt. Vielleicht ist seine Bewunderung für Henrik irgendwann in Hass umgekippt, wie bei einer enttäuschten Liebe.“

Thomas schüttelte den Kopf. „Ich glaube, dass Max Henriks Angriffe einfach als freundschaftliche Frotzelei abgetan hat. Er hat ein faszinierendes Talent, sich die Dinge schönzureden.“

Er lehnte sich mit einem Seufzer im Stuhl zurück und schloss die Augen.

Clara studierte die Liste. Welches Motiv könnte Daniel gehabt haben?

Ein Ruck ging durch Thomas, er schaute sie an. „Ich glaube, es war Daniel.“

„Warum?“

Thomas antwortete mit einer Gegenfrage. „Hatte Henrik noch weitere Geschwister außer Daniel?“

„Nein.“

„Dann hatte Daniel ein starkes Motiv – Geld. Wenn Marianne wegen Mordes an ihrem Ehemann verurteilt wird, kann sie nicht von ihm erben. Das Haus würde an Daniel gehen.“

12. KAPITEL

Freitag, 22. August

Mariannes zu einer Fratze verzerrtes Gesicht füllte den ganzen Himmel aus. Clara wich zurück, trat ins Leere, sie kippte nach hinten, überschlug sich und fiel. Um sie war brodelnder Nebel, sie fiel, fiel in die Tiefe. Unten wartete der Tod.

Clara wachte jäh auf. Sie zitterte am ganzen Körper. Ihr Herz schlug rasend schnell gegen ihre Rippen.

Ein Alptraum. Irgendetwas mit Marianne. Sie hatte sich vor ihr gefürchtet – lieber nicht weiterdenken.

Clara stand auf, schob die Spitzenvorhänge zur Seite und blickte zum Fenster hinaus. Die Berge standen glasklar vor einem wolkenlosen Himmel von tiefem Blau.

Eigentlich hatte sie heute vorgehabt, mit Wilfried, Lisa und Max klettern zu gehen und sie bei dieser Gelegenheit einiges zu fragen.

Aber zum ersten Mal in ihrem Leben hatte sie keine Lust auf Fels. Und vielleicht war das gut so. Ihre Nerven waren zu angespannt.

Beim Frühstück blätterte sie im Wanderführer. Gero saß ihr gegenüber und löffelte Schokomüsli mit Banane.

„Gehst du heute nicht klettern?“, fragte er.

Sie schüttelte den Kopf. „Ich bin schlecht drauf.“

„Kann ich etwas für dich tun?“

„Lass mich in Ruhe!“ Ihr kamen die Tränen. Sie schlug die Hände vors Gesicht.

Ein Stuhl quietschte auf den Fliesen, sie spürte einen warmen Körper an ihrem Rücken und Hände auf ihren Schultern, die sanft massierten. Geros Stimme war wie Samt. „Alles wird gut, Clara. Bestimmt ist Marianne bald wieder frei.“

Eine Stunde später wanderte sie mit Gero über Weiden mit braun-weiß gefleckten Kühen zur Sylvesterkapelle, hinter der die Pfeiler der Stevia emporschossen. Italienische Familien mit Kindern spielten Ball oder machten Picknick, Touristen mit gezückten Kameras und Handys bevölkerten die Almwiesen.

Am Brunnen ein Stückchen weiter oben nahmen Clara und Gero den Weg ins Chedultal und stiegen auf Treppenstufen zwischen Lärchen und Fichten empor. Rechts tauchte die Zackenreihe der Cirspitzen aus dem Grün, und es war kein Mensch mehr zu sehen.

Gero erzählte von der Tour an der Rodelheilspitze, die er am Tag nach Henriks Tod mit Thomas gemacht hatte.

„Die ‚Luesa da Corni‘ ist nicht mein Ding“, sagte er. „Ich mag ja auch keine Horrorfilme. Wir haben nur vier geschlagene Haken gefunden, die Standplätze waren Bastelaufgaben mit fragwürdigen Keilen und Friends. Und manchmal war die Auswahl der Griffe wie russisches Roulette. Bei einem Sturz von Thomas wären wir in schöner Eintracht ins Tal geflogen.“

„So ist das eben bei einer echten Männerfreundschaft“, sagte Clara. „Du kennst Thomas schon sehr lange. War er schon immer so freudlos und düster?“

„Vielleicht war er als kleines Kind anders. Mit elf Jahren hat er Furchtbares mitgemacht: Seine Mutter hatte einen Autounfall und lag ein Jahr lang im Koma, bis sie starb. Und der besoffene Fahrer, der in ihren Fiat gerast ist, kam mit Führerscheinentzug und Bewährung davon.“

„Ich finde das total ungerecht“, sagte Clara.

„Thomas hat das genauso empfunden. Vielleicht ist er deshalb zu einem Gerechtigkeitsfanatiker geworden.“

Allmählich lichtete sich der Wald, und der Weg wand sich durch Geröll und Latschengestrüpp. Clara sog den harzigen Duft ein und genoss das Höhersteigen.

Mitten auf dem Pfad stand eine Gämse und äugte zu ihnen herab. Gero und Clara näherten sich ihr behutsam. Ihr Blick war aufmerksam und frech wie der einer Ziege. Nun waren sie nur noch wenige Schritte entfernt – sie hüpfte weg und verschwand zwischen den Latschen.

Nach einer Wegbiegung öffnete sich vor ihnen ein Schuttkar mit einem Gämsenrudel. Die Tiere hoben die Köpfe, dann stoben sie davon, sammelten sich unter einem Felsaufschwung und begannen zu äsen.

„Vor diesem Urlaub bin ich immer nur mit dem Auto durch die Alpen gefahren, ich war nie zu Fuß in den Bergen unterwegs", sagte Gero. „Ich habe etwas versäumt."

„Hat dich Thomas nicht gefragt, ob du bei seinen alpinen Touren mitmachen willst?"

„Nach der Schulzeit habe ich ihn nur noch selten gesehen. Ich habe damals in Karlsruhe studiert und angefangen zu bouldern. Ich war begeistert und mit zwei Meter hohen Quacken vollkommen glücklich. Erst bei meinem ersten Job als Sozialarbeiter habe ich das Klettern mit Seil angefangen, weil man das gut für Integrationsprojekte nutzen kann. Als ich vor einem Vierteljahr nach München gezogen bin, habe ich mich ein paarmal mit Thomas zum Klettern in der Fränkischen Schweiz zusammengetan. Er hatte sich verändert, er redete überhaupt nicht mehr über sich, und es ist mir nicht gelungen, ihm wieder so nahezukommen wie früher."

Das Gelände wurde flacher, weiter. Auf Almwiesen lagen mannshohe Felsblöcke verstreut.

„Hat Thomas eine Freundin?", fragte Clara.

„Nein."

„Interessiert er sich nicht für Frauen?"

Gero wandte sich kurz zu ihr um und grinste. „So ist es. Da ist er ganz anders als ich."

„Steht er auf Männer?"

„Nein. Früher hatte er öfter Affären, aber sie haben nie lange gedauert, weil er nach einer Märchenprinzessin gesucht hat."

„Die findet man eben nur in Geschichten."

Plötzlich blieb Gero stehen, drehte sich zu Clara um und breitete theatralisch die Arme aus. „Oh doch, die gibt es wirklich! Und ich habe eine gefunden! Komm an mein Herz!"

Sie lachte. „Prinzessinnen klettern nicht, die tragen Kleidchen und haben zarte Fingerchen."

Er machte einen Schritt auf sie zu und legte eine Hand sanft an ihre Wange. Ein Schauer lief über Claras Haut.

„Meine Prinzessin hat aufgeschürfte Knie und starke Arme", flüsterte er. Sein Gesicht näherte sich ihr, sein warmer Atem ließ ihre Lippen vibrieren– ein elektrischer Schlag, sein Mund berührte den ihren, hauchzart und süß, dann fester. Clara presste sich an ihn, wurde emporgehoben und getragen.

Eine Wiesenmulde zwischen Felsbrocken. Gerangel, Lachen und Gier. Oh Gott, tat das gut.

Etwas kribbelte an Claras nackter Hüfte. Sie richtete sich zum Sitzen auf und wischte eine Ameise fort. Ihr Rücken war kalt – Zeit, sich wieder anzuziehen. Sie warf einen Blick auf Geros nackten Körper. Er erinnerte an den schlafenden Faun in der Glyptothek in München, vor dem oft Frauen mit verstohlenen Blicken herumschlichen. Die breite Brust hob und senkte sich, sein voller Mund stand halb offen. Clara angelte nach ihrem BH und T-Shirt. Geros Unterhose hing an einem Felszacken.

Er öffnete die Augen. „Schade. Wenn ich dich so anschaue, könnte ich wieder Lust kriegen."

„Ich friere. Und hier gibts Krabbelviecher." Clara schnippte eine weitere Ameise von ihrer Wade.

Gero lachte. „Vorher hast du dich nicht darüber beschwert. Aber ehrlich gesagt bin ich ziemlich fertig."

Auch er zog sich an. Sie hockten im Gras und schmiegten sich aneinander. „Ich wüsste gern mehr über dich", sagte Gero. „Thomas hat mich vor dir gewarnt und erklärt, du hättest nie längere Beziehungen mit Männern."

Clara seufzte. „Er ist noch nicht so lange in der Klettergruppe, deshalb weiß er nicht, dass das früher bei mir anders war."

Sie erzählte ihm von Daniel.

„Der Kerl hat dich betrogen und ausgenutzt", sagte Gero. „Und seitdem hast du Angst, dass das wieder passiert."

Clara schwieg.

Gero nahm ihre Hand und küsste ihre Fingerspitzen der Reihe nach. „Nicht alle Männer sind so."

„Kann schon sein. Aber ich war sechs Jahre lang mit Daniel zusammen und habe nicht gemerkt, was für ein hinterhältiger, verlogener Mensch er ist. Wie soll ich da irgendjemandem vertrauen? Und jetzt habe ich sogar Zweifel an meiner Schwester."

Statt wie geplant übers Crespeinajoch und durchs Langental zurück nach Wolkenstein zu wandern, schlenderten sie den Weg hinab, den sie gekommen waren. Gero erzählte, er hätte mit einer Yogalehrerin zusammengelebt, die versuchte, ihn vom Klettern abzubringen. „Und das ging nicht", sagte Gero. „Ohne Klettern bin ich nicht ich."

Clara brachte das Gespräch wieder auf Thomas.

„Thomas hat dann tatsächlich seine Traumfrau gefunden", erzählte Gero. „Sie war warmherzig und lustig, hatte ein Gesicht wie eine Madonna und war obendrein eine sehr begabte Kletterin. Aus Thomas wurde ein gut gelaunter und gesprächiger Mensch. Die beiden heirateten, sie wollten Kinder."

„Warum ist daraus nichts geworden?", fragte Clara.

„Isabell ist vor zwei Jahren bei einem Kletterunfall ums Leben gekommen."

***

Michael Moosbichler unterdrückte ein Gähnen und starrte missmutig auf die Versammlung von Polizisten und Spezialisten um den u-förmigen Tisch. Seit drei Stunden saß er hier herum und musste einem Dutzend Wichtigtuern zuhören, die ihre Ansichten über den Fall endlos ausbreiteten.

Durch die hohen Fenster fiel helles Sonnenlicht, das Wetter war stabil. Was für eine Verschwendung. Es wäre ein idealer Tag für die Marmolada-Südwand.

Manchmal war es hart, Polizist zu sein. Zum Beispiel hätte er die „Aquafun“ gerne bis zum Ausstieg geklettert, Hans von der Spurensicherung hätte er schon irgendwie hinaufgezogen. Da die beiden anderen Spusi-Kollegen nicht klettern konnten, waren sie an Fixseilen zum Tatort aufgestiegen, die Michael für sie eingerichtet hatte. Luftig in der steilen Wand hängend, hatten ihre Gesichter ziemlich verkniffen ausgesehen.

Trotz akribischer Suche hatten sie nichts gefunden als ein altes Bonbonpapier, Krümel von Müsliriegeln, ein paar Kippen und Körperausscheidungen, die von Henrik Behrs Todeskampf stammten. Dass es die Ehefrau vorgezogen hatte, sein Ende zehn Meter entfernt von ihm abzuwarten, war feige gewesen, aber verständlich.

Murani, der an der Schmalseite des U saß, wandte sich an den Pathologen, einen dürren Alten mit dem Spitznamen Zwetschgenmanderl. „Vielen Dank für Ihre ausführlichen Erklärungen. Es gibt also keinen Zweifel am Tod durch allergischen Schock, hervorgerufen durch erdnusshaltige Elemente, die Henrik Behrs Fitnessgetränk beigemischt waren.“

Joanna Pelletti, die einzige Frau in der Runde, hob die Hand. Sie war stark geschminkt; ihre Stimme klang süß wie Marshmallows. Wahrscheinlich gehörte das zu ihrem Job in der Öffentlichkeitsarbeit, aber Michael nervte es trotzdem. Da war diese Clara Haffner ein ganz anderer Typ. Ohne affektiertes Getue, geradeheraus ...

„Dürfen wir diese Erkenntnisse an die Presse weitergeben?“, fragte Joanna.

„Ja, unbedingt, wir haben dazu sogar eine Anweisung von ganz oben“, sagte Murani. „Wir sollen den Medien Material liefern und zeigen, dass auch wir hier im ruhigen Bozen beim Aufklären eines Mordes professionelle Arbeit leisten.“

Und Murani würde im Rampenlicht stehen und ein sehr gutes Bild abgeben, vielleicht sogar befördert und dann versetzt werden. Eigentlich schade. Er war als Chef keine lahmarschige Pfeife wie sein Vorgänger.

„Allerdings muss Folgendes unter uns bleiben", fuhr Murani fort. „Die Kollegen von der Spurensicherung haben an der Trinkflasche nur die Fingerabdrücke von Henrik Behr und dessen Ehefrau gefunden. Wenn sich jemand anderes daran zu schaffen gemacht hat, so ist er planvoll vorgegangen und hat dafür gesorgt, keine Spuren zu hinterlassen."

Muranis Blick schweifte über die Runde. „Motive für die Tat hätte Marianne Behr gewiss, aber die Beweislage ist dünn. Wir haben nur diese Tabletten, die jeder in ihrem Zimmer hätte verstecken können – wenn ihre Aussage stimmt, dass sie es nie abgesperrt hat. Auf diesen Tabletten waren keine Fingerabdrücke. Vielleicht hat Marianne Behr sie abgewischt, damit sie sich im Fall einer Entdeckung damit herausreden konnte, jemand hätte ihr durch dieses Indiz die Schuld zuschieben wollen."

Murani blätterte in einem Ordner, dann blickte er auf. „Herr Trogmann, Sie haben inzwischen mit allen Bewohnern des Ferienhauses gesprochen. Wen halten Sie am ehesten eines Mordes für fähig?"

Der Polizeipsychologe rückte seine Brille zurecht. „Ich werde versuchen, es Ihnen in möglichst einfachen Worten zu erklären. In dieser Gruppe haben mehrere Personen eine entsprechende Disposition. Beginnen wir mit der Ehefrau. Nach den Aussagen der anderen Zeugen – denen mein Eindruck als Fachmann entspricht – weist sie depressive Züge auf und richtete ihr gesamtes Leben auf ihren Mann aus. Obwohl er sie nicht wertschätzte und sie sogar oft vor anderen herabsetzte, blieb sie stets sanft und freundlich und versuchte, die Fassade einer harmonischen Ehe aufrechtzuerhalten …"

Moosbichler kannte diesen Typ Frau. Seine Mutter. Seine verheiratete Schwester, die nichts Besseres zu tun hatte, als sich für ihren fetten Ehemann schlank zu hungern und sich von ihm kritisieren zu lassen.

Ob am kommenden Wochenende das Wetter noch für die Marmolada-Südwand passte? Schon als Bub hatte Moosbichler Bilder dieser riesigen Mauer bewundert …

„Dass Henrik Behr seine Frau mit einer Siebzehnjährigen betrog, könnte bei ihr das Fass zum Überlaufen gebracht haben", tönte die Stimme des Psychologen. „Aber neben Marianne Behr könnten aus psychologischer Sicht noch weitere Personen der Gruppe unter entsprechenden Stressbedingungen eines Mordes fähig sein. Insbesondere halte ich Daniel Behr, den Bruder des Toten, und Max Kiesbauer für in hohem Maß narzisstisch gestörte Persönlichkeiten, die sowohl durch finanzielle Anreize als auch soziale Vorteile wie erhöhtes Ansehen oder ..."

Moosbichler gab nichts auf Psychologengeschwätz. Natürlich war Wilfried Ruttmann der Täter, der wütende Vater. Er hatte ihn ausführlich befragt und bald herausgefunden, dass er eine Schwäche für Marianne Behr hatte.

Bei der „Vinatzerroute" mit dem Messner-Ausstieg war der Schwierigkeitsgrad wohl kein Problem, aber die Tour war lang und nicht immer leicht zu finden. Man musste früh aufbrechen und schnell klettern, sonst verpasste man die letzte Seilbahn und musste da oben höchst ungemütlich biwakieren. Und wer kam als Partner für dieses Unternehmen in Frage?

„Herr Moosbichler!"

Er fuhr hoch.

„Würden Sie Clara Haffner als Extremkletterin bezeichnen?", fragte Trogmann.

Dieses Wort gebrauchten eigentlich nur die Medien und absolute Laien.

„Was meinen Sie mit extrem?"

Der Psychologe musterte ihn erstaunt. „Nun, eben Kletterer, die den sechsten Schwierigkeitsgrad beherrschen."

Michael zwang sich, nicht allzu sehr von oben herab zu antworten. „Der sechste Grad ist heutzutage nicht mehr extrem, das war so vor ungefähr einem halben Jahrhundert. Clara Haffner klettert im achten Grad, was für eine Frau gut ist, aber keineswegs außergewöhnlich."

Trogmann schüttelte den Kopf. „Erstaunlich. Auf jeden Fall ist eine solche Frau wohl sehr ehrgeizig und hat ein starkes Ego – da passt es sicherlich, dass sie mit ihren 34 Jahren keine Familie hat. Einem solchen Charakter kann man einiges zutrauen."

Michael verzog verächtlich die Mundwinkel. „Ihr Frauenbild scheint etwas veraltet zu sein, Herr Trogmann."

„Dass Sie für Frau Haffner Partei ergreifen – hat das damit zu tun, dass sie eine sehr attraktive Person ist? Sind Sie sicher, dass –"

„Bleiben wir bei der Sache!", sagte Murani scharf. „Ich möchte noch einmal auf diese Notfall-Apotheke zurückkommen. Die Tabletten haben wir, aber wo ist die Adrenalinspritze, die ja für die Rettung eines Allergikers am wichtigsten sein soll? Wir haben den Müll durchsucht, das ganze Haus, die Spurensicherung hat in der Felswand und auf dem Weg dorthin nichts gefunden."

Die folgende Diskussion brachte nicht viel. Murani fasste das Ergebnis zusammen: „Der Täter hatte verschiedene Möglichkeiten, den Inhalt der Notfalltasche anderswo loszuwerden als im Ferienhaus. Warum hat er die Tabletten so ungeschickt versteckt, und die Spritze ist unauffindbar? Wenn es die Ehefrau war, so hat sie den Mord nicht sehr klug ausgeführt. Sie hätte damit rechnen müssen, dass dem Retter das Fehlen der Medikamente in der Notfalltasche auffällt."

„Das passt aber recht gut", sagte der Psychologe. „Beziehungsmörder handeln oft aus einem starken Gefühl heraus und sind geistig nicht klar. Und Marianne Behr ist offensichtlich instabil."

Murani richtete seine Krawatte und blickte in die Runde. „Vorerst halte ich ein weiteres Befragen der Verdächtigen und Zeugen nicht für sinnvoll. Ich habe in Deutschland um Amtshilfe ersucht, und es wird eine Weile dauern, bis wir über das Vorleben und die Lebensumstände der an diesem Fall Beteiligten gründlich informiert sind. Allerdings habe ich über einen Kollegen bei der Kripo München bereits einen Tipp bekommen. Gegen Gero Hanitz liegt einiges vor: Mitgliedschaft in einer berüchtigten Straßengang, Verdacht auf

Beteiligung an gewalttätigen Aktionen in mehreren Fällen. Und eine Verurteilung wegen schwerer Körperverletzung, wobei Hanitz noch gut weggekommen ist, der Staatsanwalt hatte auf versuchten Totschlag plädiert."

13. KAPITEL

Samstag, 23. August

Clara blickte hinüber zum Massiv des Heiligkreuzkofel, der schwarz vor dem fliederfarben und purpurn geflockten Himmel stand. Morgenrot war kein Zeichen für gutes Wetter, und am Nachmittag sollte eine Kaltfront heranziehen – eigentlich wäre es am Vernünftigsten, wie die anderen den Vormittag im Klettergarten zu verbringen. Daniel und Mela waren schon am Freitag abgereist, nachdem Murani allen mitgeteilt hatte, die Zeugenbefragungen seien fürs Erste abgeschlossen.

Spätestens heute Abend mussten sie die Schlüssel des Ferienhauses zurückgeben. Aber vorher wollte Clara noch die ‚Ottovolante' klettern. Es hieß, sie sei die schönste mit Bohrhaken gesicherte lange Route in der Sella, vielleicht sogar der gesamten Dolomiten.

Auch Thomas, der soeben aus dem Auto gestiegen war, musterte den Himmel.

„Du hast die Route schon mit Gero gemacht", sagte Clara. „Warum ist es dir eigentlich so wichtig, sie noch einmal komplett frei zu klettern? Ich dachte immer, du wärst eher ein Alpinist, dem der Begehungsstil nicht so wichtig ist wie das Erlebnis am Berg."

„Ich weiß jetzt, wie ich die Schlüsselstelle packen kann. Und diese Route ist wirklich großartig."

Clara sollte es recht sein. „Wenn das Wetter kippt, können wir ja abseilen."

Thomas nickte. „Kein Problem, alle Standplätze sind dazu eingerichtet."

Er marschierte los, seine langen Beine fraßen den Hang. Clara hatte Mühe zu folgen. Thomas war ein berüchtigtes Konditionstier, er überschritt lange, wilde Grate und bewältigte dabei locker dreitausend Höhenmeter am Tag.

Die Luft war für den frühen Morgen seltsam warm und still. Vor Clara ragte die Wand empor, eine düstere Masse im Schatten. Sie hatte ein flaues Gefühl im Magen.

Da Thomas die Schlüsselstelle vorsteigen wollte, übernahm er die erste Seillänge. Schnell gewann er an Höhe, mit jenen typischen Bewegungen eines Alpinisten, die ans Treppensteigen erinnern.

„Stand!“

Clara hatte sich schon fertig gerichtet und kletterte los. Ihr Körper fühlte sich morgens immer an wie schlecht geölt. In der zweiten und dritten Seillänge wurde es besser. Dann die vierte: eine eisenfeste, mit Grifflöchern und Leisten gespickte Kante – fantastisch! Sie fühlte sich frei und leicht, war eins mit dem Fels. Erst als sie sich an den Haken des Standplatzes einklinkte, bemerkte sie, dass es inzwischen viel kälter geworden war. Über dem Grödner Joch und den Cirspitzen hatte sich der Himmel verdüstert, Windböen fegten heran.

Nach weiteren zwei Seillängen gelangte Clara auf ein mit Geröll und Felssplittern bedecktes Band, das so breit war wie eine Landstraße, und richtete den Standplatz am Fuß des nächsten Aufschwungs ein. Als Thomas am Band ankam, ging er nicht zu ihrem Stand, sondern querte nach links. „Ich muss mal.“

Typisch. Vor der schwierigsten Stelle meldete sich bei vielen Kletterern die Verdauung. Clara schaute nach oben. Senkrechter, rötlich-gelber Fels, darüber ein kleines Dach. Der erste Haken steckte weit oben, und die Rissspur dorthin wirkte abweisend; einen Keil oder Friend konnte man dort wohl kaum unterbringen. Gut, dass Thomas das vorsteigen wollte. Clara fröstelte trotz der Jacke, die sie am letzten Stand angezogen hatte. Der Himmel war dunkelgrau, der Wind toste um die Felsen und blies ihr ins Gesicht, dass ihre Augen tränten. Ihre Wangen prickelten von der Kälte.

Normalerweise hätte sie jetzt abgeseilt, aber sie wollte vor Thomas nicht als Weichei dastehen; ihre Lage war ja nicht gefährlich, nur ungemütlich.

Thomas kehrte zurück, kreiste mit den Armen wie mit Windmühlenflügeln, rubbelte seine Hände und Unterarme warm. Dann stieg er nicht über den Riss, sondern in einer Rechtsschleife zum ersten Haken. Die folgende Passage zum Dach sah kleingriffig und kompliziert aus, Clara sicherte eng. An der Dachkante reckte sich Thomas weit nach oben und zog sich entschlossen darüber.

„Super, Thomas!"

„Nachkommen!"

Zum Glück reichte die Strecke bis zum Überhang, um Claras Finger etwas anzuwärmen. Aber der Griff oberhalb der Dachkante war für sie wegen ihrer geringeren Körpergröße unerreichbar, und sie musste sich an der Expressschlinge hochziehen. Leicht verärgert stieg sie am Hängestand von Thomas vorbei und schnell weiter. In der Ferne rumpelte Donner. Wie viel Zeit blieb ihnen noch, bis das Unwetter losbrach? Egal. Sie hatten nur noch vier Seillängen vor sich.

Plötzlich wurde es hell, ein Knall. Clara fuhr zusammen, hastete weiter hinauf. Schneeflocken trieben gegen ihr Gesicht, der Fels glänzte nass. Endlich – der Standplatz. Die Entscheidung war klar, Thomas wäre sicher damit einverstanden. Mit fliegenden Fingern richtete sie die Abseilstelle ein und fuhr die Wand hinunter. Der Wind warf ihr Schnee in den Nacken, ihr Anorak blähte sich, sie musste aufpassen, dass er nicht ins Abseilgerät geriet. Der Himmel flackerte fahl, es blitzte und donnerte fast ununterbrochen.

Clara kämpfte gegen die in ihr aufsteigende Panik. Die Blitze schlugen bestimmt nur oben in Gipfelnähe ein. Es war völlig daneben, sich davor zu fürchten.

Bei Thomas angekommen, machte sich Clara an den Haken fest, und er begann, das Seil abzuziehen. Ein Ende verschwand nach oben – das Seil fiel herab – wurde vom Wind seitlich abgetrieben – verdammt! Es blieb weit links der Route in der Wand hängen. Thomas schlenkerte mit dem Strang in seiner Hand, um das Seil zu lösen, aber das half nichts. Nun zog er daran, bis es sich straffte, und ruckte ein paarmal, dann hängte er sich mit seinem vollen Körpergewicht daran und zerrte gemeinsam mit Clara – erfolglos.

„Ich gehe noch mal hoch“, rief Clara.

„Nein, lass mich das machen.“

Sie wies auf ihre Standplatzkonstruktion. „Es ist praktischer, wenn ich gehe. Ich kriege das schon hin!“

Sie kletterte ein paar Meter hinauf, wobei sie hemmungslos die Haken benutzte. Eine dünne Schneeschicht lag jetzt auf den waagrechten Absätzen, feine Riffelungen in Weiß, die die Struktur der Wand nachzeichneten. Jetzt war Clara hoch genug, um zu erkennen, dass sich das Seil um ein Felsköpfl geschlungen hatte. Sie querte hinüber. Ihre Finger waren klamm, die Tritte glitschig, drei Meter, fünf Meter. Eine Sicherung zu legen war unmöglich. Wenn sie jetzt abflog, würde sie einen Riesenpendler machen.

Sie hielt sich an einer gelben Schuppe, die so dünn war wie eine Brotscheibe, lehnte sich zu dem Felsköpfl hinüber, zerrte mit einer Hand am verklemmten Seil. Es löste sich, sie ließ es fallen, und es peitschte durch die Luft. Ihre Mission war gelungen, sie musste nur noch zurückklettern – oh nein! Die Schuppe knackte, Clara kippte zur Seite und nach unten. Ein Schlag traf ihre Stirn, sie fiel weiter, knallte mit den Beinen gegen die Wand und pendelte unter dem Dach hin und her. Gegen das Tosen des Windes hörte sie Thomas etwas schreien.

Sie sank tiefer – es war sinnvoll, dass Thomas sie auf das Band herunterließ – und landete dort im Schnee, nur zwei Schritte vom Standplatz entfernt. Ein wenig benommen hockte sie da und bewegte vorsichtig ihre Beine und Arme. Offenbar war nichts gebrochen, sie hatte Glück gehabt. Obwohl sie Mist gebaut und dieser verdammten Schuppe getraut hatte. Etwas lief von ihrer Stirn über ihre Wange und ihren Hals. Sie langte in ihr Gesicht – ein schmieriges Gefühl – sie zog ihre Hand zurück. Sie war blutrot.

Beim Aufstehen ziepte es überall; Clara stöhnte auf, tappte zum Stand und hängte sich dort mit einem Karabiner fest.

Damit Thomas abseilen konnte, musste sie jetzt ihren Anseilknoten lösen, der sich durch ihren Sturz festgezogen hatte. Sie nestelte mit tauben Fingern daran herum – geschafft! Überall war Blut, es lief in ihren Kragen, tropfte in den Schnee. „Seil frei!"

Auf einmal war ihr eiskalt.

Thomas schwebte zu ihr herab.

„Clara – du bist verletzt!"

Er bückte sich zu ihr herunter. Seine Stimme war kaum zu hören im sausenden Wind. „Bleib so sitzen, ganz ruhig!"

Er nahm seinen kleinen Rucksack von der Schulter, holte eine Plastiktasche heraus und kniete vor ihr nieder. Als er ihre Stirn befühlte, biss sie die Zähne zusammen, um nicht aufzuschreien. Thomas öffnete mit blutigen Fingern den Beutel. Er entglitt ihm, der Inhalt fiel in den Schnee.

Eine Mullbinde, Pflaster, Tabletten. Und etwas, das wie ein gelber Stift aussah. Claras Augen blieben an der Aufschrift hängen: „Adrenalin-Autoinjektor" – eine Spritze!

Clara stockte der Atem, Hitze schoss in ihre Glieder. Eine Adrenalinspritze!

Sie starrte Thomas an. Sein Gesicht war knochenbleich und versteinert, seine Augen brannten sich in ihre. „Mörder!"

Sie sprang auf, löste ihren Selbstsicherungs-Karabiner, er griff nach ihr, sie wich aus und stolperte über schneebedeckten Schotter auf dem Band davon. Ihr Herz klopfte heftig, ihre Beine bewegten sich wie von selbst, nur weg! Weg von ihm! Er würde sie umbringen! Sie hörte ihn hinter sich rufen, hastete weiter, wischte Blut aus ihren Augen. Vielleicht – ein Stein – sie musste sich wehren! Der da – nein, zu klein! Alle waren zu klein. Nun ging das Band in eine mit Schnee bepuderte Rampe über. Clara warf einen schnellen Blick zurück, Thomas war nur wenige Meter hinter ihr, ungesichert. Würde er es riskieren, ihr zu folgen? Sie eierte über schrägen Fels hinauf, rutschte mit den Füßen von den verschneiten Tritten ab, klammerte sich irgendwo fest, weiter, weiter. Das Ende der Rampe, ein Standplatz. Er musste zur Nachbarroute gehören, der „Zieglauer“. Sie wandte sich um. Thomas war ihr auf den Fersen.

„Clara, warte! Warte doch, ich –“

Sie achtete nicht auf sein Geschrei, floh auf einem Absatz nach rechts, zu einer Sanduhrschlinge. Dort war Schluss mit dem leichten Gelände. Über ihr steilte sich schwarzer, nasser Fels auf.

Thomas kam näher und näher, Schneeflocken wirbelten um seine dunkle Gestalt, sein Helm und seine Schultern waren weiß überzuckert. Clara presste sich zitternd gegen den Fels. Er würde sie schubsen oder aus der Wand drängen, damit sie in den Abgrund stürzte. Sie hängte eine Selbstsicherung in die Schlinge – gut so. Wenn er nahe genug war, würde sie versuchen, ihn in die Tiefe zu stoßen. Er oder sie ...

Zwei Meter von ihr entfernt stoppte Thomas. „Clara! Hab keine Angst, Clara! Ich habe Henrik nicht ermordet!“

Sie glaubte ihm nicht.

„Ich würde dir nie etwas antun! Bitte seile mit mir ab!“

Er wollte sie dazu verleiten, sich ihm auszuliefern. Thomas wusste, was sie vorhatte, er würde es nicht wagen, sich ihr bis auf Armlänge zu nähern. Das gab ihr etwas Zeit. Denken, sie musste denken ...

Sie schlotterte vor Kälte. Es war ausgeschlossen, hier einfach stehen zu bleiben. Es gab nur zwei Möglichkeiten: Weiterklettern oder Thomas vertrauen.

Ein Blick nach oben. Die „Zieglauer“ war mit maximal fünf plus angegeben. Wenn es um Leben und Tod ging, hatte sie das im Alleingang wahrscheinlich drauf. Aber nicht in verschneitem, glitschigem Fels. Das wäre Selbstmord.

„Ich habe Henrik gehasst, Clara“, rief Thomas. „Aber ich möchte nicht schuld sein, dass du abstürzt. Bitte! Seile mit mir ab!“

„Was hat Henrik getan?“

„Er hat meine Frau umgebracht!“

***

Die Scheiben waren beschlagen, der Sturm heulte und schüttelte das kleine Auto. Alles war klamm, die nassen Anoraks und Hosen hatten sie auf den Rücksitzen ausgebreitet. Bei dem Getöse da draußen war eine Tonaufnahme mit dem Handy unmöglich.

Thomas wusste nicht, wie lange es dauerte, bis der Donner nur noch ein fernes Rumpeln war und der Sturm verebbte. Er fühlte sich kalt und leer, aber es war ihm egal. Alles war ihm egal. Aber er musste tun, was er versprochen hatte.

Er blickte zu Clara hinüber. Sie kauerte auf dem Fahrersitz, die Arme um die angezogenen Knie geschlungen. Offenbar fror sie, obwohl sie trockene Kleider angezogen hatte.

„Hast du das Handy bereit, Clara?" Sie nickte.

Wo sollte er anfangen? Nicht mit Isabell. Noch nicht. Zuerst ging es um seine Tat.

Thomas räusperte sich. „Ich wollte Henrik umbringen. Nur deshalb bin ich Mitglied der Klettergruppe geworden. Durch seine Allergie waren Erdnüsse ein ideales Gift, weil es nur auf ihn wirkte und keine Unschuldigen töten konnte. Ich habe gewusst, dass Henrik immer ‚Powerman's Drink' dabei hatte, kannte seine Trinkflasche und habe dasselbe Modell gekauft. Vor unserer Ausfahrt in die Dolomiten habe ich sie mit einer Mischung aus ‚Powerman's Drink' und Erdnusskrümeln gefüllt."

Clara sog hörbar die Luft ein.

„In unserem Ferienhaus war es für alle von uns möglich, an Henriks Rucksack heranzukommen – so bestand weder für mich noch für jemand anderes die Gefahr, verurteilt zu werden."

Angst. Angst, eingesperrt zu werden an einem grauen Ort, an dem es nichts zu tun gab, als sich zu erinnern. Isabells Schreie, ihre verdrehte Gestalt im Dreck. Aus ihrem Oberarm stach ein Knochen, sie jaulte und wimmerte – überall Blut, Blut, Blut ...

Der Himmel war aus Beton. Er senkte sich langsam auf Thomas herab. Er hechelte, wand sich, stöhnte.

Fingernägel bohrten sich in seinen Arm. Claras Stimme.

„Thomas, was ist los – bist du krank?“

Er schnappte nach Luft.

„Thomas, hörst du mich?“

Er hing wie ein nasser Lappen auf dem Autositz, die Worte lösten sich nur mühsam aus seinem Mund. „Ich – ich w-werde schon wieder.“

Seine Glieder zitterten, er war umgeben von fliegenden Schatten. Allmählich schälte sich Claras Hand, ihr Gesicht aus dem wirbelnden Grau und Schwarz.

„Was hast du mit der präparierten Flasche getan?“

Thomas straffte sich. Er musste das hinter sich bringen. „Etwa um zwei Uhr in der Nacht bin ich in den Vorraum gegangen und habe das tödliche Getränk in Henriks Rucksack gesteckt; seine Flasche packte ich in meinen Rucksack. Natürlich verwendete ich Handschuhe, ich wollte keine Spuren hinterlassen. Dann habe ich die Notfall-Medikamente aus der Tasche genommen, die in Henriks kleinem Rucksack war.“

„Ein geplanter Mord“, sagte Clara mit heiserer Stimme.

Hatte sie keine Angst vor ihm? Warum öffnete sie nicht die Autotür und rannte davon? Vorher hatte sie kaum eine andere Wahl gehabt, als zusammen mit ihm abzuseilen. Aber jetzt ...

„Thomas. Ich brauche dein Motiv. Wegen Marianne.“

Er musste es erzählen. Musste sich durch das Geschehen damals quälen, immer näher herankommen, Worte finden ...

„Es ist jetzt fast zwei Jahre her, damals war ich mit Isabell oft im Frankenjura, sie war eine sehr gute Kletterin ...“

Die Szene im „Landgasthof Fischer“ tauchte wieder vor Thomas auf. Er saß auf der Terrasse und beobachtete Isabell, deren lange dunkelbraune Haare halb ihr Gesicht verdeckten, während sie sich über den Kletterführer beugte.

„Na, hast du schon etwas gefunden?“, fragte Thomas.

Sie blickte auf. „Die lohnenden Neuner hier in der Gegend kenne ich schon fast alle. Aber da soll es doch diese neue Wand geben – ich habe sie bei frankenjura.com gefunden.“

Sie nahm einen Papierausdruck mit einer Wandskizze aus dem Kletterführer. „Die Grundlinger Wand. Zwei Siebener. Und eine Neun, ‚Dareling'. Nettes Wortspiel, das soll wohl heißen, dass die Route eher kühn ist, vielleicht sollte ich mich vorher danach erkundigen. Und dann steht noch dabei: ‚Super Linie in bestem Lochfels mit Schlüsselstelle am zweiten Haken.' "

Hinter Thomas ertönte eine laute Stimme: „Na wen haben wir denn da? Isabell, was machst du denn hier?"

Ein blonder Mann ließ sich auf den Stuhl neben Isabell fallen. Henrik Behr. Thomas hatte Fotos des bekannten Erstbegehers gesehen. Eifersüchtig beobachtete er, wie der Kerl seine schillernden Federn vor Isabell spreizte, während die beiden sich über Routen und Felsen unterhielten. Dann ging es um das Ziel für heute Nachmittag.

„Wie ist die denn so, deine neue Route am Grundlinger Fels?", fragte Isabell. „Wäre das etwas für mich?"

„Klasse. Musst du unbedingt machen. Da kannst du zeigen, was du drauf hast. Ist ein bisschen psycho, der erste Haken steckt ziemlich hoch, aber bis dorthin ist es nicht besonders schwer."

Isabell verzog die Lippen und warf Thomas einen Blick zu. Psychisch anspruchsvolle Routen mochte sie nicht. Sie wandte sich wieder an Henrik. „Und die Schlüsselstelle am zweiten Haken, wie ist die?"

„Powerig. Athletisch."

„Weite Züge?"

Das war oft ein Problem für die nur knapp über einen Meter sechzig große Isabell.

Henrik grinste breit. „Musst halt Schub geben."

„Und wie ist es zum dritten Haken?"

„Nochmal Arschbacken zusammenkneifen, aber geht schon."

Auf den ersten Metern hing die Grundlinger Wand nur leicht über, dann wurde sie immer steiler; ein Wulst versperrte die

Sicht auf den oberen Teil der Wand. Der gesamte Felsen erinnerte an einen Schweizer Käse: überall Löcher. Manche waren faustgroß, andere klein wie eine Erbse, und von unten war oft nicht erkennbar, ob sie sich als Griffe oder Tritte eigneten.

Isabell musterte ‚Dareling'. Der erste Haken steckte in sechs Metern Höhe. Wenn man es nicht bis dorthin schaffte, landete man auf dem Boden. Henrik hatte völlig zu Recht „psycho" dazu gesagt. „Da gehe ich nur hoch, wenn ich im Notfall wieder abklettern kann", sagte Isabell. „Keine Angst, Thomas. Ich passe schon auf."

Thomas sicherte mit höchster Aufmerksamkeit. Mit weich fließenden Bewegungen erreichte sie den ersten, dann den zweiten Haken und klinkte das Seil ein. Nun der Schlüsselzug – fantastisch, wie die kleine Frau hinaufhechtete und sich mit zwei Fingern in einem Löchlein verkrallte!

Jetzt wurde die Wand noch steiler. Es gab keine weißen Magnesiaflecken zur Orientierung; die besten Griffe zu finden war eine kraftraubende Aufgabe. Isabell schnappte ein paarmal nach oben, musste korrigieren und kam nur langsam höher. Wenn sie jetzt flog, machte sie einen Riesensatz, und sie würde etwa ein bis zwei Meter über Thomas am Seil in der Luft baumeln. Je höher sie kam, desto größer wurde die Gefahr, dass sie auf dem Boden aufschlug. Thomas brach der Schweiß aus. Durfte er ihr zurufen, dass es eng wurde, wenn sie weiterkletterte? Nein, das würde ihre Konzentration stören, und das Risiko war ihr sowieso bewusst. Nur wenige Züge noch, in der Mitte des Wulstes steckte der rettende Haken neben einem dunklen Fleck, vermutlich einem Griffloch zum Einhängen. Isabell hielt sich an miesen Seitschuppen und langte hinein. „Neiiin! Scheiße!"

Aber irgendwo musste es doch eine Möglichkeit geben, den Haken zu klinken! Isabell fand ein Untergriffkäntchen, streckte sich über den Bauch hinaus, tastete links und rechts herum – nichts! Eine hastige Bewegung zurück zum Untergriff, dann weiter abwärts. „Ich kann nicht mehr!"

Thomas starrte nach oben. Sein Herz klopfte wie rasend, er umklammerte das Sicherungsgerät. „Halt durch! Du schaffst es!“

Ein Schatten über ihm. Ein dumpfer Laut, ein Klatschen.

Thomas schlug die Hände vors Gesicht. Wollte es nicht sehen. Starb im Dunkeln, durchbohrt von einem Eiszapfen.

„Thomas! Thomas!“

Claras ferne Stimme.

Er öffnete die Augen, fand sich in der tropfenden Höhle des Autos. Es dauerte lange, bis er wieder sprechen konnte. „Er hat sie reingelegt, verstehst du?“

Clara hatte die ganze Zeit zugehört, ohne ein Wort zu sagen. Sie blieb stumm.

„Später habe ich über die Route abgeseilt und mir die Stelle am Überhang angeschaut“, fuhr Thomas fort. „Ganz weit rechts außen gibt es einen ordentlichen Griff, von dem man den Haken einhängen kann. Der war aber von unten nicht zu sehen, und wahrscheinlich hätte ihn Isabell mit ihrer Körpergröße sowieso nicht erreicht.“

„Warum hat Henrik Isabell nicht vor dieser Stelle gewarnt?“, fragte Clara.

„Hinterher habe ich erfahren, dass er früher heftig in sie verliebt war, und sie hat ihn abgewiesen. Es war Mord – Mord!“

Er keuchte und ballte die Fäuste. Ein rotes Glühen stieg aus seinem Magen empor. Seine Zähne pressten sich aufeinander, dass sein Kiefer schmerzte.

Clara schüttelte den Kopf. „Vielleicht war Henrik nur gedankenlos, oder er hoffte, sie würde umkehren und sich ärgern. Und außerdem können manche Männer sich nicht vorstellen, dass kleine Frauen nicht an derselben Stelle das Seil in den Haken einhängen können wie sie. Eine solche Situation haben sie einfach nicht auf dem Schirm.“

Thomas atmete tief durch. „Nein. Der Griff zum Einhängen war für jemanden, der die Route nicht kannte, schwer zu finden, es sei denn, er hatte die Ausdauer eines Zehnerkletterers. Henrik hätte weiter unten einen Bohrhaken setzen müssen, um seine Mitmenschen nicht zu gefährden. Und außerdem habe ich hinterher noch etwas erfahren: Er selbst hat die Route über einen Baum gesichert eingeübt, bevor er sie im Vorstieg gemacht hat."

„Solche Geschichten habe ich auch über andere Erstbegeher gehört", sagte Clara. „Die bohren Psychorouten ein, üben, bis sie jeden Zug perfekt draufhaben und freuen sich darüber, dass sich kaum ein anderer hinauftraut."

„Man muss immer damit rechnen, dass Erstbegeher sich nicht darum kümmern, welchen Gefahren spätere Begeher ausgesetzt sind", erwiderte Thomas. „Aber im Fall von Henrik war die Lage anders. Isabell hatte ihn eindeutig über die Sicherheit der Route befragt, und er hat ihr nicht die ganze Wahrheit gesagt. Es war Mord. Aber kein Gericht würde Henrik jemals dafür verurteilen."

„Hast du ihn zur Rede gestellt?", fragte Clara.

„Nein. Nach Isabells Tod war ich ein Dreivierteljahr lang in einer psychosomatischen Klinik. Als ich Henrik dann wiedergesehen habe, erinnerte er sich nicht mehr an mich. Vermutlich hat er bei unserer ersten Begegnung nur Augen für Isabell gehabt."

„Du hast ihn ermordet. Bist du jetzt zufrieden?", fragte Clara.

„Ich habe ihn nicht umgebracht."

Sie keuchte auf. „Was?"

„Nachdem ich Henrik die Flasche mit dem tödlichen Getränk in seinen Rucksack gesteckt hatte, wurde mir speiübel. Ich habe sie wieder herausgenommen und ihm seine Flasche zurückgegeben."

Clara packte sein Handgelenk. „Das kann nicht sein! Henrik ist tot, tot! Und meine Schwester sitzt dafür im Gefängnis! Spinnst du?"

„Ich bin vollkommen klar, bitte höre mir zu! Als ich dann die Medikamente in ihren Beutel zurücktun wollte, hörte ich etwas wie ein Scharren und dann einen lauten Schlag im

Flur nebenan – dort war jemand! Und ich stand bei eingeschaltetem Licht da und trug Handschuhe. Ich flüchtete in mein Zimmer. Danach ging es mir miserabel, erst am frühen Morgen konnte ich wieder denken. Ich packte die Spritze und die Medikamente in meine eigene Apothekentasche, weil ich plante, in der folgenden Nacht meinen Rucksack neben dem von Henrik abzustellen und die Sache in Ordnung zu bringen."

Thomas atmete schwer. Ein Stöhnen. „Und dann ist es doch passiert."

Henrik, der sich wand und nach Luft rang. Quaddeln überall, ein absurd angeschwollenes, knallrotes Gesicht – die Bilder von Allergiereaktionen im Internet waren grauenvoll – besser weiterreden, erklären.

„Von der ‚Ottovolante' aus habe ich dann die Hubschrauber-Aktion in der ‚Aquafun' verfolgt. Dabei ging mir auf, was passiert war: Jemand hatte mich beobachtet und die Getränke zurückgetauscht."

Clara starrte ihn an. „Das ist unglaublich."

„Du weißt, wer von Henriks Tod einen Vorteil hatte."

„Daniel!", rief Clara aus. „Was für ein Schwein, was für ein fieser Plan! Henriks Tod konnte ihm nur nutzen, wenn Marianne schuldig gesprochen wurde, nur dann würde er das Haus erben. Aber die Notfall-Medikamente hattest du. Deshalb hat er sich irgendwie Tabletten für Allergiker beschafft und sie in Mariannes Zimmer versteckt."

„Das vermute ich auch. Aber an diesem Tag in der ‚Ottovolante' galt mein erster Gedanke nicht dem Täter. Ich hatte wahnsinnige Angst, eingesperrt zu werden, wenn die Polizei die Medikamente in meinem Rucksack fand. Deshalb bin ich auf dem Band der ‚Ottovolante' ziemlich weit gequert und habe sie unter einem Stein versteckt, an einer Stelle, wo normalerweise nie jemand hinkommt."

Clara nickte langsam. „Und heute bist du die Route mit mir noch einmal gegangen und hast die Medikamente geholt. Warum?"

„Du hast mir erzählt, dass die Polizei bei Marianne Tabletten gefunden hat, aber keine Adrenalinspritze. Also beschloss ich, die Medikamente zu holen, dem wahren Täter die Spritze unterzuschieben und Murani einen Tipp zu geben. Aber erst, wenn ich mir ganz sicher sein würde, wer es getan hat.“

14. KAPITEL

Clara und Thomas kehrten in ein leeres Haus zurück. Gero, Wilfried, Lisa und Max waren schon heimgefahren. Zum Glück hatten sie geputzt. Vermutlich hatte Wilfried das organisiert, er war sehr ordentlich.

Clara warf getragene Wäsche und einen Plastikbeutel mit nassen Klamotten in eine Tragetasche, dazu kamen noch Friends, Müsliriegel und Kletterzeitschriften.

Die Anwältin hatte ihr erzählt, ihre Schwester wirke jetzt psychisch stabiler.

Sollte sie das Handy mit dem aufgezeichneten Geständnis von Thomas der Polizei übergeben, damit Marianne schneller aus dem Gefängnis herauskam?

Auf Thomas würde sie dabei keine Rücksicht nehmen. Dass Henrik Isabell ermordet hatte, war eine fixe Idee von ihm, und sie fand Selbstjustiz ganz und gar nicht in Ordnung. Mit seinen Racheplänen hatte er wohl nur seinen Kummer betäuben wollen.

Clara stopfte ihren Daunenanorak in die Tasche und zerrte den Reißverschluss zu.

Sie schwang ihren Rucksack auf den Rücken, hängte die Laptoptasche über ihre Schulter, klemmte einen Beutel mit Kletterkram unter den Arm, ergriff mehrere Plastiktüten und ihre Tasche. So beladen schob sie sich durch die Tür und tappte die Treppe hinunter, ohne ihre Füße zu sehen. Zweimal zu gehen kam nicht in Frage, obwohl ihr zweitausend Höhenmeter im Gebirge nichts ausmachten.

Sie verstaute ihre Besitztümer in ihrem Corsa und kehrte ins Haus zurück.

Thomas hockte auf dem Wohnzimmersofa und stierte auf das verschlungene Muster des Teppichs. Als sie näher kam, hob er den Kopf. „Gehst du jetzt zur Polizei?“

Clara ließ sich ihm gegenüber im Sessel nieder. „Bereust du dein Geständnis?“

Seine Stimme klang flach. „Ich habe Angst davor, eingesperrt zu werden. Die Berge, die Bewegung draußen in der Natur – ohne das wäre ich nach Isabells Tod verrückt geworden. Oder ich hätte mich umgebracht."

„Ich bin nicht sicher, ob man dich verhaften wird. Du hast deinen Mordplan ja nicht durchgeführt."

Thomas blickte düster vor sich hin. „Auf jeden Fall muss der eigentliche Mörder bestraft werden. Wie geht es deiner Wunde?"

Clara betastete das Pflaster an ihrer Stirn. „Es ziept ein bisschen. Für so einen kleinen Riss war das erstaunlich viel Blut."

„Bei Kopfverletzungen ist das oft so. Das sollte sich ein Arzt anschauen, vielleicht muss man nähen."

„Morgen ist Sonntag, und ich habe keine Lust, stundenlang in einer Notaufnahme herumzusitzen. Ich warte erst mal ab bis Montag."

Sie zog ihre Schlappen aus, legte ihre Füße auf den Couchtisch und spielte mit den Zehen. Sie schmerzten noch immer nach der langen Tour in ihren besten Kletterschuhen, die sehr eng waren. „Ich finde es nicht richtig, dem Täter nun seinerseits Medikamente unterzuschieben, wie du es vorhattest. Deine Rolle in der Sache muss offengelegt werden."

„Vielleicht hast du Recht. Aber ich habe Angst, dass mir keiner glaubt und ich für viele Jahre ins Gefängnis komme."

Das war durchaus möglich. Clara massierte ihre Zehen. „Wenn du gestehst, gibt es noch ein Problem: Die Polizei wird nachforschen, wie der Täter sich die Tabletten für Allergiker beschafft hat und wann er sie bei Marianne versteckt haben könnte. Dazu werden sicher noch einmal alle Zeugen befragt. Und der Täter – vermutlich Daniel – wird das mitkriegen. Und abhauen. Daniel kennt eine Künstlerin in Brasilien, dort findet man ihn nie. Um das zu verhindern, werde ich jetzt noch nicht zur Polizei gehen."

Thomas entfuhr ein Seufzer. „Danke."

Clara nahm die Füße vom Tisch und stand auf. „So. Und jetzt mache ich mich an die Arbeit. Zuerst möchte ich herausfinden, wie du überhaupt beim Tausch der Flaschen gesehen werden konntest. Und du musst mir dabei helfen."

Im Vorraum war es wegen des schlechten Wetters düster, Clara schaltete das Licht ein. Lisa hatte ein Paar rosa Plastikpantoffeln vergessen, sonst waren die Regale leer.

Thomas zeigte auf eine Stelle links der Treppe, die in den ersten Stock hinaufführte. „Hier habe ich meinen Rucksack neben dem kleinen blauen von Henrik abgestellt. Und genau hier muss mich jemand beim Tausch der Flaschen und dem Herausnehmen der Notfall-Medikamente gesehen haben."

Clara versuchte sich das Geschehen vorzustellen. „Aber wie kam der Beobachter darauf, dass du Henrik ermorden wolltest? Er hat dich ja nur mit irgendetwas bei den Rucksäcken herumhantieren sehen."

Thomas sah sie an. „Ich benahm mich nicht so kühl und zielstrebig, wie ich es geplant hatte. Ich bin eine Weile mit der gefährlichen Flasche in der Hand dagestanden, das hat bestimmt seltsam gewirkt. Und mein Gesichtsausdruck war vermutlich verzerrt, wütend, auf jeden Fall nicht normal. Das Herausnehmen der Medikamente ging nicht schnell, ich trug Handschuhe, meine Hände zitterten. Der Beobachter hat die Tasche mit dem weißen Kreuz bestimmt gesehen und gewusst, wozu sie diente, Marianne hat sie ja am ersten Abend gezeigt. Es war naheliegend, auf einen Mordversuch zu schließen. Und als ich die Flaschen dann wieder zurücktauschte, konnte der Beobachter leicht folgern, dass ich mich doch gegen die Tat entschieden hatte."

Clara musterte den Vorraum. Von wo aus hatte jemand Thomas beobachten können?

Seine Gedanken gingen wohl in dieselbe Richtung. „Ich hatte die Tür zum Flur einen Spalt weit geöffnet, damit ich es hören konnte, wenn jemand kam."

„Wir sollten das nachspielen", sagte Clara. „Bleib bitte, wo Henriks Rucksack war."

Sie betrat den Gang, ließ die Tür ein Stück weit offen, entfernte sich und näherte sich wieder.

„Schritte hätte ich gehört", sagte Thomas. „Aber das Geräusch, das mich nach dem Rücktausch der Flaschen erschreckt hat, war ganz anders. Zuerst so etwas wie ein Scharren, dann folgte ein lauter Schlag, und ich bin davongelaufen."

„Das muss Daniel gewesen sein", sagte Clara. „Außer ihm hat niemand im Erdgeschoss geschlafen." Sie schlug sich gegen die Stirn. „Moment mal!" Sie zog ihre Schuhe und Strümpfe aus. „Wenn jemand nachts herumläuft, ist er oft barfuß."

Sie ging auf dem mit einem Läufer belegten Fliesenboden hin und her. „Und jetzt?"

„Das war ziemlich leise. Es könnte sein, dass ich das nicht mitbekommen habe."

„Daniel hätte dich also eine Weile bei Henriks Rucksack beobachten können", sagte Clara. „Und weil er am Abend ziemlich viel getrunken hatte, ist es denkbar, dass er gegen die Wand getaumelt, daran abgerutscht und hingefallen ist – das könnte zu den Geräuschen passen, die du gehört hast."

Thomas blickte nachdenklich drein. „Ja. Vielleicht wollte Daniel zu einer der Toiletten in den unteren Zimmern und hat sich nicht zurechtgefunden."

„Dass er im betrunkenen Zustand so überlegt und raffiniert gehandelt hat, ist aber unwahrscheinlich", sagte Clara.

„Nein, das ist durchaus möglich", widersprach Thomas. „Er hat herumgegrübelt, während er allmählich nüchtern wurde; dabei ist ihm die Idee gekommen, die Trinkflaschen zurückzutauschen und Marianne zu belasten, damit er das Erbe kassieren konnte."

Clara versuchte die Hoffnung zu unterdrücken, dass Daniel der Täter war. Was für eine Genugtuung, wenn dieser Scheißkerl ins Gefängnis kam! Aber das durfte sie nicht davon abhalten, klar zu denken. Von wo aus hätte man Thomas noch beobachten können?

Sie stieg die Treppe empor in den ersten Stock, wandte sich um und schaute hinunter. „Wenn der Täter da oben war, hättest du ihn sehen müssen, oder?“

Thomas blickte zu ihr hinauf. „Ja. Obwohl die Lampe eine trübe Funzel ist. Probiere bitte aus, wie weit du von der Treppe weggehen und mich noch beobachten kannst.“

Drei Schritte nach rechts. Thomas entschwand aus Claras Blickfeld. „Bis hierher!“

„Vermutlich war es da oben ziemlich dunkel. Und weil der Boden der gleiche ist wie unten, hätte ich es nicht gehört, wenn dort jemand barfuß herumlief. Aber die Toiletten sind in den Zimmern. Warum sollte überhaupt jemand im ersten Stock unterwegs gewesen sein?“

Clara grinste. „Vielleicht ist Wilfried schwul und Max auch. Oder Max wollte zu mir ins Bett. Oder Marianne hatte mit Wilfried ein Stelldichein. Und jetzt brauche ich einen Kaffee, Hirn anschmeißen. Wir müssen überlegen, wie wir weiter vorgehen.“

Sie saßen einander am Küchentisch gegenüber. Clara knabberte Schicht um Schicht von ihrer Manner-Schnitte ab und beobachtete Thomas. Irgendwie passte es zu ihm, dass er seinen Kaffee schwarz trank. Was süß und mild war, hatte keinen Platz in seinem Leben.

„Tabletten und Spritzen für Allergie-Notfälle gibt es nur auf Rezept“, sagte Thomas. „Ich habe das gegoogelt. Hat Daniel Freunde, die Apotheker oder Ärzte sind?“

„Soviel ich weiß nicht. Und ich glaube kaum, dass sich das seit unserer Trennung geändert hat. Zu seiner Clique gehörten vor allem erfolglose Künstler und Schriftsteller und ein paar Leute aus der Theaterszene.“

Clara wischte sich die schmierigen Finger an ihren Jeans ab und rührte in ihrem Kaffee herum. „Die Allergietabletten wurden nur einen Tag nach Henriks Tod in Mariannes Zimmer gefunden. Wenn Daniel sie dort versteckt hat, dann frage ich mich, wie er sie so schnell beschaffen konnte. In der Nacht nach Henriks Tod ist er nach München gefahren, angeblich um seine Mutter zu besuchen. Ich würde gerne wissen, ob er wirklich dort war, und wenn ja, wie lange. Ein Beileidsbesuch bei der alten Frau Behr wäre sowieso angebracht."

„Vielleicht kannst du auch noch herausfinden, warum Henrik schon geerbt hat, aber Daniel nicht", sagte Thomas. „Das ist doch eigenartig. Sie hätte ihm die Familienvilla überschreiben können – mit Wohnrecht für sie bis zum Ende ihres Lebens."

15. KAPITEL

Sonntag, 24. August

Hinter der mit Efeu bewachsenen Mauer versteckte sich eine Villa aus der Gründerzeit. Auf einem der Torpfosten hockte ein steinerner Löwe und blickte hochmütig auf Clara herab.

Frau Allmer öffnete. Sie sah aus wie früher, kurzes blondiertes Haar, drahtige Figur.

Sie schüttelten einander die Hand.

Clara schätzte die Haushälterin sehr. Sie ging auf die sechzig zu, wirkte aber mit ihren Jeans und dem roten T-Shirt viel jünger. „Daniel ist auch gerade hier“, sagte sie. „Ich hoffe, das macht Ihnen nichts aus?“

„Nicht, wenn er bald wieder geht.“

Frau Allmer lächelte. „Er wird die Gelegenheit nutzen, sich zu verabschieden.“

Durch eine von Säulen flankierte Tür betrat Clara eine Diele, an deren Decke ein Kronleuchter hing; die Spiegelkristalle glitzerten und flirrten im Luftzug. Clara folgte der Haushälterin im Treppenhaus nach oben.

„Frau Behr wird bald ins Erdgeschoss umziehen“, sagte sie. „Sie geht zwar kaum aus, aber die Stufen sind für sie inzwischen sehr mühsam. Und einen Treppenlift lehnt sie aus ästhetischen Gründen ab.“

Sie stieß eine Kassettentür auf und winkte Clara in einen Raum mit hellen Möbeln und einem apricotfarbenen Teppich, in dem ihre Füße versanken wie in weichem Moos.

Daniel saß auf einem weißen Wildledersofa und musterte Clara mit einem falschen Lächeln. Seine Mutter, die sich ihm gegenüber in einem Ohrensessel ausgebreitet hatte, wandte sich Clara zu. „Clara, Kindchen, schön, dass du mich besuchst. Komm, setz dich zu uns.“

Renate Behrs Stimme war hoch und ein bisschen weinerlich. Sie trug eine gelbe Bluse, die ihre wabbligen Arme zeigte; ihr weißer Pagenkopf war perfekt geschnitten und rahmte ein Gesicht, das so faltig war wie zerknülltes Seidenpapier.

Clara trat zu ihr und gab ihr die Hand. Der Geruch von welken Blumen und Puder schlug ihr entgegen. „Es tut mir so leid."

Die alte Dame seufzte. „Schade, dass ich nicht dement bin, dann könnte ich meinen Sohn einfach vergessen."

Daniel stand auf. „Wir sehen uns dann spätestens morgen zum Mittagessen, Mama."

„Gut. Aber komm nicht zu spät. Du weißt, mein Herz – und nun diese schreckliche Geschichte mit Henrik – es tut so weh. Ich weiß nicht, wie lange ich noch lebe, eigentlich habe ich längst genug …"

„Ich rufe dich heute Abend an."

Daniel stand auf und küsste seine Mutter links und rechts auf die Wange. „Bis bald."

Er ging hinaus.

„Henrik war ein guter Junge", sagte Renate Behr. „Er war immer für mich da." Sie zog ein gesticktes Taschentuch aus einer Rocktasche und betupfte ihre Augen. „Was darf ich dir anbieten, Clara? Einen Kaffee oder einen Prosecco?"

„Vielen Dank, ich brauche nichts, ich habe gut gefrühstückt."

„Ich verstehe, du kannst nicht lange bleiben. Beileidsbesuche sind so ermüdend."

Sie war eine Meisterin darin, einem ein schlechtes Gewissen zu machen.

„Ich habe Zeit", sagte Clara.

Ein keckerndes Lachen. „Ich nicht. Der Knochenmann hat sich mit Henrik geirrt, eigentlich war ich an der Reihe. Lang kann es nicht mehr dauern mit mir. Ich hoffe, dass meine Schwiegertochter mich bald besuchen kann."

„Marianne geht es nicht gut", erwiderte Clara.

„Ach ja. Das arme Herzchen. Sie hat sehr an Henrik gehangen. Und im Gefängnis fehlt es ihr sicher an Komfort. Ich hoffe, das klärt sich alles bald auf."

Ein Klopfen an der Tür. Die Haushälterin kam mit einem silbernen Tablett herein und stellte eine Flasche Prosecco, zwei Gläser und Teller mit Lachs-Häppchen und Käsewürfeln auf den Couchtisch.

„Danke, Frau Allmer“, sagte Clara. „Das wäre nicht nötig gewesen.“

Die Haushälterin schenkte ein und ging hinaus.

„Auf Henrik“, sagte die alte Dame und hob ihr Glas.

Sie stießen miteinander an.

„Ich weiß nicht viel von ihm, Renate. Wie war er eigentlich als kleiner Junge?“

„Er hat sein Taschengeld immer ins Sparschwein gesteckt, ganz anders als Daniel, der war schon immer ein Verschwender.“

Clara ließ die alte Frau erzählen. Dass Daniel für gute Noten Geld bekommen und Henrik einen teuren Nachhilfelehrer gebraucht hatte und warum sich das Vermieten der ehemaligen Kinderzimmer nicht lohnte … Claras Gedanken schweiften ab. Im Gegensatz zu ihr war Marianne ziemlich häufig in der Villa ihrer wohlhabenden Schwiegermutter zu Gast gewesen, und sie hatte sich immer ein bisschen vor ihr gefürchtet, weil die alte Dame aus sogenannten besseren Kreisen stammte.

„Henrik hat mich in den letzten Jahren mindestens einmal pro Woche besucht“, fuhr Renate Behr fort. „Aber Daniel“, sie blinzelte Clara zu, „Daniel ist immer sooo beschäftigt. Ich muss ihn gelegentlich an seine finanzielle Situation erinnern, damit er seinen Pflichten als Sohn nachkommt.“

Clara nahm noch einen Schluck Prosecco, es prickelte auf der Zunge. „Aber am Tag von Henriks, äh, Unfall ist er noch mitten in der Nacht nach München gefahren – wenigstens war er dann am nächsten Morgen bei dir.“

Die alte Dame kniff die Lippen zusammen, dann sagte sie mit bitterer Ironie: „Er hat mir eine gute Stunde geopfert. Wirklich sehr liebevoll.“

„Bestimmt musste er einiges organisieren.“

„Was kann wichtiger gewesen sein, als seiner alten Mutter Trost zu spenden?“

Clara wusste nicht, was sie darauf antworten sollte, und nahm sich ein Lachshäppchen.

Renate Behr schniefte und wischte sich eine Träne aus den Augenwinkeln. „Daniel geht es immer nur ums Geld. Genau wie dieser jungen Frau ohne Kinderstube, mit der er jetzt zusammen ist. Sie hat mich doch tatsächlich gefragt, ob ich Daniel nicht bald mein Haus überschreiben könnte – als Hochzeitsgeschenk!“

Mela hatte also auf Nummer sicher gehen wollen. Eine Überschreibung war endgültig, ein Testament konnte geändert werden.

Renate reckte sich aus ihrem Ohrensessel und machte eine Faust, ihre Stimme klang schrill. „Wenn mein Sohn dieses geldgierige Weib heiratet, bekommt er keinen Cent!“

Sie sank in sich zusammen und schlug die Hände vors Gesicht. Ihre Schultern zuckten.

Clara schaute verlegen weg und schob sich einen Käsewürfel in den Mund.

Daniel hatte öfter abfällig über seine Mutter gesprochen. Sie hatte versucht, ihn zu einem Studium wie Betriebswirtschaft oder Medizin zu drängen. Dass Daniel trotzdem Künstler geworden war, hatte Clara früher an ihm bewundert.

Sie wandte sich der alten Dame zu und sagte leise: „Kann ich irgendetwas für dich tun, Renate?“

Sie hob den Kopf. „Es wäre schön, dich gelegentlich in meinem Haus zu sehen. Und richte bitte Marianne aus, dass ich ihren Besuch erwarte.“

16. KAPITEL

Montag, 25. August

Thomas wohnte in einem Jugendstilhaus in einer ruhigen Seitenstraße in Schwabing. Kastanien warfen Schatten über die mit geschnitzten Ranken verzierte Holztür. Clara zögerte. War es klug, einen Mann zu besuchen, der einen raffinierten Mordplan ausgetüftelt und ihn beinahe durchgezogen hatte? Thomas war ein seltsamer Mensch ... Aber er hätte schon damals beim Abseilen aus der ‚Ottovolante' eine viel günstigere Gelegenheit gehabt, sie um die Ecke zu bringen.

Mit einem mulmigen Gefühl drückte sie den Klingelknopf. Die Tür sprang auf.

Im Erdgeschoss residierte ein Anwaltsbüro. Clara stieg über Marmorstufen in einem hallenden Treppenhaus empor. Thomas verdiente offenbar gut. Was nicht erstaunlich war bei einem Professor ohne Familie.

Er erwartete sie an der Tür, eine asketische Gestalt in Schwarz. Kein Lächeln. Er gab ihr die Hand. „Danke, dass du keine Angst vor mir hast, Clara. Nach all dem, was ich getan habe, musst du mich für ziemlich verrückt halten."

Clara betrat eine Diele mit Designermöbeln in Stahlgrau. „Stimmt. Aber dass du mich umbringst, halte ich für ein vertretbares Restrisiko, nicht schlimmer als bei Lawinenwarnstufe zwei."

Er führte sie in einen Raum, dessen Wände lückenlos mit Büchern gepflastert waren. Silbergraue Vorhänge blähten sich in dem leichten Wind, der durch die geöffneten Fenster hereinwehte. In der Mitte stand ein Schreibtisch aus Plexiglas mit einem Computer-Bildschirm. Thomas rollte einen zweiten Sessel heran. „Wie geht's deiner Kopfverletzung?"

„Die Ärztin hat sie frisch verpflastert und mir erklärt, dass Herunterfallen aus medizinischer Sicht nicht empfehlenswert sei. Hast du etwas über Daniel herausgefunden?"

„Ich werde es dir gleich zeigen. Wie ist es dir denn bei der alten Dame ergangen?“

Sie erzählte es ihm.

Thomas nickte. „Das passt sehr gut zu meinen Recherchen.“

Er klickte auf Daniels Facebook-Seite. Sein Profilbild lächelte breit. Darunter stand eine von goldenen und orangefarbenen Schnörkeln umrahmte Ankündigung: „Innovatives künstlerisches Großprojekt – das Ich als Kunst“.

Clara brach in Gelächter aus. „Das ist typisch Daniel!“

Sie studierte den dazu gehörenden Aufruf zum Crowdfunding. War wirklich jemand so blöd, dass er für Daniels „Ich-Projekt“ Geld locker machte?

„Ich glaube, Daniel braucht dringend Geld“, kommentierte Thomas. „In keiner der aktuellen Kunstzeitschriften wird über dieses sogenannte Großprojekt berichtet. Und ich habe stundenlang frühere Ausgaben durchforstet. Seit etwa eineinhalb Jahren ist Daniels Name nirgends mehr erwähnt worden.“

Clara ärgerte sich, dass sie das freute. Sie blickte zum Fenster hinaus ins Grün einer Kastanie. Das mit Daniel war erst dann wirklich vorbei, wenn er ihr gleichgültig war.

Sie wandte sich wieder Thomas zu. „Als wir uns getrennt haben, wurde er überall als aufstrebender junger Künstler gehandelt.“

Thomas lächelte zynisch. „Kein Wunder. Die Bilder auf seiner Website sind miserabel.“

Clara kicherte. „Aber das allein hätte nicht gereicht, um seine Werke so teuer zu verkaufen. Eine renommierte Münchner Galerie hat Daniel ausgestellt und gut vermarktet.“

„Dann gib mir bitte die Adresse.“

***

Thomas hatte sich herausgeputzt, um den interessierten Kunstkäufer zu mimen, schwarzer Anzug, schwarzes Hemd und eine Seidenkrawatte mit abstraktem gelb-schwarzem Muster.

Er sah sich in dem großen Raum um, in dem verschlungene Gebilde aus bunten Plastikröhren ausgestellt waren. An den Wänden hingen Werke von Sigmar Polke.

Thomas hatte auf der Website der Galerie nichts über Daniel Behr gefunden.

Aus dem Hintergrund löste sich die rundliche Gestalt einer kleinen Frau mit leuchtend blauen High Heels und einem ebensolchen Kostüm; sie begrüßte ihn und stellte sich vor, was nicht nötig war, denn er kannte das Gesicht von Evelyn Heimstein bereits aus dem Internet. Sie mochte um die vierzig sein, das goldbraune Haar war kurz geschnitten.

„Möchten Sie sich nur umschauen, oder kann ich Ihnen irgendwie helfen?"

Thomas zeigte auf die Plastikröhren. „Damit kann ich ehrlich gesagt nichts anfangen."

Daniels Bilder waren im Wesentlichen bunt, abstrakt und von handlichem Format, damit sie bei wohlhabenden Leuten übers Sofa passten. Allerdings hatte er auch ein paar elefantengroße Varianten geschaffen, die sich für Ausstellungen und die Foyers von Banken eigneten.

„Ich bräuchte noch etwas für mein Wohnzimmer", fuhr Thomas fort. „Es ist in Weiß und Grau gehalten. Als Kontrast hätte ich gern ein Bild mit kräftigen Farben."

„Da hätten wir einiges, was für Sie in Frage käme."

Sie führte ihn in weitere Ausstellungsräume; Thomas zeigte keine Begeisterung, wobei er durchaus nicht schauspielern musste.

Die Chefin schickte eine Kollegin in die Verkaufsräume und ließ sich zusammen mit Thomas in einem im Biedermeierstil eingerichteten Hinterzimmer nieder, wo Kaffee und Pralinen bereitstanden. Evelyn Heimstein wählte eine Rumtrüffel aus. „Sollte das Werk besonders repräsentativ sein, von einem berühmten Künstler? Oder spielt bei Ihnen auch eine mögliche Wertsteigerung eine gewisse Rolle?"

„Beides nicht. Ich schaue Bilder nämlich an."

Sie hatte Grübchen beim Lächeln. „Wirklich? Na dann ist der Erwerb eines Kunstwerks natürlich viel schwieriger."

„Und es wäre praktisch, wenn es durch meine Tür passt", fuhr Thomas fort.

Sie lachte. „Ein kunstsinniger Kunde mit praktischem Sinn. Ich freue mich sehr, Sie kennenzulernen."

Thomas versuchte, das Gespräch in die gewollte Richtung zu lenken. „Ein Bekannter von mir hat bei Ihnen vor einiger Zeit ein Bild erstanden. Ein abstraktes Gebilde in Orange und Rot, das leider in einem Raum mit violettem Teppich hing."

Sie war dezent geschminkt, in einem Mundwinkel klebte jetzt etwas Schokolade. „Wissen Sie, wie dieser Künstler hieß?"

„Ja. Mein Bekannter war stolz darauf, einen echten Daniel Behr zu besitzen."

Ihr Gesicht verdüsterte sich, sie presste ihre Lippen fest aufeinander. Da war irgendetwas gewesen mit Daniel.

„Dieser Künstler würde mich interessieren", fuhr Thomas fort.

„Tut mir leid. Daniel Behr führen wir nicht mehr."

„Warum nicht?"

„Nun ja." Sie wirkte fast verlegen. „Er kam mit seiner Neuauflage des abstrakten Expressionismus bei vielen Kunden ganz gut an, aber dann ging der Trend wieder mehr zum Gegenständlichen."

„Und Sie? Was haben Sie von Daniel Behr gehalten?"

„Er verkaufte sich gut."

Der Doppelsinn war zweifellos beabsichtigt. Sie lächelte bitter.

Thomas verabschiedete sich und erklärte, er werde vielleicht wiederkommen, um sich das eine oder andere Bild noch einmal anzusehen.

„Das würde mich wirklich sehr freuen!", sagte Evelyn Heimstein, und es klang ehrlich.

Thomas war überrascht, sich sagen zu hören: „Ich würde Sie gerne zum Essen einladen. Haben Sie heute Abend schon etwas vor?“

Sie sah ihn an. Schien zu überlegen. Dann ein warmes Lächeln. „Eigentlich gerne. Heute geht es leider nicht. Aber Mittwochmittag hätte ich Zeit.“

„Wunderbar. Wie wäre es mit dem ‚Acquarello‘? Das ist ein Feinschmeckerlokal, in dem sie auch Mittagsmenüs anbieten.“

„Ich kenne es. Dort zu essen ist ein Vergnügen.“

Auf dem Weg zur U-Bahn fragte sich Thomas, was zum Teufel in ihn gefahren war. Der Tod von Henrik hatte etwas in ihm verändert. Vielleicht spielte es eine Rolle, dass er jetzt nicht mehr von Racheplänen besessen war. Zum ersten Mal nach Isabells schrecklichem Ende interessierte ihn wieder eine Frau. Eigentlich war es schade, dass er bald nicht mehr in München sein würde.

Dann war er zurück in seiner Wohnung. Er schloss die Tür hinter sich.

Schwärze rollte heran und raubte ihm die Luft. Bilder in schrillen Farben. Henrik mit blaurot verfärbtem Gesicht, er japste und keuchte. Isabell, wimmernd, mit verrenkten Gliedern, überall Blut.

Eine kreischende Säge fräste sich in Thomas’ Herz. Seine Beine gaben nach. Er kauerte auf dem Boden, die Arme um die Knie geschlungen, und schaukelte vor und zurück.

***

Clara ging mit dem Telefon in der Hand in ihrem Arbeitszimmer auf und ab. Die Einrichtung bestand im Wesentlichen aus einem vier Meter langen Tisch mit drei Bildschirmen, einem Hometrainer und zwei offenen Wandschränken, die mit Computerteilen, Kabeln und Büchern vollgestopft waren. „Sie können Ihre Schwester am Freitag besuchen“, sagte Elisa Giallo. „Am Vormittag um neun Uhr. Ich hoffe, Sie können das einrichten.“

Um den Bergsommer möglichst lange zu nutzen, hatte Clara erst ab Oktober größere Aufträge angenommen. „Das klappt schon. Wie geht es Marianne?“

Die Anwältin klang beinahe fröhlich. „Sie beklagte sich über das Gefängnisessen, weil es dick macht, ich habe ihr Lieferungen aus dem Naturkostladen organisiert. Und sie lernt Italienisch. Ihr ist langweilig – was bedeutet, dass sie nicht mehr so niedergeschlagen ist.“

Clara atmete auf. „Hat sich bei den Ermittlungen etwas Neues ergeben?“

„Soweit ich weiß nicht. Die Pathologie hat die Leiche freigegeben, die Beerdigung kann demnächst stattfinden.“

Clara lachte trocken auf. „Sieht so aus, als müsste sich der Mörder um die Beerdigung seines Opfers kümmern.“

Giallo stieß einen erstaunten Laut aus. „Glauben Sie, dass es der Bruder war?“

„Höchstwahrscheinlich.“

„Warum?“

„Das erzähle ich Ihnen, wenn ich in Bozen bin. Ich recherchiere noch.“

„Achten Sie bitte unbedingt darauf, dass er nichts davon bemerkt“, erwiderte die Anwältin. „Wenn der Bruder wirklich der Täter ist, könnte er noch einen Mord begehen.“

Clara lachte. „Wenn ich das zweite Opfer bin, wird man Marianne bestimmt freilassen.“

„Auch wenn Sie eine Kletterin sind, sollten Sie nicht mit Ihrem Leben spielen.“

Nach dem Gespräch ließ sich Clara auf ihrem Bürostuhl nieder und schloss die Augen. Wie sollte sie weitermachen?

Sie musste der Sache mit den Tabletten nachgehen, die man in Mariannes Zimmer gefunden hatte. Hatte Daniel einen Arzt besucht, von Allergiesymptomen erzählt und ein Rezept erhalten? Nein. Er hatte kaum Zeit dazu gehabt. Und die Polizei konnte das leicht herausfinden.

Nach Aussage der alten Frau Behr wollten Daniel und Mela heiraten, also musste auch Mela daran liegen, Marianne als Erbin abzuservieren. Vielleicht hatte Daniel ihr erzählt, dass er Thomas' Mordplan ausgeführt und Thomas die Medikamente mitgenommen hatte.

Hatte Mela dem Mörder geholfen und die Tabletten beschafft, die dann bei Marianne versteckt wurden? Vielleicht kannte sie Ärzte oder Apotheker, die ihr einen Gefallen taten. Clara ging auf Facebook. Mela stellte sich dort als Model vor, zeigte sich im Bikini, im Abendkleid. Ihre Freundesliste war lang; Ärzte oder Apotheker waren nicht darunter. Bei einigen konnte Clara allerdings nicht feststellen, welche Berufe sie hatten.

Mela selber konnte sie unmöglich befragen. Schon der Gedanke daran war unangenehm. Und sie würde ihr nichts erzählen, was sie selbst oder Daniel belasten konnte.

Clara trat hinaus auf ihren Balkon und schaute ins Grün des Gartens, den die Mieterin im Erdgeschoss pflegte. Das Ende des Sommers hing bereits in der Luft. Im Beet leuchteten lila Astern und gelbe Chrysanthemen, Phlox duftete bis zu ihr herauf. Hinter der Mauer zum Nachbargarten lag wohl noch ein einsamer Klemmkeil. Daniel war ein Reinfall gewesen. Jahrelang hatte sie sich über ihn Illusionen gemacht. Offenbar war sie nicht imstande, Männer richtig einzuschätzen. Es war besser, wenn sie das mit Gero bald beendete. Sie hatten nur einmal Sex gehabt und einander keine Versprechungen gemacht. Aber er gefiel ihr viel zu gut, und sie wollte sich nicht ernsthaft in ihn verlieben. Andererseits war es nicht einfach, einen Mann aufzutreiben, der gut im Bett war und obendrein super kletterte. Vielleicht konnte sie sich doch noch zwei- oder dreimal mit ihm treffen …

Ihr Handy vibrierte in der Hosentasche.

„Hi Clara. Wann sehen wir uns? Mein Bett ist so kalt."

Wenn man an den Teufel dachte …

„Kauf dir doch eine Wärmflasche!" Es klang ruppig, aber das war okay. Er sollte sich bloß nichts einbilden.

„Ich mag im Bett keine Flaschen. Lieber etwas richtig Heißes wie dich! Sehen wir uns heute Abend?“

Sie musste Abstand halten. „Heute nicht. Ein andermal vielleicht.“

„Hast du mich schon abserviert?“

„Ich bin nicht die Bedienung – ich habe dir noch nie etwas serviert.“

Ein Seufzer. „Na gut. Reden wir über etwas anderes. Wie geht es Marianne?“

Sie erzählte ihm von Elisa Giallos Anruf und von ihrem geplanten Besuch im Gefängnis. „Ich werde am Donnerstag hinfahren, im Hotel übernachten und sie am Freitagvormittag besuchen“, schloss sie.

„Ich hätte einen besseren Vorschlag“, sagte Gero. „Fahren wir Mittwochnacht zusammen in die Dolomiten, und am Donnerstag klettern wir ‚The Wall‘. Und während du Marianne besuchst, schaue ich mir Bozen an. Das Wetter wird perfekt!“

Diese Tour war ein fast unwiderstehliches Angebot. Wenn das Wetter hielt, hätte sie gute Lust, auch noch am Wochenende dort zu bleiben und mit Gero zu klettern und ... Nein, das ging nicht, sie musste Mörder jagen. Clara reckte sich, streckte und beugte ihre Finger; sie waren noch ein bisschen steif von der Kletterei vorgestern in der „Ottovolante“. Spätestens morgen wäre sie voll erholt.

„Ich glaube nicht, dass ich bei dieser Route Panik schiebe wie damals zusammen mit Henrik“, fügte Gero hinzu. „Die soll ja super gesichert sein.“

„Gut. Dann also bis Mittwochabend – so um zehn. Früher kann ich leider nicht weg, ich muss noch einige Arbeiten erledigen, wenn ich am Donnerstag klettern will.“

Die Suche nach dem Täter ging weiter. Clara durfte sich nicht darauf versteifen, dass es Daniel war.

Sie rief Wilfried an und verabredete sich mit ihm für Dienstagnachmittag in der Kletterhalle in Thalkirchen. „Max ist aber mit dabei, er hat zuerst gefragt“, sagte Wilfried.

„Nicht so schlimm“, erwiderte Clara.

Wilfried lachte. „Das sind ja ganz neue Töne. Er hat ein paar Andeutungen gemacht, er wäre deine große Liebe.“

„Wie kommt er denn darauf?“

Wilfrieds Stimme klang spöttisch. „Er meinte, er sei der einzige Single in der Klettergruppe, mit dem du noch nie geflirtet hättest, das lasse auf tiefere Gefühle schließen. Worauf ich ihm geantwortet habe, dass wohl zwischen dir und Gero etwas am Laufen sei. Das stimmt doch, oder? Jedenfalls hatte ich letzten Freitag den Eindruck, als ihr von dieser Wanderung zurückgekommen seid. Ihr habt gestrahlt wie Honigkuchenpferde.“

„Was hat Max dazu gesagt?“

„Dass du vor wahrer Liebe Angst hättest.“

17. KAPITEL

Dienstag, 26. August

Kletterhallen waren für Kletterer dasselbe wie einst die Hütten: wichtige Treffpunkte, in denen man ratschen, sich verabreden und neue Leute kennenlernen konnte. Clara ging mindestens zweimal pro Woche ins Kletter- und Boulderzentrum im Münchner Stadtteil Thalkirchen.

Zu dem Gebäudekomplex gehörte auch die sogenannte Neue Halle, ein mehr als 15 Meter hoher Raum mit teilweise überhängenden, verwinkelten Seitenwänden und einem bergähnlichen Gebilde in der Mitte. Alle Flächen, abgesehen von Boden und Dach, waren über und über mit bunten Plastikteilen besetzt, die von den Kletterern als Griffe und Tritte benutzt wurden.

Schon jetzt am späten Nachmittag waren fast alle Routen außer den allerschwersten belegt; es stank nach dem Gummi des Hallenbodens, Schweiß und Käsefüßen, die meist ohne Socken in den Kletterschuhen steckten.

Clara entdeckte Max im Sektor „Sint Roc links" in einer Route mit rosa Miniknurpseln, Wilfried sicherte ihn. Clara hielt sich im Hintergrund und beobachtete die beiden. War einer von ihnen ein Mörder?

„Pass auf! Pass doch auf!", kreischte Max.

Wilfried stand gelassen da und ließ das Seil durch das Sicherungsgerät gleiten. „Bin dabei."

Weit konnte Max nicht fallen. Der Haken befand sich etwa in Höhe seiner Taille. „Zieh ein!"

Wilfried straffte das Seil, sodass man darauf hätte Gitarre spielen können. Max setzte einen zitternden Fuß auf einen etwas höheren Tritt und schob sich damit ein Stück höher. „Seil, Seeeil!" Ein entsetztes Aufstöhnen. „Nicht so viel!"

Wilfried holte zehn Zentimeter Seil ein.

„Pass auf!!!"

Der Schrei gellte durch die Halle. Max fiel und baumelte zwei Meter unter dem Haken. „Du hast mich durchrauschen lassen!“

Wilfried grinste breit. „Ein Glück, dass nichts passiert ist.“

Wie immer ignorierte Max die Ironie. „Für die Stelle bin ich einfach zu klein. Lass mich runter.“

Max schwebte Richtung Boden, erblickte Clara und winkte ihr zu. „Hi Clara. Hast du schon die grüne Acht plus gemacht? Die kann ich dir empfehlen, der Heidelzack hat das toll geschraubt. Ist aber krass überbewertet, ich würde sagen eher acht minus.“

Clara verschluckte eine bissige Antwort. Sie wollte Max später noch wegen Henrik Fragen stellen, es wäre dumm, ihn zu verärgern. „Hallo ihr zwei. Wie fühlt sich das Kunstgebirge nach dem Urlaub an?“

„Das ist viel effektiver, als draußen zu klettern“, sagte Max. „Und ich habe jetzt ein neues Trainingsprogramm. Jeden zweiten Tag klettern, aber nur ganz leicht, und dazu Klimmzugserien und Sit-ups und ...“

Clara schaltete die Ohren aus und band sich ein. Die mit blauen Griffen gespickte Sechs minus links von den rosa Kleinteilen war genau richtig zum Aufwärmen. Und schwer klettern würde sie heute sowieso nicht, sie brauchte ihre Kraft übermorgen in „The Wall“.

Beim Klettern zu dritt war es normalerweise nett, dass der Sichernde sich mit demjenigen unterhalten konnte, der gerade Pause machte. Nicht so mit Max. Er informierte Clara über die Feinheiten seines Trainingsprogramms, bis es ihr herausrutschte, sie ließe sich das gern erklären, wenn er dadurch tatsächlich einen halben Grad schwerer kletterte. Eine Weile war er still, dann fragte er nach Marianne. Clara erzählte von ihrem Plan, mit Gero zu „The Wall“ zu fahren und ihre Schwester danach im Gefängnis zu besuchen.

Wilfried, der gerade mit seiner Route fertig war, knüpfte seinen Anseilknoten auf. „In eine so schwere Tour würde ich mit einem alpinen Anfänger wie Gero nie einsteigen, und wenn er noch so gut klettert."

„Aber das ist doch eher Sportklettern und ordentlich gesichert und kein Bruchfels", wandte Clara ein.

Natürlich musste auch Max seinen Senf dazu geben. „Trotzdem würde ich dir abraten, das mit Gero zu machen. Aber wir wären ein tolles Team, Clara. Ich könnte mir zwei oder drei Tage freinehmen. Natürlich steige ich die schweren Seillängen gern vor."

Clara verkniff sich einen Kommentar und erklärte, sie hätte sich mit Gero verabredet, und daran würde sie sich halten.

Kaffeepause im Bistro, zum Glück ohne Max, der noch eine Krafteinheit am Steckbrett absolvieren wollte.

„Ich möchte Marianne möglichst bald besuchen", sagte Wilfried. „Bitte frage die Anwältin, ob sie das organisieren kann."

Clara sah ihn an. „Du magst Marianne sehr, oder?"

Wilfried stocherte in seinem Käsekuchen herum und sagte nichts.

Clara gegenüber war Wilfried immer recht verschlossen. Um etwas aus ihm herauszuholen, musste sie ihn provozieren. Sie räusperte sich. „Hast du Henrik umgebracht?"

Wilfrieds Gabel fiel auf den Boden. Er bückte sich, hob sie auf und wich Claras Blick aus. „Das ist kompletter Unsinn. Das war ein Unfall, das wird die Polizei schon noch herausfinden, und dann kommt Marianne frei."

Er zeigte keine Gefühle. Neuer Versuch. „Hast du Marianne die Allergietabletten untergeschoben?"

Wilfried fuhr auf. „Du – du spinnst, Clara! So etwas würde ich nie tun!"

Zwei Kletterinnen, die drei Tische entfernt saßen, schauten zu ihnen herüber.

Wilfrieds breiter Brustkorb hob und senkte sich, er ballte die Fäuste. Gut so. Vielleicht konnte sie ihn mit einer Lüge noch weiter aus der Reserve locken. „Die Anwältin glaubt, dass Marianne mindestens zehn Jahre bekommen wird.“

Wilfried starrte Clara an. Sein Mund klappte auf und zu, aber es kam kein Ton heraus.

„Es sei denn, ein anderer gesteht die Tat“, fuhr Clara fort.

In Wilfrieds Gesicht arbeitete es. Plötzlich sprang er auf, riss seinen Rucksack an sich und eilte im Laufschritt davon.

Was hatte das nun zu bedeuten? Dass Wilfried der Mörder war? Aber so, wie er reagiert hatte, erschien es völlig widersinnig, dass er Marianne durch die Tabletten belastet hatte! Ach so – natürlich! Warum war sie nicht früher darauf gekommen?

Da gab es einen ganz wichtigen Punkt, den sie und Thomas bisher übersehen hatten. Henriks Mörder und derjenige, der bei Marianne die Tabletten versteckt hatte, waren nicht zwangsläufig ein und dieselbe Person.

Vielleicht war Wilfried der Mörder, und Daniel hatte die Gelegenheit genutzt und ihr die Tabletten untergeschoben, damit sie verurteilt wurde und er Henriks Haus erbte. Wenn Wilfried der Mörder war, musste er sich furchtbar fühlen: Er hatte seinen Rivalen beseitigt – und die Frau, die er liebte, würde für viele Jahre ins Gefängnis kommen.

Wilfried, Daniel, Max, Lisa und Thomas tanzten in Claras Kopf herum, sie trugen Masken, schnitten Grimassen ...

Clara schüttelte ihre wirren Gedanken ab, trank ihren Kaffee aus und ging hinaus zu den überdachten Fahrradständern. Dort traf sie Max, der gerade sein Mountainbike aufschloss.

„Clara! Gut, dass ich dich noch treffe, sonst hätte ich dich angerufen. Ich muss dir etwas sehr Wichtiges erzählen. Hast du heute Abend Zeit? Wir könnten miteinander einen Spaziergang an der Isar entlang machen.“

„Warum sagst du mir nicht gleich, worum es geht?“ Mist. Es war wirklich schwer, nicht gereizt auf ihn zu reagieren.

Max beugte sich zu ihr und flüsterte viel zu nahe an ihrem Ohr: „Ich weiß, wer Henrik ermordet hat. Ich wollte dich vor ihm warnen.“

18. KAPITEL

Clara hatte Max zum Abendessen eingeladen. Jetzt saß sie ihm am gedeckten Tisch gegenüber und bereute es. Er hatte nicht nur ein Trainings-, sondern auch ein neues Ernährungsprogramm ausgetüftelt und belehrte sie: Bloß keinen falsch herum drehenden Joghurt. Wer Bonbons aß, riskierte ein vorzeitiges Ableben durch Zuckervergiftung.

Der Geruch von Steaks mit Rosmarin hing in dem mit Terrakottafliesen und hellem Holz gestalteten Raum, der Clara gleichzeitig als Küche und Wohnzimmer diente. Es war schwülwarm; sie hatte die Balkontür geöffnet. Von draußen tönte das Rauschen der Stadt und das Gelächter von Nachbarn bei einer Grillparty.

Max hatte sein rotblondes Haar mit Gel strubblig gestylt und trotz der Hitze sein schwarzes Armani-Jackett anbehalten. War ihm klar, dass er darin besser aussah als in Kletterklamotten, die seinen schmächtigen Körper betonten? Clara bezweifelte es; realistische Selbsteinschätzung war nicht Max' Stärke. Als er sich ein großes Stück Fleisch abschnitt und in den Mund schob, ergriff sie die Chance, zu Wort zu kommen. „Und jetzt sage mir bitte, wen du für den Mörder hältst und warum."

Max kaute eine Weile.

„Du wolltest mich warnen. Vor wem?"

„Vor Gero, er ist ein Verbrecher!", brach es aus Max heraus. „Er war ein Jahr lang im Gefängnis."

Das war bestimmt wieder einmal ein Fantasieprodukt von Max. Hoffentlich. Clara schaute ihn auffordernd an. „Erzähl mir mehr darüber."

Er blieb eine Weile still, für ihn eine beachtliche Leistung. Dann flüsterte er bedeutungsvoll: „Du bist in großer Gefahr, wenn du mit Gero wegfährst!"

„Woher weißt du, dass er im Gefängnis war?"

Max machte ein ernstes Gesicht. „Ich habe meine Quellen."

Blödes James-Bond-Getue. „Max. Woher weißt du das?"
Er blickte auf seinen Teller. Dann auf den gerahmten Druck über dem Sofa, die fröhlich springende gelbe Kuh von Franz Marc. „Ich schwöre dir, Clara, ich sage die Wahrheit. Wenn du mit diesem Kerl in die Dolomiten fährst, kehrst du nicht mehr zurück."

Clara seufzte. „Deine Schwüre reichen mir nicht."

Max trank einen Schluck Bier. Sagte nichts.

„Wenn du mich davon abhalten willst, mit Gero zu fahren, muss ich mehr wissen."

„Na gut. Hier ist der Beweis."

Er zog einen Umschlag aus der Innentasche seines Jacketts, warf ihn auf den Tisch und entnahm ihm mehrere Computerausdrucke. Clara griff danach. Und las die ersten Zeilen: Privatdetektei Albrecht J. Krüger & Jeff Johnson. Betreff: Gero Hanitz.

Clara überflog den Text. Ihr Herz klopfte heftig. Das war ja der Hammer! Mit zitternden Fingern griff sie nach der Seite mit der Überschrift „Gerichtsurteil". Der 17 Jahre alte Gero Hanitz war zu einem halben Jahr Jugendgefängnis verurteilt worden. Er hatte einen Lehrer krankenhausreif geschlagen.

Das hatte er ihr verschwiegen, dabei hatte sie den Eindruck gehabt, er hätte ihr das Wichtigste über sich erzählt. Was für eine Enttäuschung ... Sie versuchte, ihre Stimme sachlich klingen zu lassen. „Max, warum hast du ein Detektivbüro beauftragt?"

Er rutschte auf dem Stuhl hin und her. Blickte zu Boden. Sein Gesicht lief rosa an. „Gero war mir von Anfang an unsympathisch. Ich habe mich gewundert, warum, äh …"

„Warum was?"

Er biss sich auf die Lippen, dann stieß er einen langen Seufzer aus. „Ich liebe dich, Clara."

Oh je, armer Kerl. Er musste etwas mitbekommen haben von ihrem Interesse an Gero, und zwar bevor Wilfried ihn darauf hingewiesen hatte. In seiner Eifersucht hatte Max ein

Detektivbüro beauftragt, um alles über seinen Rivalen herauszubekommen. Wie peinlich.

„Wir sind füreinander bestimmt, Clara."

„Max, das ist Bollywood. Ich finde, wir passen überhaupt nicht zusammen."

„Du hast nur Angst, deine Gefühle zuzulassen", erwiderte Max und ergriff ihre Hand. Clara entzog sie ihm schnell, seine Berührung widerte sie an. Was musste sie noch tun, damit er es endlich begriff?

„Ich sage es dir jetzt ein für alle Mal: Ich liebe dich nicht!"

Er schüttelte lächelnd den Kopf. „Du kennst dich selbst nicht, Clara. Ich warte auf dich."

Sie musste ihm helfen, von seinen Fantastereien wegzukommen, auch wenn ihm das wehtat. „Bitte höre mir zu, Max. Höre – mir – zu!"

Er schaute sie an. Offenbar hatte sie jetzt seine volle Aufmerksamkeit.

„Stelle dich der Wahrheit, auch wenn sie hart ist. Du fantasierst und erzählst Lügen, an die du vielleicht selber glaubst. Du musst das ändern, sonst nimmt dich nie jemand ernst."

Max stieß einen seltsamen Laut aus – zwischen Keuchen und Seufzen. Dann erwiderte er mit gepresster Stimme: „Lügen – von welchen Lügen redest du – das ist doch völlig absurd!"

Sie konnte sich nicht mehr zurückhalten, die Worte sprudelten aus ihr heraus. „Du schaffst kaum einen Achter und gibst mit deinen Erfolgen bei Neunern an. Du merkst nicht, dass du mir fürchterlich auf die Nerven gehst, und bildest dir ein, ich würde dich lieben ..."

Max stand auf. Er schwankte und hielt sich an der Stuhlkante fest.

„Max – ich kenne da eine Psychologin ..."

Die Klingel summte. Clara ging hinaus in den Flur und öffnete die Tür.

Gero strahlte sie an. „Clara! Ich habe es nicht mehr bis Mittwoch ausgehalten."

Er versuchte sie zu umarmen, aber sie stieß ihn von sich. „Ich bin sauer auf dich. Wir können später darüber reden, nicht heute Abend!“

„Ja, lass uns allein, du Verbrecher!“, ertönte die Stimme von Max hinter Clara.

Gero schob sie zur Seite und baute sich vor Max auf. „Was machst du denn hier?“

„Clara hat mich zum Abendessen eingeladen. Ich habe ihr bewiesen, dass du im Gefängnis warst. Wenn du nicht sofort gehst, ist das Hausfriedensbruch.“

Clara hatte genug. „Ich will, dass ihr jetzt beide geht. Raus mit euch!“

„Dein Wunsch ist mir Befehl.“ Gero packte Max um die Taille, hob ihn hoch, warf ihn über seine Schulter und marschierte die Treppe hinunter.

Clara starrte dem Hünen mit seinem zappelnden Opfer hinterher. Sie knallte die Tür zu, räumte das übriggebliebene Essen in den Kühlschrank und stellte das Geschirr in die Maschine. Gero war ein Knacki. Gerade eben hatte er gezeigt, dass er immer noch gerne handgreiflich wurde. Aber der hilflos abgeschleppte Max … Sie kicherte. Obwohl er ihr leid tat. Sie hatte ihn nach seiner Liebeserklärung zu hart angefasst. Jetzt hatte er einiges zu verdauen. Aber vielleicht – vielleicht war doch etwas dran an seinem Verdacht, Gero wäre ein Mörder? Er hatte einen Hang zur Gewalttätigkeit. Und genau wie Daniel hatte er sie nicht hinter seine Fassade blicken lassen. Im verliebten Zustand war Clara offenbar blind wie eine Fledermaus ohne Radarsystem. Sie musste versuchen, Gero rational einzuschätzen. Diese Szene damals nach dem Erstbegehungsversuch mit Henrik …

Um seine Tour vollenden zu können, hatte Henrik seinen Seilgefährten in eine lebensgefährliche Situation gebracht. In seiner Todesangst empfand Gero wahrscheinlich Wut, ja Hass auf ihn. Und dann setzte Henrik noch eins drauf, indem er ihn vor der gesamten Gruppe als Versager hinstellte. Clara erinnerte sich noch wörtlich an Henriks Antwort: „Du warst so im Stress, dass du in dem Pipifax-Gelände in die Hose gepieselt hast."

Geros Blick damals – Clara schauderte. Hatte er in der folgenden Nacht Thomas beobachtet und die Gelegenheit ergriffen, sich für die Demütigung zu rächen?

Bei einem sogenannten normalen Menschen wäre das kein Motiv. Aber Mörder waren eben nicht normal, und Geros Vergangenheit auch nicht.

Clara war schon einmal auf einen selbstsüchtigen Betrüger hereingefallen – hatte sie vor kurzem mit einem Mörder gevögelt?

Es schüttelte sie. Ihr Magen fühlte sich schräg an.

Sie setzte sich an den Couchtisch und studierte die Ausdrucke mit dem Bericht des Detektivbüros.

Widerstand gegen die Staatsgewalt; Mitglied einer kriminellen Vereinigung, der „City Shooters"; bekannter Schläger.

Clara stutzte. Vom Garten her kam ein leises, knackendes Geräusch – vielleicht ein Tier draußen im Gebüsch. Sie las weiter.

Gero Hanitz stritt seine Tat nicht ab und brachte sogar seine Freude darüber zum Ausdruck, dass sein Opfer wegen der zerschmetterten Kniescheibe in Zukunft hinken würde und schwere psychische –

Da – schon wieder. Dieses Mal klang es wie ein Scharren oder Kratzen. Vielleicht fegte ihr Nachbar seine Terrasse, er veranstaltete oft spät am Abend noch Grillfeste.

Schrrrr. Lauter als vorher.

Das Papier entglitt Claras Hand. Sie sprang vom Sofa auf, ging hinaus auf ihren Balkon. In der Wohnung ihres Nachbarn brannte kein Licht, seine Terrasse war leer. Sie starrte in die Düsternis der Büsche und Bäume. Nichts bewegte sich. Sie war wohl ein bisschen nervös, was kein Wunder war, da gerade erst zwei Männer bei ihr zu Besuch gewesen waren, die beide Mörder sein konnten.

Rums, ein Schlag, ein Keuchen. Finger umkrallten die unterste Querstrebe des Balkons, jemand war hochgesprungen

– weg hier! Clara drehte sich um, rannte ins Zimmer, stolperte über den Sessel neben dem Couchtisch und knallte der Länge nach auf den Boden. Sie stöhnte, richtete sich halb auf – eine dunkle Gestalt schwang sich über die Brüstung ihres Balkons! Hastig rappelte sich Clara vollends hoch.

Geros massiger Körper füllte den Türrahmen. „Guten Abend, Clara. Das war kein schwerer Boulder."

Ihr Blick huschte durchs Zimmer. Wo war nur ihr Handy? „Raus hier! Verschwinde, sonst rufe ich die Polizei!"

„Das würde ich dir nicht raten."

Gero kam auf sie zu. Dort im Regal lag ihr Smartphone! Sie streckte die Hand danach aus – er schob ihren Arm mühelos beiseite.

Ihr blieb nichts anderes übrig, als Zeit zu schinden. Sie musste ihn in ein Gespräch verwickeln, ihn ablenken, dann konnte sie ihm vielleicht die Vase da drüben über den Schädel ziehen …

„Du würdest etwas verpassen", fuhr Gero fort.

Was um Himmels willen meinte er damit? Sie versuchte, ihre Stimme nicht allzu ängstlich klingen zu lassen. „Ach – tatsächlich? Was denn?"

„‚The Wall' zusammen mit mir."

Was sollte denn das jetzt?

„Für die nächsten Tage ist der Wetterbericht wirklich super."

Claras Knie gaben nach; sie ließ sich aufs Sofa sinken und zitterte am ganzen Körper. Mit zwei Schritten war er bei ihr. Er ging vor ihr in die Hocke, umfasste ihre Schultern und schaute ihr ins Gesicht. „Clara – du bist ganz blass … Was ist denn los?"

„Ich – ich dachte – du hast mich erschreckt."

Sie brach in Tränen aus. Er setzte sich neben sie und streichelte ihren Rücken. Seine Stimme klang sanft. „Es tut mir so leid. Das wollte ich nicht. Irgendwie habe ich nicht daran gedacht, dass du mich für einen Einbrecher – oder Schlimmeres halten könntest."

„Du hättest mich anrufen können wegen der Tour!"

„Du hast mich rausgeworfen, aber ich wollte unbedingt heute noch mit dir reden."

„Was war denn so dringend?"

„Ich hatte ein schlechtes Gewissen, weil ich dir nichts von meinem Knastaufenthalt erzählt habe, und wollte das in Ordnung bringen."

Hatte sie tatsächlich einen Augenblick lang Angst vor ihm gehabt? So ein Unsinn! Sie schniefte, wischte mit dem Handrücken über ihre Nase und zeigte auf die Papiere, die auf dem Tisch und Boden verstreut lagen. „Max hat eine Detektei beauftragt und mir ihre Erkenntnisse über dein Vorleben zukommen lassen. Er wollte dich als Liebhaber ausbooten."

„Was für eine traurige Figur", sagte Gero und seufzte. „Aber das bin ich auch. Ich hatte schreckliche Angst, du würdest mich fallen lassen. Deshalb habe ich mir eingeredet, es wäre besser, dir vorerst nichts vom Knast zu erzählen."

Sie blickte ihm in die Augen. „Du hast einen Lehrer schwer verletzt. Hast du Henrik umgebracht?"

„Glaubst du das wirklich?"

Clara schüttelte den Kopf.

„Du solltest wissen, was damals passiert ist. Warum ich verurteilt wurde."

„Okay. Schieß los."

Gero rückte ein Stück von ihr ab, lehnte sich zurück und streckte seine Beine aus. „Ich war siebzehn, meine Schwester dreizehn."

Von einer Schwester hatte er bisher nichts erzählt. Warum eigentlich nicht?

„Meine Mutter war am Heroin gestorben, mein Vater trank. Manchmal ist er für mehrere Tage einfach verschwunden und hat mich mit meiner Schwester alleingelassen. Das Jugendamt hätte uns wahrscheinlich geholfen, aber ich wollte nicht ins Heim oder zu Pflegeeltern, sondern mein eigener Herr sein. Ich wurde Mitglied einer Gang in meinem Viertel."

Clara wollte Gero nicht unterbrechen, obwohl ihr tausend Fragen durch den Kopf schossen.

„Ich will nicht entschuldigen, wie ich damals war." Gero sprang vom Sofa hoch und marschierte im Zimmer auf und ab. „Ich hatte ständig eine fürchterliche Wut im Bauch. Und dann habe ich gesehen, wie dieser Scheißpädophile meiner Schwester beim Heimweg von der Schule unter den Rock gegriffen und sie gegen eine Wand gedrückt hat. Ich bin ausgerastet. Er musste mit lädiertem Gebiss, gebrochenen Rippen und einem kaputten Knie ins Krankenhaus."

„Und dafür hast du ein halbes Jahr Gefängnis gekriegt? Ich dachte, bei Jugendlichen gäbe es bei der ersten Tat Bewährung oder zumindest eine weniger strenge Strafe."

„Ich war der Polizei schon ein paarmal aufgefallen. Es war allgemein bekannt, dass ich zu einer Gang gehörte und öfter in Schlägereien verwickelt war. Für meinen Angriff auf den Pädo gab es keine Zeugen außer meiner Schwester, und der glaubte keiner. Dazu kam, dass dieser Arsch ein angesehener Lehrer für Deutsch und Geschichte an meinem Gymnasium war, und jeder wusste, dass wir einander hassten – seit damals, als Thomas mich gegen ihn verteidigt hatte. Dieser Scheißkerl hat mehrmals beantragt, man solle mich als ‚kriminelles Element' von der Schule schmeißen. Und ist damit nicht durchgekommen, weil man mich nie erwischt hat."

Gero ließ sich neben Clara auf das Sofa fallen, dass es ächzte. Er lehnte sich nach hinten und kreuzte die Arme im Nacken. „Natürlich bin ich nach der Sache mit dem Pädo von der Schule geflogen. Das Abitur habe ich später nachgeholt. Möchtest du noch Details, Clara?"

„Vorerst nicht. Ich muss das erst mal verdauen. Magst du etwas zu trinken?"

„Ein Glas Wein wäre nett. Schön, dass du mich nicht mehr hinauswerfen willst."

Clara lächelte. „So stark bin ich nicht."

„Wenn du mir sagst, ich soll gehen, belästige ich dich nicht weiter."

„Also habe ich keinen Wutausbruch zu befürchten?“

Er schüttelte den Kopf. „Inzwischen bin ich ein Paradebeispiel für gelungene Resozialisierung. Manchmal – wenn ich gute Gründe habe – passiert es mir noch, dass mich der Zorn packt, aber dann attackiere ich den Fels, und das hilft.“

Clara holte zwei Weingläser aus ihrem Küchenschrank, stellte sie auf das Tischchen und schenkte von dem Rotwein ein, der vom Abendessen mit Max übriggeblieben war. „Wenn du deine Wut jetzt im Griff hast – was war dann das vorher mit Max?“

„Ich hatte mich voll unter Kontrolle. Und es war legal, ich habe ihn ja auf deinen ausdrücklichen Wunsch hin aus deiner Wohnung entfernt. Dann habe ich ihn auf die Kühlerhaube seines Autos gesetzt und ihm gesagt, er soll sich hier nie mehr blicken lassen.“

Clara nippte an ihrem Wein, stellte das Glas zurück und schob Geros Hand fort, die sich auf ihren Oberschenkel verirrt hatte. „Max wäre sowieso gegangen. Du musst wütend gewesen sein. Oder eifersüchtig, was weiß ich.“

„Auf diesen Loser? Bestimmt nicht. Ich habe Max gesagt, dass ich ihn für einen Mörder halte. Und wenn er dich nicht in Ruhe ließe, bekäme er es mit mir zu tun.“

„Nicht zu fassen. Wie kommst du auf Max? Er bewunderte Henrik und hatte kein Motiv!“

„Oh doch. Ich denke schon.“

Gero erzählte von jenem Abend, an dem Henrik Max klargemacht hatte, dass er ihn für einen Lügner und Versager und für einen miserablen Kletterer hielt. Und dass Max in Tränen ausgebrochen war.

Clara war also nicht die Erste gewesen, die Max damit konfrontiert hatte, wie er wirklich war.

Gero rückte näher an sie heran. Ihre Knie berührten sich. Sie sog genießerisch seinen leichten Zitronenduft ein. „Warum hast du mir das mit Max und Henrik nicht früher erzählt?“

„Zuerst habe ich nicht geglaubt, dass er der Täter sein könnte, er bringt ja nie etwas auf die Reihe. Aber heute habe ich mich mit Thomas getroffen, und er hat mir alles über Isabells Tod erzählt – und von seinem Racheplan."

Das war eine Überraschung. „Thomas hat dich eingeweiht? Warum?"

„Er bat mich, ihm über ein paar alte Connections einen falschen Pass, Führerschein und so weiter zu besorgen. Er will ins Ausland abhauen und dort ein neues Leben anfangen."

Damit war Clara einverstanden. Sie würde Thomas nicht verraten – sein Geständnis auf dem Handy würde sicher reichen, um Marianne freizubekommen.

„Ich glaube, dass Max Thomas beobachtet und seinen Mordplan durchgeführt hat", erklärte Gero. „Es war kein Kunststück, die Flaschen zurückzutauschen. Heute Abend bin ich auch deshalb zu dir gekommen, weil ich dich unbedingt vor Max warnen wollte."

Clara schwirrte der Kopf. Max? Nein, das konnte nicht sein. Der war ein Fantast, kein Mörder!

„Dass es Max war, ist natürlich nur eine Vermutung", sagte Gero. „Aber durch meine Lebensgeschichte und auch als Sozialarbeiter habe ich einiges über Menschen gelernt, die kriminell werden: Die meisten fühlen sich im Grunde als Versager. Und Henrik hat das mühsam aufgebaute falsche Selbstbild von Max gefährdet."

19. KAPITEL

Mittwoch, 27. August

Bevor Thomas Isabell kennengelernt hatte, war Essen für ihn lediglich Nahrungsaufnahme gewesen. Erst durch sie hatte er gelernt, was Genuss war. Aber seit ihrem Tod war es so, als schmecke, rieche und fühle er nichts mehr. Nur wenn er in den Bergen war und sich beim Klettern oder Wandern verausgabte, konnte er seinen Körper spüren, sich am weiten Blick von einem Grat freuen, am Plätschern eines Bachs, am federweichen Smaragdgrün eines Moospolsters.

Jetzt saß er Evelyn gegenüber und sah ihr zu, wie sie eine in Schokoladenmousse getunkte Himbeere an die Lippen führte, sie fast zärtlich in ihren Mund sog und kurz die Augen schloss – es war wie ein Versprechen.

Für seinen Geschmack war das Ambiente im „Acquarello“ in Bogenhausen ein bisschen zu üppig: geschweifte, mit blauem Samt bezogene Stühle, Kellner, die mit eleganten Gesten Gerichte präsentierten, die wie kleine Kunstwerke gestaltet waren. Man hatte Hemmungen, sie mit Messer und Gabel zu attackieren.

Evelyn plauderte und lachte, ohne sich darum zu scheren, dass ihre Stimme sich manchmal über das Murmeln der anderen Gäste erhob. Wie Thomas liebte sie romantische Gedichte, besonders Mörike.

Erst beim Nachtisch redeten sie über persönliche Themen.

Thomas erzählte, dass seine Frau bei einem Kletterunfall gestorben war. Und dass er sie vermisste. Dann fragte er Evelyn, wie es ihr in Liebesdingen bisher ergangen war.

„Bei mir hat die Liebe immer einen bitteren Geschmack hinterlassen. Vielleicht weil ich zu viel in der Kunstszene unterwegs bin, wo es besonders viele Egomanen gibt.“

„Das ist bei extrem leistungsorientierten Kletterern auch so“, sagte Thomas.

„Bist du einer von ihnen?“

„Ich glaube nicht.“ Er schilderte ihr, wie ihm das Wandern im Gebirge Trost spendete. Und erzählte vom Flow, dem Aufgehen in der Bewegung beim Klettern.

„Vielleicht sollte ich das auch versuchen“, sagte Evelyn. „Aber ich bin eher unsportlich und ein bisschen faul.“

Thomas lächelte. „Du würdest dich wundern, auf wie viele begeisterte Kletterer das zutrifft. Am unsportlichsten ist das sogenannte Sportklettern, da läuft man selten länger zum Fels als eine Viertelstunde. Das könnte dir vielleicht gefallen.“

Es gelang Thomas gerade noch, ein „komm doch mit“ zu unterdrücken. Er würde ja bald auswandern. Er lenkte das Gespräch wieder auf Daniel. „Übrigens habe ich über Daniel Behr gehört, dass er ein guter Kletterer ist. Kanntest du ihn näher? Du hast seltsam dreingeschaut, als wir über ihn gesprochen haben.“

Ein langer Seufzer. „Ich war ein halbes Jahr mit ihm zusammen und habe ihn gefördert. Bis ich erfahren habe, dass er eine feste Beziehung mit Mela hatte und mir etwas vorgemacht hat. Ich fühlte mich dick, alt und hässlich. Und Mela war ein bildhübsches Mädchen, das behauptete, sie sei Fotomodell.“

„Behauptete – das klingt so, als würde es nicht stimmen.“

Evelyn lachte bitter. „Ich bin ihr bei meinem Hausarzt begegnet. Sie hat dort geputzt.“

„Manche Leute tun alles für ihre Fassade“, sagte Thomas. „Und Putzfrau klingt für die Ohren von Snobs nicht gut. Übrigens kenne ich eine junge Frau, die sich weigert, sich als ‚Reinigungsfachkraft‘ zu bezeichnen. Sie hat bei mir ihre Doktorarbeit gemacht.“

Beim Kaffee, der von einer Auswahl kunstvoll gestalteter Pralinen begleitet wurde, erkundigte sich Thomas nach Evelyns Hausarzt; er sagte, er sei mit dem seinen nicht zufrieden. Er hasste es zu lügen, aber hier ging es darum, einen Mörder zu überführen.

Gleich nach dem Essen rief Thomas Clara an und erzählte ihr, dass Mela bei einem Arzt putzte.

„Was? Ich habe ihr das mit dem Model sofort geglaubt. Hübsch genug ist sie ja.“

„Wahrscheinlich ist sie für Modenschauen zu klein“, erwiderte Thomas. „Und die Konkurrenz ist bestimmt hart.“

„Daniel muss gewusst haben, dass sie putzt“, sagte Clara. „Dieser Lügner! Er hat immer damit angegeben, dass seine Freundin Fotomodell ist. Na ja, vielleicht hatte sie ja hin und wieder einen Auftrag, konnte aber nicht davon leben.“

Sie verabredeten sich an der U-Bahnstation in der Nähe der Praxis von Dr. Helmsmüller.

***

„Gero hat mir gesagt, dass er über deine Rolle beim Tod von Henrik Bescheid weiß“, eröffnete Clara das Gespräch. „Und dass du abhauen willst.“

„Erst wenn der Täter überführt ist.“

Clara fuhr mit den Fingern durch ihr kurzes schwarzes Haar und legte die Stirn in Falten. „Mela und Daniel sind am Tag von Henriks Tod noch nach München gefahren und irgendwann spät nachts dort angekommen. Als Putzfrau hat Mela wahrscheinlich einen Schlüssel für die Arztpraxis. Dort fälschte sie ein Rezept für die Allergietabletten, und sie oder Daniel löste es am nächsten Morgen in einer Apotheke ein.“

Thomas nickte. „Daniel hatte es eilig – er musste die Tabletten vor einer eventuellen Hausdurchsuchung bei Marianne verstecken. Deshalb nehme ich an, dass er oder Mela das Rezept hier in der Nähe eingelöst hat. Wir sollten die Apotheken in diesem Viertel abklappern.“

„Dann mal los“, sagte Clara. „Puuh, ist das peinlich, unbekannte Menschen auszufragen. Aber für Marianne gebe ich meinem Herzen eben einen Stoß.“

Sie teilten sich das Gebiet auf.

Manchmal wurde Clara abgewiesen, aber meistens versuchten die Leute ihr zu helfen. Niemand erinnerte sich an Daniel oder Mela oder an den Verkauf von Allergietabletten. Vielleicht hatte Daniel lieber Tabletten besorgt als eine Adrenalinspritze, weil das weniger auffiel.

Erst bei Ladenschluss gab Clara auf und rief Thomas an. Auch er hatte nichts herausgefunden.

Es war hoffnungslos.

Immerhin hatte Clara bei einem Besuch in der Praxis von Dr. Helmsmüller von der Arzthelferin erfahren, dass dort tatsächlich jemand namens Mela putzte.

Clara rief Elisa Giallo an und setzte sie über ihre Jagd nach den Tabletten ins Bild.

„Schade, dass Sie nichts herausgefunden haben", sagte die Anwältin. „Wir brauchen Beweise, durch Vermutungen kommt Ihre Schwester nicht frei. Aber wenn Daniel Behr der Täter ist und erfährt, dass Sie in der Praxis nach seiner Freundin gefragt haben, wird es kritisch für Sie. Passen Sie um Himmels willen auf sich auf!"

20. KAPITEL

Clara döste im Beifahrersitz, wachte aber immer wieder auf. Es war ein Uhr nachts. Gero hatte sie am Steuer abgelöst und kurvte nun über den Falzaregopass Richtung Cortina.

Am nächsten Morgen würden sie in „The Wall“ am Großen Falzaregoturm einsteigen. Diese Route war genau das, was Clara liebte: mit Bohrhaken bestens gesichert und so schwer, dass sie alles geben musste und ein bisschen Glück brauchte, um die Route frei klettern zu können. Vielleicht würde sie die Schlüsselstelle mehrmals versuchen ...

Sie passierten die Talstation der Cinque-Torri-Seilbahn. An einer Abzweigung nach rechts wies Clara Gero an, abzubiegen. Dort gab es einen großen, mit Schotter bedeckten Platz im Wald, auf dem sie schon einmal mit der Klettergruppe übernachtet hatte. Am linken Rand, nahe einem kleinen Bach, standen ein paar Autos und zwei Busse. Ob das hier als Schlafplatz legal war, wusste Clara nicht, aber bis morgen früh würde sie bestimmt niemand vertreiben.

Gero parkte möglichst weit von den anderen entfernt und so nah am Waldrand, dass zwischen dem Corsa und den Bäumen noch etwas Platz für ihre Isomatten war.

Sie stiegen aus, Gero trat auf Clara zu, umarmte sie, presste sie an sich. Sie küsste ihn gierig.

Eine Dreiviertelstunde später lag sie erschöpft in ihrem Schlafsack; ihr zusammengeknuddelter Daunenanorak war ihr Kopfkissen. Geros Atem blies in ihren Nacken, sein warmer Körper schmiegte sich an ihren Rücken, und der Wind flüsterte in den Bäumen.

***

Viertel nach zwei Uhr. Der Parkplatz war düster, nur wenige Autos, dunkle Formen, die mit der schwarzen Mauer des Waldes verschmolzen.

Sein Nummernschild war mit Sicherheit nicht erkennbar.

Wenn Gero und Clara hier waren, standen die Chancen für seinen Plan sehr gut.

Er ließ den Bus gleich bei der Einfahrt stehen und stieg aus. Erst einmal umschauen. So tun, als würde er zu Fuß das Gelände erkunden, um einen Übernachtungsplatz auszusuchen. Wenn ihn dabei jemand beobachtete, war das nicht schlimm.

Dort am rechten Rand parkte ein kleines Auto.

Er ging darauf zu.

Tatsächlich, das war Claras Corsa. Weit weg von den anderen. Perfekt.

Es wäre kinderleicht, mit dem Fahrradkettenspray Öl auf die Bremsscheiben zu sprühen.

Leider war das Versagen der Bremsen keine todsichere Methode.

Er ging am Corsa vorbei und blickte dahinter.

Dort lagen zwei Schlafsäcke wie fette Engerlinge nebeneinander. Die Gesichter waren blasse Flecken in der Finsternis, aber das war vermutlich Claras dunkler Schopf, und der große Typ neben ihr musste Gero sein.

In seinem Bauch wallte Hitze und stieg empor in seine Brust, sein Atem ging flach und schnell. Sie hatten alles zerstört, und sie waren ihm auf der Spur. Er hasste, hasste, hasste sie!

Eine Idee zuckte ihn ihm auf. Ja, das war viel besser! So würde er sie kriegen.

Er warf noch einen schnellen Blick auf das Pärchen. Schliefen sie? Egal. Lieber nicht stehenbleiben, das könnte auffallen.

Er ging zurück zum Bus und kletterte hinein. Dann schaltete er das Abblendlicht an, fuhr auf die Schotterfläche und parkte so, dass er den Corsa im Blick hatte.

Vielleicht waren seine zukünftigen Opfer durch seine Schritte oder das Motorengeräusch und Licht aufgewacht. Es war besser, noch mindestens eine halbe Stunde zu warten.

Er saß aufrecht da, seine Hände umklammerten das Lenkrad. Immer wieder ein Blick auf die Uhr. Warten, warten. Sein Plan war genial. Einfach genial. So würde er beide erledigen.

***

Schritte. Knirschende Steinchen. Jemand kam näher. Gero blinzelte und öffnete die Augen. Eine dunkle Gestalt tappte am Corsa vorbei und blieb kurz stehen. Dann wandte sie sich ab und ging langsam weiter.

Gero gefiel das nicht.

Er stützte sich auf einem Ellbogen auf und blickte ihr nach, bis sie in Richtung der Straße verschwand.

Kurz darauf brummte ein Motor, ein Bus fuhr mit Abblendlicht quer über den Platz und parkte auf derselben Seite wie der Corsa am Waldrand, allerdings ein gutes Stück von ihm entfernt.

Gero legte sich wieder hin. Leute mit Bus knackten normalerweise keine Autos.

Er döste, wachte wieder auf, versuchte erneut einzuschlafen. Der Schlafsack war feucht an seiner Wange. Er drehte sich auf den Rücken und blickte empor. Der Wald umrahmte ein Stück Himmel voll blasser Sterne.

Gero wälzte sich wieder auf die Seite. Wenn es so weiterging, war er morgen beim Klettern todmüde. Und dabei wollte er Clara beweisen, dass auch ein Flachlandboulderer wie er ein guter Partner in einer knalligen Gebirgstour sein konnte.

Eigentlich sollte er jetzt aufstehen und pinkeln, aber er hatte keine Lust dazu. Er seufzte. Raus jetzt. Wenn er liegenblieb, konnte er bestimmt nicht schlafen, es wurde ja nicht besser mit dem Harndrang.

Er öffnete den Reißverschluss seines Schlafsacks, schob die Knie und Füße heraus und stützte sich zum Sitzen auf, um nach seinen Sandalen zu angeln.

Ein Motor brummte, wurde lauter. Ein dunkler Kasten – ein Bus ohne Licht – er fuhr auf ihn zu!

Gero sprang auf, riss Clara mitsamt ihrem Schlafsack hoch und schleuderte sie in den Wald. Die schwarze Front des Autos tauchte direkt vor ihm auf. Er hechtete auf die schiefe Ebene der Schnauze, knallte mit dem Kopf gegen die Scheibe, sein Schädel dröhnte. Es gelang ihm gerade noch, seine Finger in den Schlitz zwischen Kühlerhaube und Scheibe zu krallen.

Der Bus bremste jäh, setzte zurück.

„Clara, pass auf!“, brüllte Gero.

Sie kreischte irgendetwas.

Er musste den Feind stören, ihn von Clara ablenken, nur nicht loslassen! Gero klammerte sich an der tiefen Kerbe fest, eigentlich war das ein guter Griff, aber Griffe versuchten sonst nicht, einen abzuschütteln.

Der Motor röhrte, die Schaltung krachte, der Bus kurvte herum, setzte vor und zurück, Schatten flogen an Gero vorbei. Eine enge Kurve, der Bus stoppte jäh – Geros Finger verloren den Halt. Er wurde weggeschleudert und klatschte auf den Boden.

***

Clara wurstelte sich aus dem Schlafsack, hörte Gero brüllen. Er hing auf der Kühlerhaube eines Fahrzeugs, das ohne Licht über den Parkplatz tobte wie ein bockendes Pferd, das versuchte, seinen Reiter abzuwerfen. Endlich waren ihre Beine draußen, sie sprang auf. Der Bus schoss nur wenige Schritte von ihr entfernt vorbei, Gero schrie, es stank nach Abgas – da, eine große Delle am hinteren Kotflügel – es war ihr Bus! Der Bus, den Daniel ihr geklaut hatte! Das war Daniel, dieser Scheißkerl, aber was hatte er vor? Er fuhr eine enge Kurve, bremste urplötzlich. Oh nein – Gero rutschte seitlich ab und landete auf dem Boden. Sie rannte los, um ihm zu helfen, aber jetzt fuhr der Bus rückwärts, auf sie zu!

Im letzten Augenblick sprang Clara hoch und packte das Gestell des Fahrradständers mit beiden Händen, ihre Füße fanden auf der untersten Querstange etwas Halt. Daniel stoppte, fuhr wieder los, auf Gero zu – oh Gott, er wollte ihn überfahren! Gero rollte zur Seite, sprang auf und hechtete auf den Bus zu. Die Streben des Ständers wackelten, Gero klammerte sich schwer atmend neben Clara fest. Das Auto preschte quer über den Parkplatz zur Hauptstraße. Clara sah Lichter bei den geparkten Fahrzeugen, hörte Menschen schreien.

Der Bus brauste bergab, nahm die Kurven in irrem Tempo, Wind biss in Claras Gesicht, sie umklammerte die Stangen mit tauben Fingern. „Halt dich fest!", kreischte Gero neben ihr. Klar, abzuspringen war ausgeschlossen bei diesem Tempo – oh nein, Daniel, dieser Idiot, er raste in eine langgezogene Kurve im Wald, die enger wurde, der Bus driftete an den Straßenrand – er kippte zur Seite, es rumste, krachte, klirrte. Clara wurde heruntergeschleudert, ihre Beine knickten weg, Schmerz fuhr so heftig in ihren Knöchel, dass ihr Tränen in die Augen sprangen. Sie lag im Straßengraben und keuchte stoßweise.

Wo war Gero? Was war mit Daniel? Sie rappelte sich auf, ignorierte den Schmerz. Die Fahrertür stand offen. Sie humpelte daran vorbei nach vorne.

Gero kniete neben Daniel, der ausgestreckt am Boden lag und sich nicht mehr rührte.

„Gero – hast du ihn ..."

„Keine Panik." Geros Stimme klang gelassen. „Ich habe ihn nur außer Gefecht gesetzt, und jetzt schläft er ein bisschen. Das war ganz einfach. Es ist ja nur Max."

Was? Max?

Ja, es war Max, der mit wirrem Haar und totenbleichem Gesicht dalag.

„Hast du zufällig ein Handy dabei?", fragte Gero.

Clara kicherte, sie war wohl völlig durch den Wind. „Sorry. Nachts schlafen mein Smartphone und ich getrennt."

„Dann suche nach dem von Max. Für die Notrufnummer braucht man ja keine Geheimzahl."

Clara kletterte in den Bus und fand ein Handy im Fußraum des Beifahrersitzes.

Sie setzte den Notruf ab. Zum Glück konnte jemand bei der Polizei in Cortina Deutsch.

Sie stellten ein Warndreieck auf und betteten den bewusstlosen Max nach allen Regeln der Erste-Hilfe-Kunst auf den Rücksitz.

Jetzt mussten sie nur noch auf die Polizei warten.

Clara steckte das Smartphone in ihre Tasche. Das Gefühl nervöser Energie in ihr verschwand urplötzlich. Ihr war eiskalt. Sie schlotterte, ihre Glieder fühlten sich so schwach an, dass sie sich an den Bus lehnen musste.

Gero trat auf sie zu und nahm sie in die Arme. „Verdammt, das war knapp. Zuerst habe ich gedacht, er hätte dich erwischt." Er schluchzte auf, Clara gingen die Augen über, Tränen rannen über ihre Wangen.

Sie ließen einander erst wieder los, als zwei Polizeiautos und ein Rettungswagen mit heulenden Sirenen und blinkenden Lichtern um die Ecke bogen.

21. KAPITEL

Donnerstag, 28. August

Die Polizisten aus Cortina hatten Clara und Gero ausführlich über das Geschehen am Parkplatz befragt, Max festgenommen und Murani benachrichtigt. Jetzt saß Clara in einem Büroraum des Polizeireviers in Bozen auf einem unbequemen Stuhl, der mit einer Holzimitation aus Plastik beschichtet war, genau wie der Tisch und drei weitere Sitzgelegenheiten.

Es war fünf Uhr morgens.

Während der Fahrt hierher war Clara todmüde gewesen, aber sie hatte kein Auge zugetan – sie war zu aufgewühlt gewesen.

Gero hatte ihr das Leben gerettet.

Warum?

War das Liebe? Hätte er für jemand anders genauso viel riskiert?

Egal. Geros spontane Reaktion hatte nicht seiner eigenen Sicherheit gegolten. Er war vollkommen anders als Daniel.

Es war nicht zu fassen. Max war der Mörder, nicht Daniel. Max, der Versager. Er hatte es nicht ertragen können, dass ihm jemand die Wahrheit sagte: zuerst Henrik, sein Idol, auf das er obendrein neidisch gewesen war. Dann Clara, das Objekt seiner schwärmerischen Liebe – wenn man das überhaupt Liebe nennen konnte. Und Gero hatte ihn bei Clara ausgestochen und gedemütigt.

Vielleicht hatte sich Max bei dem Mord an Henrik überlegen und stark gefühlt und gehofft, dieses Gefühl noch einmal zu genießen, indem er Clara und Gero umbrachte.

Sie nippte an einem Pappbecher mit Milchkaffee aus dem Automaten. Gelbgrünes Licht spiegelte sich auf dem Linoleumboden, die Tapete war mit Rosen und Vergissmeinnicht gemustert und stellenweise verblasst. Claras Blick hüpfte von Blume zu Blume, und sie musste an Morgensterns Gedicht denken: „Tapetenblume bin ich fein, kehr wieder ohne Ende“ ... Wie ging das noch mal weiter? Sie konnte sich nur noch an den Schluss erinnern: „Und folgst Du mir im Rösselsprung – wirst du verrückt mein Liebchen“.

Die Stuhllehne drückte ihr ins Kreuz, sie beugte sich nach vorne über den Tisch und legte den Kopf auf ihre Arme. Schlafen. Sie wollte nur noch schlafen.

Sie schreckte hoch. Schritte, das Quietschen von Stühlen. Murani hatte sich ihr gegenüber niedergelassen, Kofler fläzte auf dem Stuhl rechts, Moosbichler saß zu ihrer Linken.

„Sind Sie damit einverstanden, wenn wir das Gespräch aufzeichnen?“, fragte Murani.

Clara nickte und unterschrieb einen Wisch. Sie wollte das alles so schnell wie möglich hinter sich bringen.

Murani schaltete das Aufnahmegerät ein.

Die Zeugenaussage begann mit einem Gähnen.

Murani zeigte kein Mitgefühl. „Sie gaben bei den Kollegen zu Protokoll, Kiesbauer hätte versucht, Sie und Herrn Hanitz zu überfahren.“

„Das stimmt. Hat Max gestanden?“

„Darüber möchte ich mich jetzt nicht äußern. Bitte erzählen Sie uns, was passiert ist.“

Clara hatte Mühe, sich zu konzentrieren, brachte aber einen halbwegs zusammenhängenden Bericht zustande. Danach sagte Murani: „Eine verrückte Geschichte. Hatte Kiesbauer denn ein Motiv?“

„Er war in mich verliebt, aber ich habe ihn böse abblitzen lassen. Gero hat ihn aus meiner Wohnung getragen.“

Kofler grinste. „Hanitz hat die Statur dazu.“

„Und dann hat Gero noch zu Max gesagt, dass er ihn für den Mörder von Henrik Behr hält“, fuhr Clara fort. „Vielleicht fürchtete Max, Gero sei ihm auf der Spur und hätte Beweise.“

Murani hob die Brauen. „Und? Gibt es die?“

Clara nahm einen Schluck Kaffee und verzog das Gesicht. Die Brühe schmeckte bitter und säuerlich zugleich. „Henrik hat Max kurz vor seinem Tod verspottet und ihn als Versager bezeichnet. Gero kann das bestätigen."

Murani war nicht beeindruckt. „Davon hat er uns bereits erzählt. Als Motiv erscheint mir eine Beleidigung etwas dünn."

„Ruttmann hatte viel stärkere Gründe", warf Moosbichler ein. „Der war mehr als nur beleidigt, er war außer sich wegen seiner Tochter. Dazu kam, dass er Behrs Ehefrau liebte – für manche ist allein das schon ein Grund für einen Mord."

Mit einem Unterton von Schärfe sagte Murani: „Ich halte es für sinnvoll, wenn ich jetzt unsere Zeugin vernehme und wir hinterher darüber sprechen."

Kofler warf Moosbichler einen Blick zu, der wohl „misch dich nicht ein, der Chef ist schlechter Laune" bedeuten sollte.

Murani lehnte sich zurück, schloss halb die Augen und sagte eine Weile nichts. Dann sah er Clara an. „Wenn Kiesbauer Behr ermordet hat, muss er einen Plan entwickelt und ihn mit kühlem Kopf durchgeführt haben. Auf mich machte dieser Mensch aber einen ziemlich konfusen Eindruck."

Sollte Clara ihm von Thomas erzählen? Gero hatte ihm von Cortina aus eine SMS geschickt, die ihn über den Mordversuch von Max und dessen Festnahme informierte. Er hatte Thomas geraten, sich sofort ins Ausland abzusetzen. Bestimmt würde er schnell reagieren.

Clara holte tief Luft, dann ließ sie die Bombe platzen. „Max hat den Mord ausgeführt, den Thomas Schwab geplant hatte."

Kofler schnaufte laut auf.

„Blödsinn!" Das kam von Moosbichler.

„Wie kommen Sie denn darauf?", fragte Murani. Dabei machte er ein Gesicht, als hielte er Clara für nicht ganz zurechnungsfähig.

Sie berichtete, was in der ‚Ottovolante' geschehen war und was sie über Thomas und sein Motiv wusste. „Ich habe seine Aussage mit dem Handy aufgenommen", schloss sie und legte das Gerät auf den Tisch.

Murani starrte darauf, als würde es gleich explodieren. Dann entspannte er sich. „Hervorragend. Wir werden das gleich nachher überprüfen."

Clara hatte die Schnauze voll. „Wird Marianne jetzt freigelassen?"

„Wenn Schwabs Aussage auf dem Handy Ihren Bericht bestätigt, werde ich dem Richter Bescheid geben, und sie kann heute entlassen werden", sagte Murani. „Aber eine Sache müsste noch geklärt werden: Warum haben wir bei Marianne Behr Allergietabletten gefunden? Thomas Schwab hatte sie doch – Ihrer Aussage nach – ebenso wie die Adrenalinspritze in der Wand unter einem Stein versteckt."

„Das mit den Tabletten war Daniels fieser Versuch, an Mariannes Erbe zu gelangen", sagte Clara.

Kofler runzelte die Stirn. „Moment mal. Wie viele Mörder haben wir jetzt? Erst klagen Sie Kiesbauer an, dann kommt Schwab ins Spiel, und jetzt soll es auf einmal Daniel Behr gewesen sein."

Clara fühlte sich vollkommen erschöpft. „Aber Daniel war nicht der Mörder, das habe ich nur zuerst gedacht, als ich den Bus von Max erkannt habe, äh – der war nämlich der von Daniel, oder eigentlich meiner …"

Murani lächelte. „Ich lasse Ihnen erst einmal richtigen Kaffee bringen. Und für mich und meine Kollegen auch."

Zehn Minuten später schlürfte Clara dankbar Cappuccino mit einer dicken Schaumschicht. „Daniel brauchte dringend Geld. Ich vermute, dass er den Bus – der früher meiner war – günstig an Max verkauft hat. Der interessierte sich schon seit einiger Zeit für eine fahrbare Schlafkabine. Mit diesem Bus hat Max versucht, uns zu überfahren."

Jemand klopfte, Gero und eine Polizistin in Uniform traten ein. „Entschuldigen Sie die Störung. Aber Herr Hanitz behauptet, er hätte wichtige Beweise."

Murani nickte. „In Ordnung."

Die Polizistin ging hinaus. Der Leitende Kommissar wandte sich Gero zu. Der grinste von einem Ohr zum andern. „Marianne ist auf jeden Fall aus dem Schneider. Ich habe eine SMS von Thomas – Thomas Schwab – bekommen. Er hat die Apotheke gefunden, in der Daniel Behr die Allergietabletten gekauft hat. Er hat bereits ein Fax mit der Aussage der Apothekerin geschickt."

„In diesem Fall bin ich aber verdammt noch mal völlig daneben gelegen!", platzte es aus Moosbichler heraus. „Ruttmann war es also nicht. Ich hätte wohl doch lieber Bergführer werden sollen!"

Murani seufzte. Dann lächelte er. „Und ich habe die Ehefrau verdächtigt. Aber wir Polizisten sind keine Hellseher, unsere falsche Einschätzung der Lage hatte gute Gründe. Ich bin sehr froh darüber, dass nun der wahre Täter vor Gericht kommt."

***

Marianne wurde schon am Vormittag entlassen. Clara und Gero gingen mit ihr in ein Café, wo sie Wilfried anrief. Der war keineswegs zufällig gerade in Bozen. Er war blindlings hingefahren, mit der vagen Vorstellung, er müsse irgendetwas für Marianne tun, vielleicht einen neuen Anwalt finden oder einen Richter bestechen oder sich selbst als Mörder anzeigen, aber er hatte sich nicht entschließen können, was nun am sinnvollsten war und wie er es anpacken sollte.

Einen Tag später begingen Wilfried und Marianne die „Via Ferrata della Piramide", einen Klettersteig am Col dei Bos. Und Clara und Gero durchstiegen „The Wall". Wobei Clara an der Schlüsselstelle im Haken ausruhen musste und das versteckte Griffloch erst nach einigem Herumprobieren fand. Was ihr egal war. Sie war überglücklich, dass Marianne wieder frei war. Die ganze Welt schien heller zu sein. Und was für eine Freude, verliebt zu sein und eine derart großartige Route mit Gero zu klettern! Elf Seillängen, mindestens dreimal so viele Küsse pro Standplatz und dann ein sehr ausführlicher Gipfelkuss.

Geros Handy dudelte. Er zog es aus dem Rucksack und tippte seinen Code ein. Clara verzog das Gesicht.

„Ich weiß, das sieht jetzt blöd aus", sagte Gero. „Glaube bloß nicht, dass ich von dem Ding so abhängig bin, dass ich mitten in der schönsten Landschaft und zusammen mit der allerschönsten Frau sofort aufs Display gucken muss, wenn ich eine Nachricht habe. Aber das könnte wichtig sein."

Er hielt ihr das Handy hin. „Eine SMS von Thomas aus Argentinien, natürlich nicht unter seinem richtigen Namen. Das mit den falschen Papieren hat also geklappt."

„Glaubst du, er wird dort glücklich?"

Gero schüttelte den Kopf. „Nein. Er wird noch Jahre brauchen, um über den Verlust von Isabell hinwegzukommen. Und ich vermute, dass er sich wegen Henriks Tod schuldig fühlt."

Sie saßen still nebeneinander, Hand in Hand, und schauten in die Weite. Ringsum standen die Gipfel der Dolomiten, wild und verlockend zugleich.

Links von ihnen erhob sich die Tofana di Rozes, von hier aus eine gruselig brüchige Mauer mit schuttbedeckter Kuppe. Im Süden schwamm die Civetta mit ihrer düsteren Nordwestwand über dem Dunst der Täler, weiter westlich ragte die Marmolada empor, ein mächtiges Felsenschloss mit eisgepanzertem Dach. Und dahinter reihten sich Bergketten wie gezackte Wellenkämme, die immer blasser wurden, bis sie sich am Horizont im Blau des Himmels auflösten.

22. KAPITEL

September 2014

Die eine Hand auf den Stock stützen, die andere aufs Geländer. Ein Schritt. Tausend Messerspitzen fuhren in sein Fußgelenk. Er keuchte auf, blieb stehen und blickte das düstere Treppenhaus empor. Die Reihe der Stufen erstreckte sich endlos.

Treppen waren seine Feinde.

Seit mehr als zwanzig Jahren, seit damals, als er untrainiert in eine viel zu lange und schwere Tour eingestiegen war. Er hätte abseilen sollen. Aber er hatte sich vor seinem Sohn geschämt, der glaubte, dass sein Vater ein großartiger Kletterer sei.

„Kann ich Ihnen irgendwie helfen?“, fragte die junge Polizistin neben ihm. „Es ist eine Schande, dass hier noch immer kein Lift eingebaut ist.“

Norbert lachte heiser. „Sie können mich ja tragen!“

„Ich könnte meine Kollegen um Hilfe bitten.“

„Danke. Ich war früher Bergsteiger. Ich schaffe das schon.“

Noch ein Schritt. Noch einer. Noch zwei, dann würde er sich eine Pause gönnen.

Der Weg ist das Ziel. Wenn diese Treppenstufe zum Weg gehörte, war das Unsinn.

Er kniff die Lippen zusammen, um sein Stöhnen zu unterdrücken, als er sein Gewicht auf den schlimmen Fuß verlagerte.

Nur noch drei Stufen. Der Schmerz glühte sogar in den nicht mehr vorhandenen Zehen.

Ein Trümmerbruch im Sprunggelenk, ein Biwak im Schneesturm. Damit war sein Traum von der großen Freiheit in den Bergen geplatzt. Aber jetzt, mit achtzig Jahren, spielte das keine Rolle mehr.

Nach dem Unglück hatte er oft daran gedacht, seinem Leben ein Ende zu setzen. Aber es war ein Trost gewesen, dass sein Junge ihn oft besucht und ihm von seinen Taten erzählt hatte. Wie gut er geworden war! Die Nordwand des Eiger, die „Modernen Zeiten“ an der Marmolada, Erstbegehungen … Kuni hatte seine Ziele immer erreicht.

Und Norbert das seine: den Treppenabsatz im ersten Stock.

Seit der Biwaknacht an der Tofana wollte Kuni nur noch mit seinem Zweitnamen angeredet werden. Nun ja, „Kunibert“ klang unter jungen Leuten vielleicht altbacken, uncool sagte man heutzutage dazu. Aber dass Kuni auch von seinem alten Vater verlangte, nur noch mit Max angesprochen zu werden …

Die Polizistin schloss eine Eisentür auf und winkte Norbert, einzutreten.

Betonwände. Tische und Stühle aus orangefarbenem Plastik.

Sein Sohn stand auf und kam ihm entgegen. Sein rötliches Haar hing herab bis zum Kinn, er war abgemagert.

„Ich gehe jetzt. Sie haben eine halbe Stunde“, sagte die Polizistin.

Die Tür fiel mit einem lauten Klack ins Schloss.

Kuni umarmte ihn kurz.

„Papa.“

Norbert brachte keinen Ton heraus.

Sie setzten sich einander gegenüber.

„Ich weiß, dass du es nicht getan hast, äh, Max.“

„Natürlich war ich es nicht. Diese Frau, diese Clara, sie hat mich in die Sache reingeritten …“

„Was? Die hübsche Schwarzhaarige von den Fotos? Ich dachte, sie wäre deine Freundin!“

„Zuerst schon, aber Gero – der war übrigens ein Knacki – hat ihr Geschichten über mich erzählt, und dann war sie enttäuscht von mir, sie gab mir die Schuld am Ende unserer Liebe, und sie hat sich gerächt. Also das war so …“

Norbert hörte dem Schwall von Worten zu, der aus Kuni heraussprudelte, und stellte kaum Fragen. Das alles klang wirr für ihn, in seinem Alter arbeitete der Kopf manchmal nicht mehr so richtig.

Die Tür sprang auf. „Die Zeit ist um“, sagte die Polizistin. „Bitte verabschieden Sie sich.“

Sie standen auf und hielten einander lange fest.

Norbert trat zurück. „Egal was die Zeitungen schreiben, ich glaube dir, Kuni.“

„Ich heiße Max.“

„Entschuldige. Es ist für mich schwer zu verstehen, dass ich dich nicht mehr Kuni nennen darf.“

Max senkte die Augen. „Ich – ich hätte den Anorak nicht nehmen dürfen.“

„Das war das mindeste, was ich für dich tun konnte. Ich hatte mich sieben Jahre lang kaum um dich gekümmert. Das war nicht richtig von mir.“

Sie sahen einander an. Max lief eine Träne über die Wange.

EPILOG

Die Medien stürzten sich auf den Fall, und Max sonnte sich in ihrer Aufmerksamkeit. Die Zeugenaussagen bei der Gerichtsverhandlung tat er als voreingenommen oder verlogen ab.

Ein Mitglied der Klettergruppe, zu der er als Jugendlicher gehört hatte, sagte: „Nach dem Unglück am Tofanapfeiler wurde Kuni sehr ängstlich beim Vorsteigen, obendrein erzählte er Lügen über seine tollen Leistungen. Und plötzlich sollten wir ihn Max nennen. Wir haben ihn dann immer mit Kunibert Maximilian angeredet, wie es in seinem Pass steht. Er hat sich schrecklich darüber aufgeregt, und einmal ist er total ausgeflippt und auf mich losgegangen. Danach ist er nie wieder bei uns aufgetaucht."

„Kiesbauer schrieb sich die Schuld daran zu, dass sein Vater sich im Gebirge schwer verletzte und mehrere Zehen und einen Finger verlor", sagte einer der psychologischen Gutachter. „Zum Ausgleich versuchte er, die nicht erfüllten bergsteigerischen Wünsche seines Vaters zu verwirklichen. Da ihm das nicht gelang, baute er sich eine Fantasiewelt auf. Anders hätte er es nicht ausgehalten. Er ist ein extremer Narzisst, der sich schämt, er selbst zu sein."

Max wollte seine Memoiren schreiben. Kein Verlag hatte daran Interesse.

Daniel und Mela stritten alles ab, wurden aber aufgrund des gefälschten Rezepts überführt.

Noch vor dem Ende der Gerichtsverhandlung kehrte Thomas aus Argentinien zurück und stellte sich. Er erklärte, er könne sich der Gerechtigkeit nicht entziehen.

Er wurde wegen falscher Aussage als Zeuge und fahrlässiger Tötung durch Entfernen der Medikamente verurteilt, kam aber nicht ins Gefängnis.

Abgespeckt Wenn viele Kletterer eine Felsstruktur benutzt haben, so wird sie glatt und glänzt wie Speck.

Alpinist Im Gegensatz zum →Sportkletterer geht es dem Alpinisten in erster Linie um Ziele im Gebirge, etwa das Durchsteigen einer Wand oder das Erreichen eines Gipfels. Bei → Sportkletterern haben Alpinisten den Ruf, sich nicht um schlechte Sicherungen, brüchigen Fels und sonstige Unannehmlichkeiten in der Wand zu scheren.

Band Eine lang gestreckte, waagrechte Zone in einer Felswand, wie ein langer Balkon ohne Geländer.

Bandschlinge Aus Kunststoff gewobenes Band zu Sicherungszwecken.

Boulder, bouldern Klettern kurzer Passagen in Absprunghöhe ohne Seil. Der Ausdruck kommt vom englischen „boulder" = Felsblock. Manchmal wird „bouldern" auch für das Herumprobieren an Kletterpassagen in einer mit Seil gekletterten Route verwendet.

Begehungsstil Die Art und Weise, wie jemand eine Route hinaufkommt. Wenn man sich zum Beispiel an Haken hinaufzieht oder daran ausruht, gilt die Begehung als sportlich weniger wertvoll als das Klettern an den natürlichen Felsstrukturen.

Dach Eine Formation in einer Felswand, die wie ein Dachvorsprung aussieht.

Dynamo Dynamische Kletterbewegung, zum Beispiel ein Sprung nach einem weit entfernten Griff.

Expressschlinge Vernähte Bandschlinge mit zwei Karabinern. Einer wird in den Haken eingehängt, durch den anderen läuft das Seil.

Friend Sicherungsmittel ähnlich dem →Klemmkeil, das

in Felslöcher und -schlitze geschoben werden kann und dort durch einen Hebelmechanismus klemmt.

Grad Kurzform von → Schwierigkeitsgrad.

Hängestand Ein → Standplatz, bei dem der Sichernde nicht stehen kann (meist wegen der Steilheit des Geländes), sondern an den Sicherungen hängt.

Kamin Eine Spalte im Fels, die mindestens so breit ist, dass der gesamte Körper darin Platz hat. Man arbeitet sich darin mittels gespreizter Beine oder auch durch Einklemmen des Körpers nach oben.

Klapfen Kleiner Felsen.

Klemmkeil, Keil Aluklötzchen mit sich verjüngenden Seiten, das zur Sicherung in Felsschlitze gelegt werden kann.

Längenzug Eine Kletterstelle, zu deren Überwindung man eine gewisse Körpergröße braucht.

Magnesia(-pulver) Weißes Pulver, das Turner und Kletterer gegen schweißfeuchte Hände verwenden.

Nachsteigen, Nachstieg Klettern mit Sicherung durch das Seil von oben, nachdem der Partner die Seillänge bereits geklettert hat. Bei einem Sturz fällt der Nachsteiger maximal ein kurzes Stück aufgrund der Seildehnung.

Platte Ein ziemlich glatt aussehendes Stück Fels, das nicht überhängt.

Projekt Eine Route, die man einübt, bis man sie schafft, ohne sich an den Haken festhalten zu müssen.

Rampfen Sich ohne jede Eleganz eine Kletterstelle hinaufkämpfen.

Reepschnur Seilmaterial von 3 bis 8 mm Dicke.

Riss Spalte im Fels. Je nach Größe kann es möglich sein, dort Finger, Fäuste oder die Schultern hineinzuklemmen.

Rostgurke Kletterer-Slang für alte Haken.

Sanduhr Eine Aushöhlung im Fels, die einen Felszapfen umschließt. Der Name leitet sich dabei aus der Ähnlichkeit des Felszapfens mit der Form einer Sanduhr ab.

Sanduhrschlinge Eine Schlinge, die zu Sicherungszwecken in eine → Sanduhr gefädelt wird.

Schwierigkeitsgrad Damit wird die Schwierigkeit einer Kletterroute oder -passage angegeben. Im deutschen Sprachraum ist eine Zahlen-Skala gebräuchlich, die durch das Hinzufügen von + (die Route ist etwas schwerer als der angegebene Grad) oder – (etwas leichter) verfeinert wird. Der bisher höchste Grad ist Zwölf minus.

Sechser Kletterer-Slang für eine Route im sechsten → Schwierigkeitsgrad.

Seillänge Bei Routen im Gebirge ist damit die Strecke gemeint, die der Kletternde vom Sichernden bis zum nächsten → Standplatz zurücklegen muss, meist sind das 30–40 Meter.

Siebener Kletterer-Slang für eine Route im siebten → Schwierigkeitsgrad.

Sportkletterer Im Gegensatz zum → Alpinisten ist sein primäres Ziel nicht ein Gipfel oder eine Wand, sondern das Bewältigen einer sportlichen Aufgabe.

Stand, Standplatz Ensemble aus mehreren Haken oder anderen Sicherungsmitteln für Routen mit mehreren → Seillängen. Während der Partner klettert, sichert der andere vom Standplatz aus.

Steckbrett Trainingsgerät für Kletterer. Fast so schlimm wie Folter auf einem Streckbett.

Tape Pflasterklebeband.

Technische Kletterei Kletterei, bei der man Haken oder andere im Fels angebrachte Geräte zur Forbewegung benutzt. Manchmal werden dabei kleine Leitern oder → Trittschlingen eingehängt.

Trainingsbrett Brett mit verschieden geformten Griffelementen, an dem Kletterer Klimmzüge oder andere Hängeübungen machen.

Trittschlinge Eine Schlinge, in die Kletterer ihre Füße setzen, um an Höhe zu gewinnen.

Untergriff Beim Greifen muss das Handgelenk so gedreht werden, dass die Fingerspitzen nach oben zeigen.

Verschneidung Felsformation, die aussieht wie ein aufgeschlagenes Buch.

Vorsteigen, Vorstieg Klettern mit Seilsicherung „von unten" durch den weiter unten stehenden Seilpartner. Das Seil läuft von diesem zum Vorsteiger durch → Expressschlingen, die der Vorsteiger in Sicherungsmittel wie etwa Haken oder → Klemmkeile einhängt.

Zug Kletterer-Slang für eine einzelne Bewegung.

DANKE!

Ich möchte mich bei allen ganz herzlich bedanken, die mich bei der Entstehung dieses Buches unterstützt haben.

Bei Richard Sommer, Polizeihauptkommissar der Polizeiinspektion in Planegg, der mich über wichtige Gesichtspunkte der Polizeiarbeit informiert hat.

Bei Andreas Dick, Gisela Hesse, Wiltrud Huber, Angelika Lorenz, Nico Mailänder, Andrea Ohmayer und Andrea Sturhahn für geduldiges Probelesen, gute Anregungen und Kritik.

Bei Beate de Nijs für die schöne Gestaltung des Covers.

Bei Klaus Wolfsperger, Barbara Wickenburg und allen vom Bergverlag Rother für die kompetente Unterstützung.

Bei Carlos Westerkamp, meinem Lektor, für sein Mitdenken im komplexen Kriminalfall und seine hervorragenden Tipps zur Verbesserung der Geschichte.

Bei den Lesern von „Nie wieder tot – Mord am Gardasee", die mich zu einem weiteren Bergkrimi ermutigt haben.

Irmgard Braun

Rother Bergkrimi – bereits erschienen:

ISBN 978-3-7633-7071-9

Seit Eddy vor zwanzig Jahren an der italienischen Grenze einen Wilderer zur Strecke gebracht hat, ist der Alpinpolizist aus dem Gailtal eine Legende. Als sich einige Fälle von grässlichen Tierverstümmelungen häufen und die Käserin der Sternberg-Alm kurz darauf auf ähnliche Weise umkommt, befällt Eddy eine dunkle Ahnung.
Eddy und sein Kletterfreund Fredo von der italienischen Alpinpolizei ermitteln in diesem Fall, der sich von Kärnten bis in die Dolomiten ausweitet – und Eddys Leben in den Grundfesten erschüttern wird.

Ein Gänsehaut-Kriminalroman für Bergsteiger und Bergliebhaber.